长篇小说

歇馬場

文斌 著

成都时代出版社
CHENGDU TIMES PRESS

图书在版编目（CIP）数据

歇马场 / 文斌著 . -- 成都 : 成都时代出版社，2020.10

ISBN 978-7-5464-2684-6

Ⅰ . ①歇… Ⅱ . ①文… Ⅲ . ①长篇历史小说—中国—当代 Ⅳ . ① I247.5

中国版本图书馆 CIP 数据核字（2020）第 183685 号

歇马场

XIEMACHANG

文斌 / 著

出 品 人　李若锋
责任编辑　张　旭
责任校对　周　慧
责任印制　张　露
装帧设计　成都九天众和
出版发行　成都时代出版社
电　　话　（028）86742352（编辑部）
　　　　　（028）86615250（发行部）
网　　址　www.chengdusd.com
印　　刷　四川华龙印务有限公司
规　　格　155mm × 230mm
印　　张　18.75
字　　数　280 千
版　　次　2020 年 10 月第 1 版
印　　次　2020 年 10 月第 1 次
书　　号　ISBN 978-7-5464-2684-6
定　　价　48.00 元

川西坝的历史悲情

——读文斌先生的《歇马场》

孙自筠

从小就向往青羊宫“打金章”的热闹惊险，却因居家离成都太远，踮起脚尖都看不到。长大后，虽有多次经过成都走进青羊宫饱览风物风景的机会，然“打金章”早已成为历史陈迹无从寻觅，只能附会一些旧小说里打擂招亲的故事过把瘾，敷衍一下对过往岁月的好奇，而对“打金章”的来龙去脉历史演变等关键内容，内心一直有个小小的存疑。不过，一辈子快过得差不多了，存疑的事太多，懒得去计较，早就忘一边去了。不想，前几天朋友交给一本《歇马场》的书稿，嘱我写两句，拜读中，突然发现对这个问题的解读，而且很详细。

原来，“打金章”还颇有来头，竟与民国初四川省督军熊克武相关。当年，他新官上任，为服众显威势，便命手下武艺高强的护卫队长湖北人李国操出面，挑衅川军新军十七镇武术总教头刘云松设擂比武。刘云松本已稳坐四川武术界头把交椅，对李国操的挑衅心存疑惑，怕一旦失手功名皆失，然迫于对方叫板和督军府命令，不得已接了战书。

公元1919年即民国八年农历正月初二，成都青羊宫搭设比武擂台，李国操与刘云松上台交手。因彼此互不摸底，你来我往试探打了十几回合，没有明显胜负，只是刘云松在点数上略占上风，险胜一局。可是，当第二局宣布开始时，他却跳下擂台径直走了。这本是他事先策划好了的，趁险胜一局见好就收，而心里，实在也没有打胜两局的底气。

刘云松的退却，让孤零零晾在台上的李国操甚是气恼，他很后悔刚才有两记重拳一时心软没打下去，结果让这小子以胜利者的身份溜了。而此时台下看热闹的四川观众，对外省来的他一阵阵乱叫乱喝倒彩。李国操愤怒，对台下吼道："哪个不服的上来跟我打？"

想出风头的二愣子有的是，结果是喊着大话上去了，号叫着滚下擂台。连连几天，都让李国操当了擂主。川人丢了面子，忙着去青城山请出隐居的武功强手。此人果然不凡，几个回合便把李国操打下擂台。然而天外有天，青城山擂主没称霸几天，却又被另外不知名强手打翻。如此反复，好戏连台，让青羊宫"打金章"名声大振，引得全川全国武林高手云集，大大唤醒了国人对咱中华武功的热情。此后，青羊宫每年趁春季花会都举办"打金章"，定下规矩，拈阄配对，立"生死状"，级级淘汰，最后获胜者发给金章、银章或铜章，以吸引全国武林高手参赛。

"打金章"于1950年方歇。

其实，写"打金章"只不过是作者以下写川西坝20世纪前半段故事的由头，把各形各色人物吸引过来，以他们各自独特的经历和个性涂抹出川西坝那半个世纪的悲情画卷。

这不，川西坝边沿地带的夹江歇马场李氏家族上场了，这个祖上曾出过"将军"的家族，在历经清末民初的大动荡大变迁后，其后代武功传人李兴武被吸引上了"打金章"的擂台，结果中了对方的"损招"险些丢了性命。从此，李家子弟再无人习武，各自另找门路求生存谋发展，从而演绎出混乱年代各色人物的幕幕喜乐悲辛：曾是清王朝"绿营军"成都府军官的李正荣，以朴素的家国情怀、一往无前的英雄气概，用现在的话说叫"爱国不惧生死、担当直面强敌"，硬怼日本浪人的挑战；李正贵倚仗家族强大势力轻率行事，草菅人命，无端责怨并活埋后妻，以为儿子意外死亡而将其殉葬，自己也背负指责而忧郁成疾；吝啬如同法国作家巴尔扎克小说《欧也妮·葛朗台》中老葛朗台的李正富，视土地和金钱甚过于妻子、儿女甚至生命，刁难唯一的女儿出嫁，逼迫四个男儿出壮丁，克己到了极端，自私到了极致，也间接影响造成了女儿不恋家、孙儿卖爷田心不疼的家庭悲剧；贯穿小说始终的李氏家族中最善良纯朴的李正华、李兴盛父子，最先从土地务农中走出来经商，踏踏实实不急不躁，把握商机行善结缘，不愿伤害别人，视信誉如生命，但是未能终老一生，英年早逝；李氏家族三代中的李兴文为人仗义，有胆有识有领导才能，很早就成为歇马袍哥堂口的舵把子，地方民团武装的领导者，实际把持当地实权，也是李氏家族利益的代表人和维护者，只不过生错了年代，选错了发展道路。另外，作者还述说了何伯龄半途而废的革命生涯：早年参加四川保路运动，却中途回乡办学造福乡梓；最早接触共产党人并利用学校做革命工作，却因盲动不慎意外牺牲。

李氏家族的悲剧、喜剧、闹剧和丑剧，成为川西坝夹江人茶余饭后的谈资。

李氏家族的故事已很有写头了，但作者不满足，因为他面前是一座巨大的富矿，于是，他将民国时期夹江社会历史全景观地呈现在我们面前：如杨森部队在夹江推行“新生活运动”的故事，李兴臣被抓壮丁参加“夹江抗日志愿兵团”的故事，陈麻糖匠修军用机场的故事，夹江土纸再生时文湛云把握商机的故事，姜王两家势力武力竞争“国大代表”的故事，夹江县国民党军、警、宪、特、匪等反动势力合流垂死挣扎抵抗中国人民解放军（后文均简称人民解放军）的故事……知识性的，趣味性的，戏谑性的，警世性的，各色人物各种故事，扑面而来，看得你眼花缭乱，叹为观止。更有些零碎的历史细节，比如你听说过“国民党税多”，但你听说过农民光脚片进城要纳“赤脚税”、穿上自制的草鞋要交“草鞋捐”吗？听说过不修指甲的农民、穿长衫的先生要被罚款吗？看得人忍俊不禁却又摇头慨叹。

作者对历史抱乐观主义态度，他不在作品中舔舐民族的伤口去品味痛楚，而是把笔墨伸进新中国成立以后，给历史善恶做一点交代，还川西坝一片明朗的天空；然而作者又不是盲目的乐观主义者，在作品里，他同时也写出了那些勤巴苦做、锱铢积累购得些许土地而挨批斗的，那些富户子弟不务正业吃喝玩乐卖光祖上地，到头来不但平安无事反而捞到不少好处的。作者对此做出客观评说，当会引起读者的冷静思考。

我还看过作者已发表的十数篇作品，特别是那些小小说，都是作者精心打造的艺术上品。写小小说是很考“手艺”的，几百个字内要讲好故事塑造人物，没有过硬的功夫是做不到的。看，《武矮子》中武矮子的高大，《将军柳》里太爷的威武，《狗拿耗子》的奇思妙想，《身前身后》的新颖玄幻，《那天的妻是我一生的风景》的实景真情……这些小小说所包含的思想意蕴深厚，所显示出的艺术手段成熟圆润，都令人十分佩服。

在此书《后记》里，作者自谦地发问：“这本书人家会看吗？”

毋庸讳言，在日下电子读物无孔不入，纸质书刊受到巨大冲击的情况下，这种担忧亦属正常，然而作为一位经验丰富的文字爱好者，正如作者自己的体会，写作是一种“享受”，一个“梦想”，一个对“青春遗憾”的“修补”，是难以企及的时尚和高雅，即使读者只有自己，也是人生一大乐事，何况这本书里有那么多的知识亮点和人生智慧供人分享，其意义非凡，善莫大焉。

作为读者的我们，热切盼望《歇马场》早日面世。

是为序。

孙自筠　2019的1月8日　于甜城湖畔

孙自筠，男，1935年出生于安徽寿县，内江师范学院教授、四川省作家协会会员，代表作有《太平公主》《万寿公主》《华阳公主》等“公主”系列长篇历史小说，其中，《太平公主》一书，已由北京电影制片厂改编成40集大型电视连续剧《大明宫词》，另外一部《万寿公主》也被影视公司购买改编权，正在筹拍。

自　序

歇马场位于四川盆地西南边缘向峨眉山的过渡地带，是我国西部成都平原南端的一个古老场镇，隶属于乐山市夹江县。

传说，三国时期西南地区少数民族首领彝族人孟获，率领本地人赶跑蜀国任命的官员，叛乱蜀国。蜀国丞相诸葛亮亲率大军征伐。途中有位蜀军大将行军路过这里歇息养马，从而此地得名歇马场。也有传说是因明代有个将军出巡时曾经在此养马休息而得名。不管哪个说法是真，歇马场都与将军、征伐、歇息和养马四个词汇有关。

这里福受峨眉山和青衣江滋养，山清水秀，人杰地灵。虽地处偏远的山区场镇，却没少经历改朝换代的风霜雨雪；虽民风朴实，也养育了一批中华民族之慷慨悲歌之士。这里有着中华大地其他地方一样多的逸趣故事，丰富得令你无法想象。

这片土地是我祖父母、外祖父母繁衍生息的地方，是我生命的源头。虽然我并不是在这儿出生成长的，但是从小就听父辈们说起歇马场，这个将军歇息养马之地，从而生出万千遐想。成年后，我有幸回到四川成都工作，便迫切地无数次地游历歇马场，见闻越多，兴趣越大，对这儿的历史典故、趣闻逸事和传说故事，越是有写下来的冲动，因此便动笔了。

《歇马场》讲述的是歇马场李氏家族三代人的故事，时间轴从清末民初四川保路运动讲到了 1949 年。我试图以写人物、讲故事的形式，交代李家二代的正荣、正富、正华和正贵四人，以及三代的兴武、兴文、兴君、兴盛、兴臣、兴民、兴国和兴旺八子，通过他们的跌宕人生，表现民国时期夹江民众的生活一角。

这里娓娓道来的是李氏家族三代人的曲折故事：长男李正荣，凭借纯朴的家国大义与傲慢猖狂的日本浪人比武失败死亡，两个儿子一个年少轻狂“打金章”失利变为残疾人，一个从护乡保民计组建民团、被动地牵扯进袍哥势力争斗。次子李正富，终其一生都在为挣得土地而孜孜不倦地奋斗，始终也逃脱不开名目繁多的苛捐杂税。他的四个儿子中老大脑袋一根筋，走不出其父向土地刨食吃的小农意识；老二不得以被国民党抓壮丁，后又被人民解放军俘虏，不敢回家乡，孤独一生；另外两个儿子只会享受家产不知道创业保家。老幺李正贵，头脑简单，意气用事，冲动地致无辜之人死亡，也导致自己一生背负沉重负担，精神失常。只有三公子李正华心慈仁义，其子李兴盛也是开明之人，但却没能走出“好人不长命，祸害遗千年”的老话，两人都早早逝去，李氏家族大厦土崩瓦解。

李氏家族从奋斗兴起，到称雄一方，再到衰败的命运，恰恰证明俗语“富贵传家，不过三代”。也正如三公子李正华临终所言：创业难，守业更难，帝王将相概莫能外呀！

这些故事没有起伏的语调，也没有激烈的情绪，更没有哀怨的啼哭，一切都是那样的平静。

生活是文学创作的唯一源泉。

或许那个动荡不堪的年代离我们有些久远，我所叙述的遗闻轶事，虽然不是亲眼所见，可能道听途说，或许张冠李戴，但均在情理之中，是那个年代真真切切发生过的事儿。我只是把碎片化的故事，做了一定的艺术加工，当然，也会自觉不自觉地融入自己的世界观、人生观和价值观，融入个人对那个年代的理解和认识。

虽然我本心是想最为真实、完整地呈现历史背景，但是由于本书主题和素材采撷角度不同，表述可能不甚准确和完整，纯属一家之言，见仁见智，请予理解。

必须说明的是，归根结底《歇马场》是部文学作品，书中列举的人物、故事和情节均属虚构，其中也涉及一些历史事件和历史人物。我以为：历史事件和历史人物是社会发展进程中的客观产物，应该以历史唯物主义观点，客观和辩证地认识，很难简单地、绝对地评判对与错、是与非。因为叙述的是歇马场地域范围内的遗闻轶事，当然不可避免地掺杂有夹江县域的历史脉络，但绝对不是夹江县历史纪实，更不是家史家事，即使有巧合雷同之处，也绝无刻意褒扬、贬抑之意，更无须深入探究人物脉络，对号入座。

本书参阅了许多报刊资料，参考了网友揭秘的历史事件，依据了《夹江县志》的历史脉络，在此一并致谢。

2018年9月26日于四川成都

有话为证：

青衣江水清且长，尖峰高山毛竹香。

千年不变古场镇，青山依旧水长流。

历史车轮滚向前，顺其则昌逆则亡。

是非对错转头空，乡村野史笑谈中。

目　录

CONTENTS

第一回

保路运动辛亥年　奇思妙想“水电报”

中华民族的历史古老悠久。

如果从黄帝部落的姬轩辕（也称公孙轩辕）时期算起约有 5000 年，从三皇五帝算起约有 4600 年，自夏朝算起约有 4100 年，从中国第一个统一的中央集权制的秦朝算起也有 2200 余年。

要论对中华民族影响很大的封建朝代，当数历史上统一中华大地的唐、宋、元、明、清等五大封建王朝。

清朝是最后一个封建王朝。

晚清覆灭是 1911 年（宣统三年），由川汉铁路修筑权引发的四川保路大运动引起。保路运动群起时，清政府下决心镇压。因为四川新军第十七镇不愿弹压本地父老乡亲，清政府不得不急令钦差大臣端方，亲率武昌新军第八镇的两个标（相当于两个团）入川，这却导致武昌城防守空虚，第八镇部分官兵哗变。

10 月 10 日，革命党人趁乱举行武昌起义，一举推翻统治中华大地的清王朝，建立起亚洲第一个民主共和国“中华民国”，中国古代封建社会才得以终结，人们称其为“一条路搞倒了一个王朝”，史称“武昌首义”。

话说 1894 年中日甲午战争清王朝战败，清政府与日本签订不平等的《马关条约》，给中华民族带来空前严重的民族危机，加深了中国社会的半殖民地程度，西方列强将殖民化触角伸向中国，当然，西方国家先进的铁路交通也渐渐在全国各地兴起。

1903 年 7 月，光绪皇帝鉴于四川尚无一条出川铁路的实情，签批了四川总督锡良提出的以自筹资金修建川汉铁路的奏折，让四川沿传统商旅水道，自行修建一条自成都经重庆、奉节、宜昌再到汉口的长达 3000 公里的铁路。

为此，四川专门成立了川汉铁路总公司，采取“田亩加赋”方式发行川汉铁路股票，共筹得 1670 万两白银。也就是说，当时 7000 万四川人无论贫富贵贱，从达官贵人到平民百姓，到做小生意的，甚至乞丐，都成了川汉铁路的原始股东。

当然，这条铁路直至清政府覆灭也没能修建完工，还是新中国成立以后，成渝铁路和宜万铁路相继建成通车，原来意义上的川汉铁路才终于建成。

这是另话不提。

铁路的修筑、管理和运营是块肥肉，引起西方列强的觊觎。

1911 年 5 月，清政府屈服于内外压力，宣布铁路国有政策，强行推进已经是官督、商办、民有的川汉铁路和粤汉铁路为国有铁路，把在此之前所有集资扩股商业化的铁路干线统统收归国家所有，由清政府借外债筑路并交由西方国家经营。但在善后问题的处理上，广东、湖北等地对民间集资尚有一定比例的补偿，而四川却概不退还集资款和补偿先前民间资本投入，只允许换发国家铁路股票。

这一政策错误地高估了政府的威望和百姓的承受力，激起包括湖南、湖北、广东和四川人民的反对声浪，全国民众保路风潮随之兴起。

古训有“天下未乱蜀先乱，天下已治蜀后治”一说，保路风潮就尤以四川民众斗争最为激烈。

前面说过，四川 7000 万人都是川汉铁路的原始股东，“铁路国有政策”直接触动的是全四川民众的利益。于是，保路风潮初始，四川一些思想进步人士就率先在成都府川汉铁路总公司基础上，成立了“四川保路同志会”，兵分多路四处演讲，还组织大批民众集体赴京请愿，广为宣传保路运动。

“成都打雷，全川下雨”，这句话是形容成都对四川全省的重要影响力。当成都保路运动引发的全城罢工、罢市和罢课消息传播开来以后，全川各地纷纷跟风效仿，成立保路同志分会或协会，不同程度地发起抗粮、抗捐和抗税活动，有的地方甚至发生攻击政府、捣毁巡警局事件，四川社会局势趋于失控。

对于四川治安局势即将失控的情况，清政府极为震怒，马上调任大臣赵尔丰为四川总督弹压保路运动。

赵尔丰曾经担任川滇边务大臣、驻藏大臣，还曾短暂时间代理过四川总督，了解巴山蜀水剽悍的民风民情，在处置川滇藏事务时历来主张武力行事（历史评价褒贬不一，差异较大）。赵尔丰临危受命为四川总督后，忠实地执行朝廷旨意，就想杀一儆百，迅速解决此事。

1911 年 9 月 7 日，川汉铁路总公司正在召开股东会议，赵尔丰派人来说：“清廷邮电部来电解答了修路有关问题，请负责人到总督府传看电文，当面磋商。”川汉铁路总公司也是四川保路运动主要领导人的蒲殿俊和罗纶等人不知有诈，欣然赶赴总督府。但是他们刚刚进入总督府就被控制起来，双方谈判许久，总督府官员怎么也劝说不服这俩人，赵尔丰便索性下令把人枪杀了。消息传出来后，立即引起全城老百姓群情激怒，很快便有数千民众把四川总督衙门围困得水泄不通，人车不得出入，情势更加危急。

这个时期，负责成都总督衙门外围守卫的是成都巡防军（不久前才由清“绿营军”改编而来），内卫则是赵尔丰的亲随卫队。当天，成千上万的民众手持用黄纸写的光绪皇帝牌位（隐喻慈禧太后逼死光绪帝），矛头直指清朝政府，潮水般地冲破了巡防军设置的防线，高喊“铁路民办”“立即放人”等口号，在四川总督衙门（现成都市督院街）坚持不退。赵尔丰情急之下，竟然命令他的卫队长“张麻子”临机果断处置。

张麻子是山东人，武功高强，江湖外号“草上飞”，跟随赵尔丰多年，深知赵尔丰手段，深得赵尔丰信任。得令后，张麻子立即带领卫队武装清场，当场射杀了50多名手无寸铁的请愿民众，再命令马队骑着高头大马冲击围观群众，可怜那些看热闹的无辜老百姓被马队践踏而死，制造了震惊中外的“成都血案”。

“成都血案”发生后，成都全城戒严。

清末民初的成都府是一座城墙环围的城市，有内城（皇城）和大城之分，大城共有迎辉门（东门）、江桥门（南门）、清远门（西门）和大安门（北门）等四座城门。“成都血案”之后，赵尔丰立即加派巡防军重兵把守四门，城门不再是全天候敞开，而是恢复“黎明开启、傍晚关闭”旧习惯，“四门落锁”，人员许进不许出，封锁道路交通和邮电通信，成都与外界之间一切消息都传递不出。

当天夜晚，一个革命党人试图从清远门（西门）混出城传递信息，但被巡防军赶了回来，直到后半夜才趁着夜幕从江桥门（南门）附近城墙，缒城而下，茫茫黑夜里，几经周折与其他革命党人会合，其中还有一名四川省城高等学堂的学长。大家聚集在锦江河畔，商议着怎样才能以最快的速度把“成都血案”的消息传递出去，发动全川民众共同行动。

大家想了很多办法，但都被一一否决了，一时踌躇莫展，盯着湍急的锦江河水发呆。

成都是一座被水环绕的城市。

四川盆地山水天成，河网密布，境内有岷江、沱江、嘉陵江和乌江等四条大江，支流更多，水系四通八达。发源于青藏高原的岷江被著名的都江堰水利工程分流，一部分沿温江、新津、眉山和彭山继续南下，形成岷江主道，可直接流到乐山、宜宾和重庆；另一部分则分流进川西平原众多的支流：岷江流入成都西门，一分为二为府河和南河这两条河流，这两河又在成都九眼桥合江亭汇合，流往华阳与江安河合流，再到彭山江口镇与岷江主河道汇合，形成滔滔大江之势。

初秋的锦江河，水流湍急，滔滔河水裹挟着上游冲刷下来的木板、树枝顺流而下，不一会儿便不见了踪影。

锦江河水滚滚向前顺流而下的情景，让踌躇莫展的革命党人突发奇想：把写有消息的东西投入河中，借流水传递成都信息，全川的人们很快都能收到了。

想到这儿，大家说干就干。

那个四川省城高等学堂的学长对站立旁边的瘦高个青年说：“何伯龄，赶快跑回学堂，多找些笔、墨，再设法弄些油纸来。”

四川省城高等学堂的生员分为“学长、学生和附学”共三个层次，“学长”程度最高，为“资性颖悟，易于造就”的有功名之人。何伯龄属于刚刚就读四川省城高等学堂的“附学”，是夹江县歇马场人。这时，得到吩咐，何伯龄二话没说，立即与同学一起跑回学堂，准备这些物件。

年轻人动作快，很快物件就准备齐全了。

何伯龄他们跑回来时，革命党人找来农事试验农场的数个工人，已经帮忙制作了百余条长 27 厘米、宽 13 厘米的木板。何伯龄等人逐一在每条木板上写上“赵尔丰先捕蒲罗诸公，后剿四川各地，同志速起自救”（繁体字），然后把木板涂抹桐油，包上油纸，乘着夜色偷偷投入锦江河中。木板随波逐流沿岷江下行到眉山、乐山、宜宾和重庆等全川各地，号召四川各地保路同志会“速起自救”。

这就是后人所谓的“水电报”（相当于漂流瓶）。

看官谨记，何伯龄是本书主要人物之一，引出了全书纷繁多彩的故事。

“水电报”木板乘水涨之势，随江水漂流而下，很快便将消息传递到沿江流域。各地接到“水电报”后一传十、十传百、百传千，许多人又照样仿造，将更多的“水电报”投入江中，使“成都血案”的消息很快便传遍全川沿江府县。全川各地保路同志会纷纷行动，鼓动老百姓反抗清政府，支援成都保路运动。

离成都较近的华阳、温江、新都、崇庆（今崇州）、彭县（今彭州）、新津和灌县（都江堰市）的同志军，行动最为迅速，会合川内各地紧急赶来的各色人等，号称十万之众，一下子就把成都主城区围了个水泄不通，与守城清军对峙。

“成都血案”之后的1911年10月10日武昌起义爆发，辛亥革命的大幕缓缓拉开，大清王朝开始步入倒计时。

现今在成都市人民公园（原少城公园）内，仍然有座建于1913年的“辛亥秋保路死事纪念碑”，纪念在四川保路运动中牺牲的烈士。

由四川保路运动引发的辛亥革命，使中华民国直接取代了大清王朝。可是，民国初期仍然是时局动荡。

到底民国初期时局如何动荡，且看下回分解。

正是：

百代兴亡朝复暮，江风吹倒前朝树。

第二回

军阀割据大混战　政由军出防区制

保路运动以后的民国初期，是多政权并立、地方军阀割据的社会动荡时期，经历了中华民国临时政府、北洋政府、国民政府等政权，而且政权更替频繁，相互融合多变，有时还是多政权并立，叙述起来较为复杂。

由于书中故事发生在这个社会背景之下，有必要交代清楚。循着历史主线，从小说角度，择要述说一番，并非绝对真实的史实。

话说武昌起义胜利后，1912 年 1 月 1 日，以孙中山为首的革命党人正式宣布大清王朝被中华民国所取代，汉族、满族、蒙古族、回族和藏族“五族共和”，成立中华民国南京临时政府，孙中山被 17 省代表推举担任中华民国临时大总统。但是，西方列强认为逼迫清朝宣统皇帝（溥仪）和平退位的主要功臣是袁世凯，并且袁世凯掌握着当时全国最强的“北洋新军”军权，因而，西方列强转为支持袁世凯，孙中山实际被架空。仅仅三个月后，孙中山愤而辞去中华民国临时大总统职务，由袁世凯就任中华民国政府首任大总统。

因为北方是袁世凯政治势力的根基，袁世凯上任后，又力主把首都从南京迁至北京。

明清时期，人们习惯以上海吴淞口为界，把长江以北（包括江苏、山东、河北和京津等地）的渤海、黄海称作北洋，长江以南省市的东南沿海地区则统统称为南洋。清末年间，袁世凯在渤海边的天津小站编练“新式陆军”，先后训练出六个镇（相当于师）的“新军”，被称为“北洋新军”。因为拥立袁世凯的主要力量是“北洋新军”，所以，以袁世凯为首的中华民国政府就被称作北洋政府，使用的“国旗”即是代表汉族、满族、蒙古族、回族和藏族的红黄蓝白黑“五色旗”。

袁世凯掌权后妄图复辟，成立“中华帝国”，但是天怒人怨，遭到全国朝野一致反对，为民所不容，称帝了的袁世凯只当了 83 天的中华帝国皇帝，便郁郁成疾而死。

袁世凯死后，整个北洋军阀群龙无首，没有一个人具有足够的能力，可以单独控制北洋系军队并领导全国政权。自此以后，全国军阀派系间互不相让，既相互合作，又相互攻击，大军阀为了北洋政府控制权而大打出手，小军阀为了争夺地盘而小打不断，边疆地区和杂牌派系更是如同独立王国，各自为政，形同分裂。

军阀混战的结果是，北洋军阀逐渐分裂成直系（以冯国璋、曹锟和吴佩孚等人为代表）、皖系（以段祺瑞和徐树铮等人为首领）和奉系（张作霖）三大军阀派系。经过直皖战争（直胜）、第一次直奉战争（直胜）和第二次直奉战争（奉胜）等三次大战，相互间权势与地盘此消彼长，战胜者轮流控制北洋政府领导权，先后有黎元洪、冯国璋、徐世昌、曹锟和张作霖等首领，直到 1928 年北洋政府被国民革命军彻底推翻。

北洋军阀统治后期，直系再次分裂，直系重要将领孙传芳把奉系部队驱逐出苏皖地区以后，在南京宣布成立东南五省联军，自任总司令，拥兵数十万，控制了福建、浙江、安徽、江苏和江西等广大富庶地区。

在北洋军阀在北方地区打得热火朝天之时，南方各省却在逐渐脱离北洋政府控制，孙中山在广州，先后组建过中华民国广州军政府（护法军政府）、中华民国临时政府和中华民国陆海军大元帅府（大本营）等三个民国政府，直到 1925 年 3 月病逝，留下“革命尚未成功，同志仍须努力”的题词。

孙中山逝世以后，中国国民党为打败北洋军阀，改组广州军政府为广州国民政府，随后以黄埔军校学生为骨干组成国民革命军，与北洋军阀作战（北伐），一路攻城略地。占领武汉后，以汪精卫为核心的国民党派系成立了武汉国民政府。

1927年4月12日，以蒋介石为首的国民党新右派，以“分共清党”名义，清除国民党内的共产党员和国民党左派，在上海大肆屠杀共产党员、国民党左派和革命群众，并成立南京国民政府，制造了历史上著名的“四一二”反革命政变。同年9月，中国国民党各个派系相互妥协，暂时联合，南京国民政府与武汉国民政府合并，仍然称作南京国民政府，史称“宁汉合流”。

南京国民政府指挥国民革命军继续北伐，与北洋军阀作战，最终打败了以张作霖为陆海军大元帅的北洋政权，这也是最后一届北洋军政府。

1928年，奉系军阀首领张作霖被日军制造的“皇姑屯事件”炸死，少帅张学良通电全国，宣布效忠南京国民政府，东北易帜，把悬挂的北洋政府五色旗换为中华民国的青天白日国旗，中华民国政府实现形式上的全国政权统一。

话说这一时期西南一隅的四川省，与全国其他地方一样，也是草莽群起、军阀割据、百姓遭殃。只不过受地理条件限制，虽然四川军阀也曾倚靠一些北洋军阀，例如杨森的靠山是直系军阀吴佩孚和曹锟，刘湘的后台则是皖系首领段祺瑞，但是普遍都眼光短浅，只在省内争斗，并无出川争霸全国的意愿。

从武昌起义到中华民国南京临时政府成立这段时间，全国局势动荡，18个行省中有13个省份先后宣布独立，其他省份则宣布效忠中华民国临时政府。

在相对封闭的四川，以成都为中心成立了大汉四川军政府，而川东重庆则有个蜀军军政府，四川省成为成都、重庆两个政权并立的局面。直到民国元年（1912）三月，这两个军政府经过多回合谈判才宣告合并，接受中华民国管辖，四川督军府设在成都。但是这个督军府号令不出成都、重庆两个中心城市，四川各地仍旧是大小军阀林立，相互征伐不断。

民国七年（1918）二月，中华民国广州军政府（护法军政府）任命熊克武为四川靖国军总司令，联合黔军部队进军四川。熊克武与黔军部队一路凯歌，打败北洋政府总统冯国璋任命的四川督军刘存厚，一举攻占成都，熊克武旋即被任命为四川督军。

熊克武入主四川后发现四川政权“场子”很野，自己根本镇不住，甚至连维持社会治安都成问题，于是发布了《四川靖国各军卫戍及清乡剿匪区域表》，划分各部队“就地分防”和“分区卫戍”地盘，命令各地各路军阀驻防原地不动，总理当地军政、民政和财政，控制捐税、司法和所有行政，这就是四川民国时期的防区制。

四川防区制形成以后，四川各地大小军阀为争夺更大的地盘获取更多的粮饷，相互混战达十五年之久，大打年年有、小仗未停歇，弱肉强食，经过近五百次大大小小的战争，逐渐形成了刘湘、刘文辉、邓锡侯、田颂尧、杨森、李家钰、罗泽洲和刘存厚等八股军阀派系，把四川瓜分为大大小小的独立地盘，占有县城的多寡代表着占有防区的多少。

四川军阀占领了这个地盘，就把这个地方搞成独立王国，每个防区的驻军长官可以直接任命地方行政长官，地方行政长官也可以由驻军军官担任，地方一切权力“政由军出”，他们在自己的防区内为所欲为，横征暴敛，一年交多少田租、多少赋税，全都由本地军阀说了算。

就是说，你的部队在哪里驻扎，控制了哪些地盘，你就可以担当那里的行政长官，就可以收取那些地盘上的税收，充作你的军饷，包括自由征税、任意扩充军队。

当然军阀防区也不是固定不变的，每一次军阀混战的战果，就是一次重新分配防区的机会。这个军阀倒台或是被赶走，那个军阀上台之后，一切又得按新军阀说了算，一年可以征收几次，这就是防区制征税。

到了民国中期，四川则由邓锡侯、杨森、刘湘、刘文辉和王陵基等五个将领控制。因为他们的姓名部首分别带有金木水火土的属性，人们就称他们五人为“川军五行”。

话说四川防区制初步形成的当年，乐山地区由号称“嘉定王”的川军第8师师长陈洪范管辖，时人称“陈八师”。

军阀陈洪范是成都大邑县人，就是民国初期成都市大邑县横空出世的“三军九旅十八团”人物之一。陈洪范向来崇佛尚儒，在辖区轻徭薄赋，与民休养生息，民间口碑尚好。当四川督军熊克武防区制命令下达以后，他当即下令所部各旅各团，自行在乐山、峨眉、洪雅、夹江、犍为、荣县和威远等七个县的各自防区内征税，师部则截留乐山五通桥盐务稽核分所征收的盐税，每月数目可达十三万两，足够驻军开支，嘉定府俨然是个独立王国。

民国初期，盐业是最重要的紧俏物资，四川盐业的两个重要产地是自贡市和乐山五通桥。

乐山五通桥与自贡同属一个盐矿带上，两个地区盐业都很发达。相比较而言，五通桥有岷江水运之利，而自贡只通陆路，盐商巨贾更多云集在五通桥交易，在这里征收的盐税也就相对更多。因此，当时当地有“金犍为（乐山），银富顺（自贡）”的说法。

陈洪范治理民政、财政尚可，军政打仗却稍逊一筹。民国十四年（1925）初，四川军阀杨森被北洋政府直系大总统曹锟任命为四川军务督办以后，野心膨胀，借口有人不服从军令，发动“统一全川之战”，出兵攻击驻防川内的各地军阀。陈洪范部队屡战屡败，主力部队一路溃退，被迫从富庶的嘉定府一路败退到犍为、西昌等地苟延残喘。

四川军阀刘湘是投靠皖系军阀段祺瑞的。段祺瑞经过北京政变推翻了曹锟，任中华民国临时政府执政（国家元首），立即免掉杨森转为任命刘湘为新的四川军务督办。

被免职的杨森当然不愿交出兵权，这为刘湘所痛恨。刘湘便联合田颂尧、刘文辉等四川军阀组成倒杨联军，把杨森部队赶跑了，四川内战终于告一段落。

许多年的四川军阀内战，不管是军方还是民意，都谋求改善川省局势，说穿了就是厌战争求和平。于是，1925 年底，经过四川军阀间数轮讨价还价的“善后会议”，实际上就是划分新的势力范围，第八师防区就划归刘文辉管辖。

陈洪范被打败之后灰心丧气，加上年龄也大了，就没有了东山再起的信念与决心，不得不把所属部队交给同为大邑人的刘文辉收编，自己则看破红尘，萌生退意，通电下野，隐居田园。

陈洪范后来在成都文殊院皈依佛门，法号普光。

说起来，刘文辉从保定陆军军官学校毕业之初，就是由堂侄儿刘湘举荐，投奔川军第八师师长陈洪范，而后在“陈八师”一步一步地成长起来，待羽毛丰满，终就抢占了原本由滇军驻防的叙府（宜宾），开始自立门户，独霸一方。这期间当然离不开老长官陈洪范的扶持。

此为另话不提。

巴蜀大地文化很奇妙。古代时期巴和蜀是分开的，成都平原是古蜀国的腹地，以成都为都城；大巴山区则是古巴国的腹地，以重庆为都城。这里长时期存在以川东重庆为中心的巴国与以川西成都为中心的蜀国之争。

老四川历来就有“川西尚文、川东尚武”的说法，“巴有将，蜀有相”，这句话就很好地诠释了两地民风、民情和民俗的不同。

民国初期，四川是重庆的蜀军军政府与成都大汉四川军政府两个政权并立的局面。民国中期，四川军阀混战的结果则是成都地区由刘文辉控制，重庆地区为刘湘称霸，这种局面很长时间都存在。

正所谓“两强不并立”。

1933 年，出自同一刘氏宗亲的刘湘与刘文辉为争霸四川，爆发了民国时期四川最大的一次军阀混战——“二刘争川”。战争的结果是刘文辉战败，被赶到雅安、西昌地区偏安一隅，后来担任新成立的西康省主席。

四川省权柄终于落到刘湘手中。

在四川军阀混战多年脱颖而出的刘湘，终于意识到防区制才是导致四川军队私有性质的根本弊端，这个问题不解决，四川地方军阀割据的局面就很难被完全打破。

1933 年 12 月，国民政府任命刘湘为四川省国民政府主席。作为回报，刘湘允许中央军进入四川境内，与川军一道共同围剿长征中的中央红军。自那时起，蒋介石就有了经略四川的打算，认定四川独特的战略地位，曾经宣称“四川必可成为革命中心及复兴国家之基础”。

1935 年初，刘湘让出经营多年的大本营重庆市，把重组后的四川省政府由重庆市迁往成都市，这才使 1937 年七七事变后，蒋介石把首都迁至重庆变成了可能。

不能不说，刘湘在民族大义面前，顾全大局，颇有放弃个人和小集团利益的雄才大略。

这是另话。

刘湘就任四川省主席后，便开始着手铲除防区制和恢复地方行政区划，把军事、民事和财政分开，统一全川的行政、财政和军政，部队军费粮饷由省政府统一按月拨给，进而断绝军阀财政来源，促使军阀与地方政权脱离关系，地方军阀失去赖以生存的经济基础，从此防区制被打破。同时改革田赋，规定从 1935 年 3 月份起，田赋改为一年一征，实行单税制，废除了一些苛捐杂税。

四川防区制下的 17 年间，四川大大小小的军阀，在各自防区恣意妄为，民众深受其害，叫苦不迭。

如此混乱不堪的社会背景之下，远离权力中心的夹江县歇马场也难以置身事外，生出许许多多的故事。

欲知歇马场逸闻趣事，且听我慢慢道来。

正是：

汉地九州犹虎豹，天下四海无桑麻。

第三回

博览群书何伯龄　山村飞出金凤凰

话说参加制作“水电报”的何伯龄是嘉定府夹江县歇马场人，四川省城高等学堂的附学，大概就是一年级生员。

何伯龄的祖上都是大字不识的种田人，没一丁点儿文化，按说，何家就会这么默默无闻地生活下去，可是谁能想到，这个何家长公子何伯龄，喜欢读书，1911 年初，被夹江县推举进入成都府的四川省城高等学堂，当年四川每个县只能推举两人到这个学堂，全四川省也没多少人能够进去读书。可见，这是多么多么的不容易。

1905 年，清政府废除了自隋朝以来沿袭 1300 多年的科举制度，取消乡试、会试、殿试，大兴集中办学模式的学堂教育。在此之前的 1901 年，四川就把锦江书院、尊经书院和 1896 年光绪皇帝特旨创办的四川中西学堂，合并为四川通省大学堂，之后改称四川省城高等学堂，这是当时四川省最为重要的一所省级新式学堂，现在则是著名的四川大学。

何伯龄能读书是天生的。

何家长公子何伯龄天资聪颖，好学深思，看过的书能够过目不忘，被当地人喻为奇才。

虽然何伯龄擅长读书，悟性非常好，但是，生活是需要柴米油盐的呀。何伯龄的老汉儿大字不识，听得了村民对娃娃的赞叹，却看不得伯龄整天抱书苦读的样子，时不时地催促伯龄道：“快放下你那劳什子的书，给老子到田里锄草去。”

伯龄嘴上答应着，眼睛仍旧盯着书看。

如此数次这般，老汉儿就忍着腿上的创伤，从床上侧起身子，扯起嗓子大骂道："越大越不懂事了吗？你在那儿一坐就是半天，一点活儿都不做，到了秋天家里吃啥子？全家人都喝西北风吗？"

喝骂声引来了母亲和"啷巴儿"（夹江方言：姊妹或兄弟中最小的一个）幺妹何淑莲。

伯龄这才放下手中的书，慢慢地折个记号，回答道："谁说不去了，看完这一章我就去，我读点书有啥子不对的嘛？！"

老汉儿仍然气不过，继续骂道："对啥子对？！读书能当饭吃吗？！书本能当玉麦粑（玉米饼）啃吗？！"

母亲轻轻地拍拍伯龄肩膀，轻声说："娃儿，不是老汉儿狠心不让你读书啊。你看咱家里，'日无逗鸡之米，夜无鼠耗之粮'，三天两头都是吃了上顿没下顿的，怎么能够供得起你读书呢？"

伯龄苦苦哀求道："穷文富武。我读的书，大多是借来的，这几本书是找街上李老太爷借的，说好明天就要归还他的，你就让我看完再去锄草，还不行吗？"

老汉儿听了大惑不解地问道："啥块（夹江方言：哪里，哪个人）？你说借的啥块的书？哪个李老太爷哟？"

何伯龄骄傲地道："歇马场还有第二个李老太爷吗？！就是歇马街上的大户李老太爷呗。"

老汉儿瞪大眼睛说："李老太爷可是有名望的人哟，若是他看好的事儿，怕真的是好事儿呢。你个鬼娃娃，不会是骗你老汉儿的吧？"

没等何伯龄接话，老幺妹何淑莲拉过老汉儿的胳膊，摇着撒娇似的接话道："骗你做啥子嘛，我还陪哥哥去还过书呢。老汉儿，要不然的话，我就去代哥哥下田锄草，你就让哥哥把书读完了吧。"

老汉儿眼睛瞪得溜圆，喝止道："女娃娃家家的插啥子嘴，你个三寸金莲小脚，踩进田里拔都拔不出来，快回屋里裹你的小脚去。”

何淑莲不服地道：“听说有些城里人已经不裹小脚了呢，我也不想裹足，放开脚不就可以帮助家里种田了！”

老汉儿丢开何淑莲胳膊，气得一拍桌子，大声喝道：“胡说，女娃不裹脚，大手大脚的，嫁都嫁不出去。”

母亲拉拉何淑莲的手，小声道：“我们何家女娃儿裹足已经相传了几辈子，男娃娃就该到田里干活，这个是不能替代的，你不要瞎掺和。”

何淑莲只有七八岁，还扎着个小“鬏鬏儿”（较小的发髻）呢，但是口齿伶俐，仍然倔强地说：“家里有人能读书有什么不好的，或许哥哥能够读出名堂，改变咱家命运呢，反正我是支持哥哥读书的。”

老汉儿说道：“读书也还是要先填饱肚子不是？你小娃娃家家的，知道柴米油盐贵吗？”

何淑莲头脑反应快，马上接话道：“柴米油盐贵，种田吃饭难。那我就不再裹足了，跟老汉儿一块种田去。如果让哥哥读书，我就继续裹足，你们二选一吧。”

何伯龄没想到小幺妹能说出这种话来，心存感激地说：“还是妹儿有远见，就凭妹儿这眼光，这见识，我保证你能够嫁个大户人家。”

母亲说：“他老汉儿，别人都说咱孩子读书得行，夸赞得不得了，李老太爷都肯借给咱娃儿书看，担怕老大还真是天生的读书人呢。”

老汉儿见这两兄妹一唱一和的，老伴也这么说，没得办法，长叹一声，只得说：“唉，罢了吧，都指望不上。”然后，手指何伯龄道：“老大，我懂得读书可以改变命运，我也盼你将来给老汉儿争一口气，让我们早点苦出头。”

何伯龄坚定地说：“现在家里支持我读书，以后我肯定能读出名堂来的。”

“既然你这么想读书，那可就一定要读出名堂来哟。”老汉儿说罢，强撑着下床，下地干活去了。

何伯龄重重地点点头。

自此，何家老汉儿便省吃俭用供儿子读书，没让他干过一点农活，伯龄也一心一意地苦读，三乡四邻都知道歇马场有个读书过目不忘的何伯龄。

清朝末年，四川没几所学堂，入学也不像现在似的需要全国统考、择优录取。大致是给各州县数个名额，由各州县官家推举聪颖的优等生入学。

博览群书的何伯龄对传统国学的经史辞章造诣颇高，尤其精于《周礼》《仪礼》《仪记》，当年夹江县推举优等生的考试中，工书法、善骈文的何伯龄脱颖而出，竟然被推举进成都府读书去了，成为歇马场唯一的一个大学生。

山村飞出了金凤凰。

进入四川省城高等学堂的何伯龄，所见一切都是新奇的，一头扎进了知识的海洋，每天都在学生自修室中，就着散发着煤油味的油灯苦读。

有文化的人一般思想都活跃，擅于接受新思想、新观念、新事物。学业日渐精进的何伯龄，虽然还是附学，但是仍然被名望高的学长看中。能够获得学长青睐，何伯龄有些受宠若惊，视学长马首是瞻，接受其思想，头脑里渐渐地充满了“推翻清朝专制帝制、建立共和政治体制”先进思想，他成为革命党的边缘人物。

在参与发送“水电报”这个革命活动后，学长动员他这个边缘革命人，继续进行推翻朝廷事业。

何伯龄左右为难。

一方面这是他所敬仰的学长要求，而且“民主、共和”的先进思想也成为他追求的目标，另外一方面，他始终记得自己是个偏僻山区出来的娃娃，是经过多年苦学才考取的这个学堂，目前还没有完成学业，怎么能够中途而废呢。

老汉儿说过："学不成，勿回家。"

当他把回学堂继续读书的决定告诉学长时，"学长"半晌没有说话，末了才说："夫读书之人，鬼神所不能隐也。读书人当以文化报国。"

"夫读书之人，鬼神所不能隐也"的意思是：喜欢读书的人，认识了宇宙之下多少人，见识了宇宙之下多少事，看到了人类的成败与好恶，就连天地万物道理，鬼神之事，也都能通晓。

"以文化报国"这句话让何伯龄思索良久。

这个时期成都府很乱，人心不稳，学堂也停课多时，自修室也不再开放，回到学堂的何伯龄整天无所事事。恰恰这时，传来歇马场遭水灾被淹的消息。

何伯龄惦记家中老父老母，想着反正学堂也没开课，干脆先回家察看察看。想到此，何伯龄简单地给看门守夜人打个招呼，当即乘乌篷船往家里赶。

十天以后何伯龄赶回来时，现入眼中的是自己被除名的一纸《公告》。

何伯龄心有不甘，陈情自辩，辩说自己曾经跟看门守夜人打过招呼，而且家里确实受灾，应该情有可原。但是，学堂可不管这个，以"未向教习委员当面请假，其就读的算学科查无假条"为由坚持决定。

这时，学长已经继续革命事业了，没有人会为他这个仅仅读了一年书的附学说话。

何伯龄万般无奈，想起半途而废的此番此景，竟与自己胸怀志向相去甚远，不由得想起了宋代陆游的那首《诉衷情》：

当年万里觅封侯，匹马戍梁州。关河梦断何处？尘暗旧貂裘。胡未灭，鬓先秋，泪空流。此生难料，心在天山，身老沧洲。

何伯龄长叹一声，大叫道："心在天山，一筹莫展；身老沧洲，心实不甘。"

不得已，何伯龄退学回到老家夹江县歇马场，后又生出许许多多故事。

欲知夹江县歇马场的喜乐悲辛事，且看下回分解。

正是：

根之茂者其实遂，膏之沃者其光晔。

第四回

歇马山水美如画　李老太爷创家业

歇马场在我国西部成都平原南面最远端，是历史悠久的嘉定府（今乐山市）夹江县的一个古老乡镇。

我国西部的成都平原又称川西平原、川西坝，介于龙泉山脉、龙门山脉和邛崃山脉三大山脉之间，北起江油市，南到乐山市五通桥区，包括涪江冲积平原，岷江、沱江冲积平原和青衣江、大渡河冲积平原，总面积约1.881万平方公里，是我国西南地区最大的平原，河网稠密，素有“天府之国”的美誉。

川西坝位于四川盆地中心，这里降水丰沛，水系发达，水资源相当丰富，生物资源种类繁多，大熊猫、牛羚、金丝猴等稀有动物常年在四川盆地西缘一带的高山峡谷中活动。数亿年的地质运动，造就了巴蜀大地瑰丽险峻的自然风光和地理环境，孕育了独特的人文景观、多趣的风俗习惯和沉厚的文化积淀，生出许许多多的逸闻趣事。

川西坝最远端的夹江县，开府治县最早可以追溯到公元593年，即隋朝政权隋文帝杨坚（公元581年至604年在位）开皇十三年，就在岷江流域青衣江畔的千佛岩设县，县治所处之地大观山与依凤岗对峙，青衣江蜿蜒而过，形成“两山对峙，一江中流”的旖旎风光，因而得夹江之名。

夹江县城西北边陲的歇马场是片山间盆地，被峨眉山余脉的尖峰山和大旗山环绕，周边山高林密，环境生态相当优美。受当地人称“稚川溪”的河水滋养，这里山清水秀，美景如画。

传说三国时期蜀汉政权建兴三年（公元 225 年），蜀国南部地区少数民族首领孟获邀集三十六寨酋长、七十二洞番邦洞主，共同起兵反叛蜀汉政权，赶跑蜀国任命的政府地方官员，成为蜀国内乱之患。不得已蜀国只能兴兵镇压，蜀国丞相诸葛亮亲率蜀军大部队征伐孟获。途中，有位蜀军大将曾经在这个地方休歇养马，故名“歇马场”。

另外，又有传说是因明代有位将军出巡时曾经在这里休息喂马而得名。虽然历史真相无法考证，但是，距离歇马场不远处的千佛岩地区确有一大块平原空地，有十数平方公里之阔，还真可以点兵点将。更为神奇的是，千佛岩脚下有块突兀屹立自然形成的巨石，高约 15 米，面积仅百余平方米。传说，这就是三国时期蜀国丞相诸葛亮征伐孟获行军途中的点将台。

由此说来，歇马场的来历诚可信也。

虽说“小江南”的川西平原水源发达盛产稻谷，但在歇马场这个地方，由于地处川西平原与峨眉山山脉交界，林木众多特别盛产毛竹。这里却不容易种植水稻，散居在山上的农民多以种植玉米为主，想吃点大米得走出去以物易物。

正所谓“一方水土养一方人”。毛竹正是汉民族传统的手工造纸原料，这里自唐朝便开始生产夹江竹料纸，在清王朝乾隆年间，夹江竹纸被钦定为“文闱卷纸”和“宫廷用纸”，名气和需求量都很大。

抗日战争最困难时期，夹江竹料纸得以再生，对文化抗战起到了十分重要的作用。

抗战时期夹江竹料纸再生之事，后文再叙。

话说歇马场这个小地方，居住者大多是明末清初湖广填四川来的移民，但具体是从湖广省（明清时期所称的湖广行省，泛指今湖北省、湖南省和广东、广西部分地区）何处迁居而来无人考究。

这儿的人们中规中矩地过着日升而作、日落而息的农耕生活，繁衍生息了二百余年，终就形成了一条歇马街。

这条不长的街道极为普通，狭窄的街道仅有四米多宽，两边民宅建筑就地取材，以当地盛产的木板和竹子为主，屋顶盖瓦，这还是比较好的。穷苦人家的房屋大多全部或者部分使用竹子简单捆扎固定，竹子两边再用黄泥黏土围墙，屋顶则用稻草覆盖。

歇马街当中却突兀屹立了一个木结构宽敞瓦房四合院，那是近年来在当地鼎鼎有名的暴发户——李氏家族，他们家是个有着近百口的大户人家。

李氏家族的发家史既有辛苦劳作，也有坑蒙拐骗。

在以粮为本的农耕时代，四川历代封建统治者都很重视盛产稻谷的嘉定府洪雅县，也不知从何时开始，洪雅县境内止戈乡纸火街，便成为峨眉山脚下的峨眉、夹江、洪雅和丹棱等四县的物资交易重地，周边的人们纷纷将本地特产贩运到这里交易，售出产品，换回所需的稻谷粮食。

歇马场李老太爷上一辈虽然小有成就，但也就是比同村农民稍微富裕一些，青菜、玉米饭可以填饱肚子而已。当洪雅县纸火街市场形成以后，敏锐的李老太爷发现，倒腾买卖吃差价的利润更高，比纯粹种地强多了，于是他开始半农半商的生财之道。

李老太爷这支是从湖北麻城迁来四川的，家谱记载字辈为“国远稼正兴，天玖昌德厚”。李老太爷是稼字辈，先后生了四儿三女，分别取名荣、富、华、贵和梅、兰、菊，除两个女儿早夭外，他把正荣、亚梅、正富、正华和正贵等四儿一女抚养成人，带领他们种菜养猪、伐木砍竹、走商贩卖，凭借勤劳、节俭和狡猾，当然也少不了挣些不义之财和不劳而获，将华头的煤炭、歇马的玉米运到纸火街市场交易，再买回盐巴、稻谷在当地贩卖，生意越做越大，一步一步地有了一点经济积累，渐渐地弃农经商，创下了富甲一方的家业。

要说李老太爷与其他农民的不同，就在于其独特的眼光。

虽然李老太爷已经小有财富，但是，他深知这仅仅是在歇马场这一小块天地，外面的天地更为广阔，更有发展空间。在他的心目中，最大的愿望就是把儿女送出小山区，再利用儿女成就辅助家族。

因此，他很早就把亚梅嫁了出去，嫁到距离县城仅一条青衣江之隔的木城场的熊家。

熊家虽说在木城场算不上富家大户，但是熊家人与李老太爷一样，头脑灵活，早就不是一个专靠在地里刨食吃的农户人家，生活是优于当地普通民众的。

对于李老太爷来说，最重要的是使亚梅摆脱了偏远小山区的艰苦生活，离县城更近了一步。

亚梅嫁过去后，生了个儿子名熊平安，他是李老太爷最大的外孙子，本书重要人物之一。

李老太爷还想把四个男儿送出去，帮他们摆脱农民种地的命运，正苦于找不到门路之时，机会说来就来了。

清朝常备军为八旗军和绿营兵，都是军职世代相传，父亲当兵死了儿子继承，儿子才能成为军兵吃皇粮。这时刚好机缘巧合，李老太爷做生意时熟悉的一家绿营兵无男儿接续，更为重要的是那家也姓李。

按照清朝绿营兵补充规定，应该从原籍家族人员中替补。李老太爷敏锐地抓住这个千载难逢的机会，利用这个漏洞，扯上了与这个李姓人家的关系，费了很大工夫，花了大把钱财，才把长子李正荣顶替送到清朝成都府绿营军当兵，冀望于长子在外奔个功名，支撑起家族生意，只留次子正富、三子正华和老幺正贵帮衬经商。

李老太爷的这一英明之举，确实给家族生意带来保障。李老太爷更是有意无意地对人提起在成都府绿营军当官的长子正荣，面露自豪之色。生意往来中，还有哪个胆敢坑骗李家呢。

正荣从小爱舞刀弄枪，体貌雄伟，孔武有力，还有峨眉派武术功底，进入绿营竟成为优势，当兵时也比别人年龄稍长些，适应环境自然比别人要快，因此，没几年就混到成都府绿营兵华阳汛的把总（相当于班长），手下有一二十人使唤，许多年以后，干到了千总直至副守备，拥有了一些势力。对于偏远的歇马场来说，有子弟在成都府从军那可是了不得的事儿。

清朝晚期兵制，大体可分为旗兵和汉兵。旗兵指八旗子弟兵，主要由满族人和蒙古族人组成。汉兵主要指绿营军，由归降的明军和招募的汉族人组建成军，以绿旗为标志。“凡天下要害地方，皆设官兵镇戍”，就是绿营兵的设置原则。

绿营兵的营制分标、协、营、汛等四种，基本单位是营。省级设镇，镇的长官是总督、巡抚、提督和总兵，这些官统率的亲兵统称为本标，每标二至五个营；副将所属的兵称为协，统辖戍守要地的若干个营；营以戍守地命名，由参将、游击、都司和守备分别统领；营下设汛，汛的长官为千总和把总。

正荣最后混到成都府绿营兵右营副守备，为从六品官，相当于现在的军分区副司令，虽然并不是什么将军级别，但是比起夹江的七品官县令还是要高些，因此家乡人倍加尊敬他，人们尊称其“将军正荣”。

李正荣顾家，十分惦记山里的老父亲，时不时地委托嘉定府绿营军同僚，给家里带些军队用的物品，这更让乡邻刮目相看，不得不让李家三分。

直到民国九年（1920）老太爷去世以后，在外漂泊多年的正荣才回到家乡养老。

晚年的李老太爷，最大的享受就是在四合大院门口那棵挺立的老槐树下，半躺在“马架子”（四川传统的老式全躺竹制椅子）上，悠闲自得地喝茶，给那几个小孙儿讲讲成都府。

李老太爷并未去过成都府。他只是从正荣随意、断断续续的讲述中，零零碎碎地将整个成都构思出来了，讲起成都的街道、成都的房屋、成都的庙宇花园、成都的小吃，仿佛比常驻成都的正荣还要熟悉些。

其实，李老太爷这样说，就如同他的爷爷亲手栽下老槐树，寄予后代子孙“门口栽棵槐，升官又发财”一样，他是为给孙儿些灌输成都府的优渥，期待孙儿些走出歇马小山村。

向往成都府的好，担怕就是那时深深地印在了孙儿些的心里。

一天，在成都府的正荣让嘉定府的同僚给家里送来一些吃食物件，管家远远看到了，就大声招呼起来。患病多日的李老太爷听到招呼的声音，一下子从“马架子”翻身爬起，赶紧让陪在身边的李正华给来人上茶，叫管家安排晚饭。

等这一切完毕以后，才颤颤悠悠地接过来人递上的礼品，对几个孙儿说：“看看，这是你们大爸带回来的成都府上好点心，‘淡香斋’桃酥，贡品呢，光绪皇帝才能吃得到的。”

孙儿们一窝蜂地围拢来，眼巴巴地抬头望着，像个“向嘴狗”（四川话，看着别人吃东西，心中想吃）似的，小嘴口水直流。李老太爷搭眼一看，他最喜欢的孙儿李兴盛不在，就说：“莫急嘛，五娃子（兴臣），快快去把你四哥喊来，不然你们就‘向到’（看的意思）。”

直到孙儿们到齐了，由大到小地排排队，才给每个孙儿一块比“袁大头”（大洋）稍大一点的桃酥。

兴盛是分得两块的。

看着孙儿们蹦蹦跳跳地跑开了，李老太爷再把沾在指尖上的渣屑，一点点地吸吮掉。

目睹这一切的李正华看着孩子们的兴奋劲，心里正自高兴，这时，管家进来告诉他：“何家秀才何伯龄来了，说是找您有事儿。”

“何伯龄？”正华纳闷地问道，“快快请进来，他可是咱歇马稀罕的文化人呀！”

何伯龄找正华有什么事儿，且看下回分解。

正是：

古代将军歇马场，穷乡僻壤有能人。

第五回

教化民众开蒙馆　借题泄愤李正富

话说何伯龄从成都府回到歇马场，又是一件轰动的大事儿。

歇马场本就没几个读书的年轻人，何伯龄被推举进入成都府读书，是那个小山村许多年来的首例，曾轰动一时，不仅仅在歇马场，甚至全夹江县都知道歇马场有那么一个会读书的何伯龄。

可是一年之后，何伯龄又回到这个小地方，当然消息也是传遍了歇马场。见到伯龄，有人就问："哟，歇马第一个秀才怎么还回到咱这儿呢，未必还跟咱一样种地不成？"另外一人不无戏谑地道："你多不容易地能见着县老爷不用跪了，本来我们还指望你能娶到皇帝女儿，光宗耀祖的呢，可是……"

话虽没继续说下去，但肯定不会是什么好话。

何伯龄不屑于回答，跟这些人讲"推翻封建帝制、建立民主共和"的道理，他们也不会懂，便懒得理会。

虽然如此，人是需要柴米油盐生活的呀，而且在农村也只能干农活才能生存。

本来伯龄在家时就没怎么干过农活，有了成都读书的经历，见过世面后，更不想继续下田坎干农活了。

伯龄突然想起学长对他讲的"读书人当以文化报国"那句话，心想：读书人做文化事，何不办一家私塾，帮助愚昧不开化的村里人，哪怕是教年轻人读书识字也好啊。同时，还可以有一笔收入，受人尊重。

清朝民间私塾办学形式大致可分四种：一是豪门富户聘请名师来家坐馆，专教自家子弟，称为家塾或坐馆。二是声望较高的文化名儒在家中设馆，教授负笈从游的学子，称为私塾。三是家族族长利用公房，聘请塾师教授本族子弟，所有开支大部分由公堂负担，称为族塾。四是由地方关心教育的人士任学东，收集学费聘请塾师，教授贫寒子弟，称村塾。

直到1906年，清政府才严饬各地于城乡各处遍设蒙小学堂，这一政策落实到夹江则要晚了几年。

伯龄决定办一所蒙小学堂，因为歇马场尚且没有一家私塾蒙馆。

他深知，办私塾必须得到歇马场富户支持，因为那时只有有钱人家子弟才读得起书，他要探探口风。于是，他忐忑不安地专程拜访歇马场富户李氏家族最为开明的三公子李正华，听听正华叔叔的意见。

李正华把何伯龄请进老太爷的书房，俩人落座后，伯龄才说出了自己的想法。

谁曾想李正华很是赞成何伯龄的想法，思想认识比同时代的人明显高出几个层面，他说："孔老夫子说得好，'以德润身，以文化人'。教育乃一个国家一个民族之根本，投资教育，利国、利民也利己。"

伯龄书生气息还很浓，这时"艾口识羞"（四川话，羞怯的样子）地小声道："道理当然是这个道理，别人想的可是不同，担怕人家不来读的呢。"

正华不同意此话，摆摆手道："咦，怎么会呢？你考进成都府读书的影响很大呀，歇马一些子弟已经有了读书求功名的思想，只是苦于歇马场没得私塾，都到县城、木城场和洪雅县三宝场等地方各自读书呢。"

伯龄端起一杯盖碗茶，双手捧给正华叔叔，说："我就是想到这点，才想在歇马场办家私塾的，请正华叔叔给咱支持。"

正华接过茶，喝了两口，拍拍胸脯道："老话说'书中自有黄金屋，书中自有颜如玉'。你放心，我要让李家的娃娃都去读书，都要做个有文化的人。”

伯龄真没想到正华叔叔这么开明。

正华又说：“你也不用在家里那样小打小闹地办，这事我支持，你把歇马场文庙的那几间空闲房屋用起来，粉刷修缮一番，找木匠做些桌椅板凳，先开个蒙馆吧，教人识字也好啊。”

伯龄感动地望着正华，搓着手红起脸道：“可是，可是，我家里也没得啥子钱的……”

没等他说完，正华接话道：“花不了什么钱的，我给你一点钱，负责粉刷修缮教室，做些桌椅板凳，还可以帮你再请两个塾师。这些钱，就当是李家子弟读书的学费好啦。”

伯龄有些激动，站起来坚定地说：“正华叔叔这样说，我肯定能把这事办好，以后，我就要靠教书，立足于歇马场，让人不敢小看咱歇马人。”

正华拍拍伯龄肩头道：“我相信你的，好好干去吧。”

何伯龄千恩万谢地走了。

有了正华叔叔的支持，何伯龄立马开始行动，很快，这家“歇马何氏学堂”就开张了，起初只有歇马场李家六七个子弟，后来因为收费低，周边村子也有几个娃娃来，慢慢地就有了点影响。

伯龄起初只是教人识字，主要学习《三字经》《百家姓》《千字文》《弟子规》《名贤集》《神童诗》和《朱子格言》等“蒙学”内容，学生们都很努力。

一段时间以后，伯龄感觉得到学生们是在以自己为榜样，最想要的是摆脱贫困，于是上课时就常常说“努力努力，出人头地”“不要觉得累，死后会长睡”“花点儿小钱别心疼，格局放大才能摆脱底层”之类的话，引导学生思考如何摆脱贫穷状态，这样的教学很是受学生们喜欢。

“歇马何氏学堂”慢慢有了影响，名声很好，伯龄有了扩大规模的想法。

正华很满意这个成人之举，时不时地到学堂看他的“杰作”。

一天，正华正在学堂里与伯龄商议扩大规模，在“蒙馆”基础上，增加“经馆”教学。蒙馆教授启蒙课程，主要是读书识字；经馆则需讲授四书五经、古文、习作诗文等，要高级一些。

俩人正说话间，正华看到二哥李正富立在教室窗户边旁听，因为他的大儿子就在里面读书，正华也就没在意。

不一会儿，只见正富拉着脸走了过来，俩人刚想招呼，正富就气呼呼地大声唠叨起来。

正富道：“何娃，听说你教学生说，努力才能成功，可是咱老百姓种田不努力吗？！你知道歇马场有多少人忍受头痛腰疼而劳作的苦难吗？！你说要有格局有眼光，其实咱并不是格局小，咱也懂得用钱结交人，给自己多条路，光是种田才能活着，咱就已经用尽全力了啊！”

正华、伯龄俩人丈二和尚摸不着头脑，不知道正富话从何来。

正富接着道：“你知道我这个庄稼人是怎么种田生活的吗？每年春秋两季稻，需要育苗、插秧、匀苗、施肥、锄草等，快成熟了还要祈祷老天，不要下暴雨、不要刮大风。晒干后还要捶打脱粒，才能有得饭吃。”

正华赶紧接话，道：“二哥，你这话从哪儿说起呢，‘白眉白眼’（四川话：无缘无故的意思）的，我听起来都是一团雾水的啊。”

正富并不接正华的话，接着唠叨道：“就算是风调雨顺的光景，除了养活一家人吃喝之外，基本就所剩无几了呀。如果老天爷稍微发点脾气，刮大风，下暴雨，发洪水，我们也要提前挖野菜、打柴了。”

话没说完，又加重语气道：“还有那些个赋税呢。”

正华知道所以然了，原来二哥是在为多交赋税的事儿生气，遂笑笑道：“二哥，你这么说的与教育娃娃是两回事。伯龄是在教育娃娃们奋发学习，靠读书改变命运呢，与你的劳力付出没得关系。”

正富道：“三弟你倒是好，有头脑，可以在外跑生意，挣的钱比我多，还给他钱让他开私塾，名声也有了，格局也大了。我也想换个活法，格局大些，可是我今天停下手里的活，明天全家就会饿肚子了。”

正华越听越不对劲，心想：担怕这是二哥对老太爷分家的事发泄不满吧。他生怕分家内情让外人知道，遂赶紧拉住二哥，道：“二哥二哥，莫在学堂乱说，影响到娃娃们读书，有事咱回家再说嘛。”

正富却没完没了：“本来就是！人人都要吃饭，那总是要有人种田，总得种出吃的来吧！你就是头脑再好，没得咱产出水稻来，没得咱养的鸡鸭猪羊，你拿啥子交易挣钱？”

正华这才明白，正富发泄的缘由就是因为老太爷分家的事儿，更准确地说，是对他家需要多交赋税而产生不满，但他不好当着伯龄的面讲，只是不动声色地尽量保持微笑。

看到没人接话，正富狠着心道：“明天咱家兴君不来读书了，跟老子回家种田去。”

说完，径自走了。

伯龄知道正富叔叔的性情，一直目瞪口呆地定在那里，不知说什么是好。

虽然发生了这件事，但丝毫没有影响伯龄，他慢慢地把私塾做得越来越好，影响也越来越大，成为歇马场唯一的私塾。

凭此开启教育之举，何伯龄在夹江教育界影响很大，后来还曾经被夹江县国民政府教育科延请为督学，桃李满城，威望很高。

如果没有发生四川保路运动，在省城读过书、见过大世面的何伯龄可能还会有更大的前程；如果不是阴错阳差，后来他还可能进入中共夹江县组织，参加革命队伍呢。

这是后话，容后再叙。

李正富大闹学堂，根本原因就在于李老太爷“别籍异财”式的平分家产，虽然当时看起来他分得的土地最多，最占便宜，但是，在以后不断变化的税赋政策之下，他吃亏最多，也才借机发泄怨气。

欲知李老太爷如何平分家产的，且看下回分解。

正是：

天下之才在教化，教化之所在学校。

第六回

“别籍异财”非薄义　和平分家李太爷

李老太爷发家以后，就一直想着如何把四个儿子安顿妥当，和平分家。

四川远离中原政权中心，受儒家伦理影响相对较少，家族宗法观念也相对淡薄，加上南方多丘陵山地，田地东一块西一块，本就适宜单独耕种，农家也是东一家西一户的，因此，“别籍异财”习俗较为流行。

“别籍异财”，说白了就是父母长辈还健在而兄弟分家，这在当时人们观念来看是“薄于情义”。

李老太爷的聪明之处，就在于他是小刀切黄油式的分家，眼见四个儿子一个个地长大成人，他就想到该把家财分了，暗中早早就做好了打算。

常言道：一母生百子，性格各不一。

李老太爷的四个男儿：长子正荣本是练武之人，性格上爽快大方，做事干脆，敢做敢当，由于被老太爷送进“绿营”当兵，吃皇粮，家庭经济算非常好的，老太爷常常为自己的英明决断而自豪；三子正华老实忠厚，为人中庸，对人多多谦让，早早跟随老太爷打理生意，是个老练精明的商人，况且，正华有个其他兄弟都没有的品德——尊崇读书人，也爱好读书；老幺正贵有点纨绔子弟做派，整天养狗遛鸟，偶尔也帮家里做点不动脑子的粗活，但是从不吃亏，做事不计后果；倒是次子正富属于纯农民的性格，小气抠搜，爱算计别人，也苛刻自己，是家族人们心目中公认的“老抠”，人们背后都叫他“抠二爷”。

李老太爷对正荣家最为放心。

本身正荣从军待遇就是比较好的，那时一人当兵，可以养活一家老小，正荣家里吃穿用度从来不愁，老太爷就把离自己不远的一处房产，让正荣家住，这既是为了彰显正荣家，也是显示老太爷家的荣光，当然，还因为正荣家早不需要靠种田为生了，总不能把在省城当兵的正荣家安排到更远的乡间居住呀。

也就是正富大闹学堂前不久，已经病了很多天的老太爷可能有不祥预感，便对管家说：“去把正富、正华和正贵三兄弟喊来，我有事儿跟他们说。”

三兄弟走进书房，老太爷正病恹恹地斜坐在太师椅上，书桌上放了一碗草药，精神还算正常。见仨儿子进来，便招呼他们坐下，开门见山地说：“我老了，你们兄弟四个已经长大成人了，有的已经婚娶，迟早都要分家，趁我还活着，做主给你们把家分了，免得你们以后闹意见，影响兄弟感情。”

由于平时老太爷流露过这种思想，所以三兄弟对老太爷分家的提议并未感到诧异，三儿正华随手取来书架上一本书，翻看着道：“分不分，怎么分，都听老汉儿的。”

正富、正贵也都说听老汉儿的，老汉儿怎么安排，就怎么分。

老太爷点点头说：“房子田地都好分，除了老大仍然住在街上、老幺还跟我住新宅以外，老二、老三的院落，我也想好了，田地按照水田两份，老大、老二各一份，旱地一份给老三，山地杉树林是祖宗坟山，这一份只有给老幺。现有的银子分成四份，哥们四个一人一份，这都好办。”

仨儿子仍然专心致志地听着，没有人插嘴。

见没人说话，老太爷接着说：“这些年我做生意，是攒了一点家财，但是不能坐吃山空，你们以后还是要好好把握光阴，多劳作，不要懒散，不要胡吃海喝。”

仨儿子都点头称是。

老太爷接着说："不好分的是咱家的粮食生意，每年为咱家挣钱也不少，老三跟我干了很多年了，你们看给谁呢？"

老幺正贵本就直爽，而且老太爷先就表态，允他仍然住在新宅。于是，他先开口对老太爷说："老汉儿，这些年我没帮家里打理生意，我三哥出力最多，生意也最熟，就让三哥做这个生意呗，外人也看不出家里分家，岂不是更好。"

仨兄弟都清楚，家里粮食生意挣钱最快，摊子也最大，现在老幺抢先开口了，老三正华自不必说，正富则心中有气，怨恨地看了一眼老幺，一时也不好说什么。

想了一会儿，正富说："老汉儿安排的，我本应该遵从，但是粮食生意走南闯北，要与各种各样的人等打交道，如果老汉儿不在，我觉得三弟一个人不一定能做好，我想参与帮衬帮衬。再者说，家里就只有这个粮食生意挣大钱，给了三弟，那还给他分田地吗？"

老太爷笑眯眯地问："老三，你的意见呢？"

正华连忙回答道："我没啥说的，老汉儿挣的家财想怎么分就怎么分，老汉儿怎么说我就怎么办。"说罢，看了一眼正富，又说："实在话说，我还真知道如何与人做生意的呢。"

老太爷笑着道："老三这些年跟着我风里来雨里去，饥一顿饱一顿的，没有功劳也有苦劳。生意这事一人担当为好，既然老三有决心，老幺也没意见，老二，你生意没跟着学多少，书也没念多少，粮食生意很难做啊，你就不要和三弟争了，我从其他方面弥补弥补好不好呢？"

正富暗暗抱怨，既生气老幺正贵过早地表态把生意让给正华，又生气正华讨好般的表态，但是，老汉儿开口表示将给予补偿，他也知道自己本事没有三弟强，所以，强忍着不快点点头，期待老汉儿如何补偿。

老太爷示意正华递过一碗草药，慢吞吞地喝下，思考好一阵子，才慢悠悠地对正富说：“老二种田种得好，又爱土地，那就给你两份田地，还有老三的旱地，全都是余湾村的良田，同时把余湾的老宅也分给你，只是你今后不得再插手粮食生意了，要得不？”

正富心中大喜，当即喜笑颜开地表态道：“要得，这样安排要得。”

正华、正贵却不约而同地问道：“大哥不要田地了吗？”

老太爷不无骄傲地说：“老大跟我说过，他想把家搬进成都府去，只需给他在歇马留座宅子就行。再说，给他田，家里也没人打理呀。”

老太爷略微感激地说：“你们大哥还说，只要弟兄们能平平和和地分了家，他什么不要都可以的呢。”

在土地为纲的那个年代，没得哪个农民不爱良田！正富对土地更是情有独钟，他知道余湾的良田水稻产量很大，现在多分得一份旱地，而且，老宅虽然比不上新宅，但还算宽大，正富心中暗喜，显得大气地说：“这样得行，老汉儿给我分了田地，有田种就能吃穿不愁，粮食生意就给三弟吧，三弟确实比我有些头脑。”

正华和正贵则心中打鼓。

老太爷又笑着对正华道：“老三啊，咱家的粮食生意虽然不太大，就那么几家店，但是操心可是不少，你雇几个人守着店，只要不胡来，一心一意地把生意做好，养活你一家子那是绰绰有余的。”

不等正华表态，老太爷又接着说道：“田地你就不要分了，你那一份，就分你二哥吧。”

老太爷见正华没有说话，呆呆地望着自己手中的一本书，带有试探性的口吻说：“三娃子，你喜欢读书，我把这书房的书都给你，但是不给你分田地，你看得行不得行？”

老太爷文化虽然不高，但却很爱文化人，也爱收藏书籍，书房几面墙的书架都满满当当，不明就里的人看到这样的书房，还以为他是位老学究呢。

正华心中不甚高兴，嘴上却说："这一屋子书我倒是很喜欢，求之不得的呀。只是这是新宅的东西，幺弟允许我搬吗？"

老幺正贵赶紧说："咋个会不允许呢？弄多（夹江方言：很多）的书占了这么一屋子，还不如把它腾出来，改成间小客厅，咱哥们喝茶、打牌、抽烟，这多好！"

正富心想：这个老三，书能值几个钱哟？可能一头牛都值不上。

正华只得道："那老汉儿这些个书，我就抽时间全部搬走了。"

老幺正贵心中暗喜：但凭新宅子的边边角角、坛坛罐罐可都是值钱的呀。想到这儿，就对三哥说："三哥，书保证全部给你搬走，其他东西可是不许动的呀。"

老太爷见大家没大的意见，就说："那就这样，你们可要记住，等我死后，新宅子就是老幺的了。"

正华心头想想又有点不对，就问老太爷："老汉儿，余湾的老宅给了二哥，歇马的新宅留给幺弟，大哥也有住的地方，可我住在哪儿呢？"

老太爷拍拍正华肩膀，道："老三，吃亏是福，不这样分，还能够怎样呢？"

不等正华回话，老太爷接着又说："这么大的粮食生意还不够你修座宅子？再说了，还有那么多的书籍呢，那些书也都是宝贝，可别让虫子给蛀了就是，应该时不时地拿出来晒晒哟。"

说罢，老太爷转过头来，像是宣布大事儿似的，严肃地说："从现在开始，粮食生意收益就全归老三所有，老三也该抓紧修座宅子呀，你们说是不是？"

正富、正贵点头称是。

正华心里不了然，心中有气，但是，老太爷决定了的事儿，还能够给推翻吗。

把土地与财产摆在一起划分，要土地的多给良田，要财产的多给金钱，想经商的给予资源，满足了儿子们不同的心思，家，就是这样被李老太爷和平地分了。

分家过后不久，李老太爷就驾鹤西去了。

老太爷“走了”（去世）以后，哥们几个独自生活。正荣不必多言，仍然在成都府做事，正富有三份田地，活得也比较滋润，老幺正贵没啥追求，新宅的坛坛罐罐就够他过得安好的了，还有一大片杉树林呢，估算价值也不菲。只有正华，因为只分得一个粮食生意，自己不得不奋斗了好多年，才勉强修了座宅子，可以喘口气了。

老太爷去逝以后，没费多余的话，正华就把老太爷书房里的书全部搬进了自己家中，闲暇时间，便翻翻书，有时借与何伯龄，认识了不少读书人，自得其乐。

一天，正华读书累了，躺在椅子上休息，忽然想起老汉儿交代的给古籍书晒晒的叮嘱，想想平时也就这几个木箱子没打开过了，于是，就把箱子搬下来，看看箱子里到底是什么书。

箱子很沉，正华搬不动，就让管家帮忙把箱子从书架上搬了下来。

正华打开箱子仔仔细细地看了一遍，大多是很古老的线装书，明末清初的居多。其他人可能觉得无所谓，但是有点文化且爱书的正华却知道，这些年代久远的书籍应该价值不菲，可不止现钱那么简单，这是宝贝啊！

正华心中高兴，小心翼翼地拿出书来逐个晾晒，自己则悠闲自在地继续喝茶。

喝罢茶时间已晚，他准备把书籍装回箱内，可是这两个空箱子都很重，他感觉不对劲，想到这箱子可能有问题。

正华拿来马灯，点燃，再仔仔细细观察箱子里里外外，突然发现箱子底部的木板有个极小的缝隙。正华恍然大悟，原来箱子底部有夹层！

正华没喊别人，自己找来工具，小心翼翼撬开夹层，发现里面整整齐齐码放了一层大的金块、小的金条，另外那个箱子的夹层，除了金条以外，还有一些金首饰、玉饰等等。

不算古籍书价值，就是这些金条、玉饰，乱世当下也足以修建一栋豪宅的呀！

正华这才明白老太爷只给他粮食生意，而不给他房产的用意，不由得立起身来，向老太爷的牌位深深地鞠了一躬。

正华是个心思重的人，面对意外之财，既没买房置地，也没告诉家人，生活与平日并无两样，只是人们略微感觉到他谈起生意来底气更加足了，并不计较那点蝇头小利，即使是亏钱，连眼都不眨一下。

这个秘密，直到正华去世前，才告诉了唯一的儿子兴盛。

欲知分得田地最多的李正富如何，且看下回分解。

正是：

积善之家有余庆，积不善者有余殃。

第七回

苛捐杂税名堂多　精打细算“抠二爷”

正所谓“祸福相倚”。

李老太爷这小刀切黄油式的分家，虽然没有引起大的波澜，算是和平分家，但是后来也带来想不到的结果。当年最为受益的“抠二爷”李正富，却意想不到地吃亏不少，最为痛苦。

李正富在学堂对正华和伯龄发泄不满，最为主要的原因，是由税赋引起的。

话说民国时期四川征税纳粮的依据是土地数量多寡，就是说，土地多赋税越多，土地少，即使财富多，赋税也不多。

中国封建社会几千年的历史，始终以农耕种田为主线，生产关系的基础与核心就是土地制度，对土地所有权的争夺贯穿了整个封建社会。民国时期的农民一生有两个追求：一个是对土地梦寐以求的追求，梦想着能有属于自己的一大片土地，另外一个追求就是养儿防老和积谷防饥，给子孙后代留下一份基业。

“抠二爷”是最为典型的农民，纯粹从地里刨食，省吃俭用挣来的钱全都变成了土地，每每换得一张张的地契，脸都笑烂了，又没见过什么大世面，不懂人情世故，因此，在土地越多交纳税赋越多的政策之下，土地略多的李正富交的税也多，饱受苛捐杂税之苦，这把他气得不行。

“抠二爷”与旧中国所有的老百姓一样，对土地有着特殊的感情。在他眼里看来，什么金银财宝都比不上几块土地，钱花完了就没有了，但是土地永远在那里，田地不仅能喂饱肚子，还能佃出赚钱。因此，他凭着勤劳过人节俭持家，在余湾不足10亩薄田里日夜操劳，开荒耕田，喂猪养鸡，打谷卖粮，种地卖菜，砍柴伐木，再加上他近乎病态的克勤克俭和精打细算，多年以来小有积蓄，逐渐积攒起了家业。

按照正富的理解，“富”字的意思就是家里面每个人都要拥有一块田。

李正富育有女儿桂英和君、臣、民、国四个儿子，共五个子女，女儿桂英是没被算在家人内的。

在“四个儿子每人都要拥有一块田”的梦想之下，已经小有家业的正富，仍然不辞辛苦地拼命劳作，把田地里的产出和在尖峰山上砍来的柴薪，以及家里的鸡蛋、鸭蛋和肥猪，凡是能变成大洋的，都要一挑一担地搬到纸火街市场变卖，一个铜钱、一个铜钱地积攒。同时，他还要求全家人拼命地节衣缩食，衣服、被褥疤上补疤，晚上早早喊着家人睡觉以节省灯油，自己甚至终年赤脚，过着一种不可理喻的富人生活。

传说“抠二爷”最为经典的节省故事，就是把极难得留下来的几个鸭蛋腌得齁咸齁咸，吃饭时还不准兴君、兴臣、兴民和兴国四个孩子丢弃蛋壳，让他们把蛋壳、蛋皮细细嚼碎后慢慢吞下，说：“蛋壳、蛋皮都有盐味，丢了可惜。”

因为那个年代，食盐是最为重要的生活品之一。

“抠二爷”刻薄自己的方式，是每次到100里开外的洪雅纸火街买卖，都要挑着百把斤的担子一步一颤，来去两天一夜呀，从来不住旅店客栈，大多时间是在破庙的角落或者住家户屋檐下打个盹，饮食也只是自带的几个玉麦粑和一两个盐鸭蛋，玉麦粑是“搣”（掰开，如把饼子搣开）开，就着盐蛋一点一点地下咽的，盐蛋也是用毛竹签一点一点地挑来下饭的，当然蛋壳蛋皮也要一并吃下。

按说正富这种家境殷实的农民，靠着一家人披星戴月地劳作，丰收之年也能过年时宰一头肥猪，酿几瓮米酒，过着比较滋润的生活。可是，民国初年，四川城头频繁变幻大王旗，他被搞糊涂了。

爱新觉罗氏的大清王朝没有倒台之时，他知道李老太爷作为大清臣民，每年都在按时交纳田租和各种还不算太重的赋税，可是大清王朝终结后，20世纪20年代，他已经搞不清楚自己到底是哪位大人治下的臣民了，更不清楚每年需要交纳多少田租，还有名目繁多的种种赋税。因为那是一个军阀混战的年代，只要手里有足够的枪杆子，军阀们便可以割据一方，可以对领地内的民众掌握生杀予夺大权，可以随意厘税捐赋。

虽然正富只是山区里的一介农民，可以不在乎谁在割据夹江这片沃土，可是，无休止、没定数的税赋却是要实打实地付出大洋的呀。这样的税赋虽然人人都得交，但在李家就有所不同：

长子李正荣是个绿营军官，有个"将军正荣"的名号，总是能够通过各种渠道找到与驻军说上话的人，基层官员不想惹、不愿惹也不敢惹李家人，确实受到了夹江县基层政权的特别关照。因此在税赋征收问题上，很多时候都能够找到税赋减、免、缓的理由，总是受到优待。老三李正华也早已走上农商结合之路，用大洋换成许多房产和店铺，土地数量反而不太多了，"一农一商，吃穿不愁"的。老幺李正贵还在跟着老太爷生活，也没有这方面的烦恼。只有他土地多（那时是以土地数量为依据征税的），需要实打实地足额纳税，这让正富心里极度的不平衡。

但是愤怒归愤怒，他只得勒紧肚皮一次一次地交税。

李正富梦想改变"只富不贵"的状态，首先想到的竟然是嫁女结亲来增大自家实力，这与李老太爷早早就把次女亚梅嫁到熊家的思想一致，李正富则是要把唯一女儿桂英远嫁乐山县的一户人家。

民国以后废除州府，撤嘉定府改设乐山行政督察专员公署，领乐山、峨眉、洪雅、夹江、犍为、荣县和威远等七县。

乐山之名取自"城西南五里有至乐山"。那时乐山虽然也是县，但毕竟曾经是嘉定府治所，又是现在的公署所在地，当然比夹江县还是要大些的。

正富认为女儿这是人往高处走了的。

女儿桂英是经历了一套完整的“三书六礼”传统婚礼程序的。

李正富与亲家早在纸火街买卖时就已经熟识，他看重那家相对富裕，更为重要的是那家在乐山县城。

正富心里对这门亲满意，嘴上却跟媒人说：“李家是歇马的高堂大户，桂英是李家二代的大小姐。若不能够履行‘三书六礼’，就不算是明媒正娶；若不能够完成仪式流程，就会影响女儿婚姻吉利。”

正富提出的聘书、礼书和迎书自不必说，还必须行“六礼”方可完婚。传统的行聘、问名、纳吉、纳征、请期和亲迎等程序一个接一个，让李家人过足了嫁女的荣耀。

迎亲那天早上，男方骑高头大马、带了两顶花轿不辞路远到歇马场迎娶桂英，这在旧社会称作大娶。正富昂首立于迎亲队伍前面，一个一个地数着来接亲的人，数着数着，正富的脸垮了下来。

旧时讲究迎亲人员以双数为好，还以六的倍数为最佳。虽然男方来了20人接亲，是双数，但并不是6的倍数，这显然不是最佳接亲人数。

正富不以为然，不管主事的怎么劝，只是坚定地说“一切按照传统习俗办”，让管家向男方提出必须先行离开两个人。

男方本想找正富商量这个事儿，但是，走过来看到的是正富冰冷的眼神，提都没敢提，只能安排两个人先行离开。

可怜这俩人，从乐山高高兴兴跑来歇马场娶新娘子，满心以为可以吃顿婚宴“九大碗”，现在却不得不接过厨师端过来的“盖浇饭”，胡乱吃了几口就返程了。

“盖浇饭”是厨师做“九大碗”时，把摆盘装碟剩下的边角余料与米饭混合一盘的菜饭，表面上再浇一勺汤汁，原为打发讨喜的叫花子

（乞丐）准备的。

两个大老远跑来接亲的人吃碗“盖浇饭”就走人，这让男方很没脸面。

这事才完，正富又为迎亲车队的停放方向“叫经”（四川话，固执，认死理，不轻易服输，斤斤计较）。

旧俗迎亲队伍车头的停放方向应该正对着喜神方位，而这个喜神方位是由卦师临时算卦确定。正富不认可男方说好的喜神方位，临时喊来一个卦师，念念有词地打了一通卦，重新确定喜神方位，重新摆放车队车头方位，重新摆布接亲人员顺序，闹腾了好半天，才被允许走下个程序。

这种较劲的心态似乎也影响到了新郎“叫门”环节，新郎银两给了若干、作揖乞求多时，就差黑脸了，才使讨喜的兴君、兴臣、兴民和兴国等李家一众弟弟妹妹心满意足。

最让人们印象深刻的是婚礼最后的“泼水”环节。

正常婚礼情况是：新娘父亲用一碗清水轻轻地泼出，象征嫁出去的女儿已经是另外人家的成员，就像泼出去的水一样，覆水难收了。

桂英本来不同意进行这个环节，不让泼水，说：忍受不了离家之痛，要永远做老汉儿的小棉袄。

正富面无表情地没说话。

可是第二天，当桂英正对喜神方位坐定，哭天抹泪地被搀扶步入男方迎娶新娘的大花轿时，正富却是用整整一木盆清水使劲泼向花轿，弄得花轿都湿透了，还大声喊道：“嫁出去的女，泼出去的水。”

这个场景令人印象深刻，至今李家后代还时常提起。

按说，女儿嫁出去第一次回娘家，应该由父亲接回，三天过后再由母亲送去婆家，这叫“爹接娘送，一辈子不长病”。可是正富却不想花这钱，以路远为名，让桂英自己回家，接和送都只在歇马场口。

女儿难得一趟的回娘家，他还不准女儿在家过夜，午饭过后就早早地催人回去，因为晚了要留宿，留宿就会在家里多吃一顿晚饭和第二天早饭。

桂英每次回娘家都是流着眼泪走的，最后一次离家竟然头也没回，仿佛没听到父母的一声声呼唤。

再以后，桂英就再也不提与夫婿一道“回娘家”的事儿了，更少地回娘家，真就成了泼出去的水了。

桂英长时间不回娘家，正富反倒思念起这唯一的女儿来了。

民国二十三年（1934）夏天，在信使多次催促桂英回家无果的情况下，正富才不得不第一次去乐山市五通桥，看望已有三年多未见面的女儿，更重要的是要看看他的外孙子。这可是他除去洪雅买卖之外，走出夹江县域的第二个地界。

正富依旧像以往那样，穿着虽然破旧但是还算干净的衣服，背着一个布包袱，里面起码有一双舍不得穿的草鞋，赤着双脚刚刚走到街头，就看到前面有几个公家人围住一个农民大声理论，仔细一听，原来是那个农民被公家人以上街打赤脚有碍观瞻为由，逼着收他的“赤脚税”。

正富这才知道乐山还有这种规矩，赶紧翻出自己包袱里的袜子、草鞋，套上袜子，穿上草鞋，满心满意地以为没事了，便大摇大摆地走到那几个公家人身边晃。

公家人上下打量打量李正富，好像发现了什么，大喝一声“站在那儿，莫动”。

正富不敢不立在那儿，不知所以地问：“孃钧（夹江方言：什么的意思），怄的（夹江方言：我的）穿了鞋子的哦！”说着，还把裤子提了提，让人看他的草鞋。

公家人指指正富穿的草鞋，鄙视道：“你个龟儿子扯把子（四川话，吹牛、说谎和搞笑的意思）得很呢，套袜子、穿草鞋，银筋贯骨（夹江方言：装模作样的意思）的傻样子。”

另外一人道：“自己编的吧，看你那个抖耸（四川话，馋而带耻）样儿。自家编的草鞋不卫生，该交一个大洋的草鞋捐。"

正富那双"袜子"由于穿得时间太久，缝了又补，补了又缝，袜底磨破实在补不起了，他又舍不得扔，便索性把底子剪掉，用几条布带子把袜帮联结起来，套在脚上，外人看起来，还真像穿了一双袜子似的呢。

那个年代，能够穿得起袜子的农民实在不多。

正富左说右辩，摸遍全身，最后掏出五个银角才得以走路。

这些都是当年刘文彩在叙府（宜宾）执政时，为川南地区量身定做的六七十种附加税赋之一。

刘文彩在叙府规定了许许多多的税种，除了草鞋捐、赤脚税以外，还有青苗捐、烟捐、卫生捐、青山费、马路费、人口税、花灯税等等，名堂很多，不一而足，以至于有人以"自古未闻屎有税，如今只剩屁无捐"的诗句自嘲。

正富乐山之行被强行收捐一事气得不行，回到歇马场，逢人便说："龟儿子嘉定府坏球得很，管天管地还管人拉屎放屁。老子光脚杆不得行，穿自己编的草鞋也不得行，硬是要老子掏钱出来才走得了路。不去了，再也不去了，还是在我的歇马场安逸些。"

自那次起，他再也没有到乐山看望过女儿桂英。

除了不得不去洪雅县止戈乡纸火街买卖，正富一生再也没有走出歇马场。这种狭隘的地域观一直影响到四个儿子"小富即安"，安于现状，更别说出去打拼创业了。正富家这一支儿女始终默默无闻，家道未能中兴。

其实，让李正富最为痛苦的是，民国初期四川防区制的随意税赋和多重捐税。换句话来说，该交多少税赋没准，由一年一次变为一年数次税赋，这才是那时四川农民的可怜之处。

欲知李正富遭受多少税赋之苦，且看下回分解。

正是：

人间行路难，踏地出赋租。

第八回

你方征罢我登场 管你贫穷与富有

前文说过，李正富辛苦劳作，一心一意地换得了一块又一块的土地，虽然未能连片成块，也并不都是优地良田，但是，土地总体面积是不小的。而在当年，统治嘉定府的陈八师，可是完全依据土地面积来征收税赋的呀，地多交税就多，这就让正富更为吃亏。

话说民国九年（1920）深秋的一天傍晚，正富从洪雅县纸火街买卖回来，刚把担子放下，甲长就脚跟脚地进门来了。推门就说："二哥哥哟，可把你等回来了，知事徐廷秀通知，让大家补交农业税。"

正富其实是"装莽子"（夹江方言：假装不懂的样子），没好气地道："徐廷秀知事是哪个哟？我咋个没听说过呢。"

甲长回话道："哥哥你真是两耳不闻窗外事，一心只把银子挣。现在夹江知事是陈八师骑兵团团长徐廷秀，直接掌管县地方征收局。"

正富辩解说："不管是啥块当官掌权，今年我都交过一次税了，还需要再交税吗？"

甲长为难地道："二哥哥哟，我只是照转照传上边的意思，到底怎么回事儿，我实在也说不清楚。"

清朝时期，对掌管一个地方政权的掌权者称作知县，进入中华民国后改称知事，后来又改称县长。

夹江离乐山其实很近，仅有二三十公里路程，现在开车半小时即达。但在20世纪30年代，老成乐公路还没有修通，四川交通十分不便，人轿、驼马行走的路都是些驿站小道，虽然称其为官道，也仅是五尺来宽的路面，坑坑洼洼、东拐西绕，从乐山到夹江要走整整一天。

道路如此难行，即使有车有兵的“嘉定王”陈洪范也不愿往县上走，于是借着防区制的机会，就委任骑兵团团长徐廷秀兼任夹江县知事，美其名曰协助地方治安，其实最为紧要的是提取粮饷，供养士兵。

正富接着说道：“徐团长的那个骑兵团，哪儿有几匹马儿哟。年初我们都给骑兵团交过一次税了，为啥子还要再交税哟？”

甲长满脸无奈地说：“徐知事说了，现在四川实行防区制，凡是拥有土地 8 亩以上的富人，不管是薄地还是良田，一律提交收成的 20% 作为新增农业税。咱县订的收税标准是以亩产 2 石稻谷（一石 =10 斗，一斗 =10 升）计收 20%，也就是说，每亩稻田需交 4 斗稻谷的税收。你家有 10 亩田，应该交 40 斗稻谷哈。”

“石”是旧时体积计量单位，当时四川农村 1 石稻谷大约重 330 至 350 斤。正富家 10 亩田，可收 20 石谷子，最多也不过 7000 斤，还要管理一年的吃喝用度，其实也不算多。

正富有些气愤：“啥子呢？ 40 斗？我一年总共才收 20 石稻谷，老打老实地对半分给佃户 10 石，还要我再交 40 斗，合着说我的收入还不如一个佃户的吗？”

甲长无话可答。

以现在的观点来说，徐廷秀这也叫爱护老百姓，劫富济贫。不过那时不这样不行，因为普通农民真的很穷很穷，而且已经收过当年的税赋了，在穷人家里真是挤不出什么油水来，他才不得不拿富人开刀。徐廷秀这个劫富济贫政策，导致的是农民从租地对半分成中得到了 50% 的稻谷，富人虽然明着分得 50%，但这 50% 里面还是要交赋税的，因此富人实得不多。

这让富人们气愤不已，深恶痛绝。

甲长又说："哥哥可先别生气。虽然新增农业税您吃了点亏，但是徐团长还颁布命令，现在已经是中华民国了，四川督军熊克武让我们就地总理地方民政、军务和财政，每家每户都要交纳部队易帜费和附加保安费，这些都要平摊到人头上，就不分有无财产与土地。"

正富气得不得了。

但是气归气，正富也不敢少交一分呀。那时，正荣还没有回乡来，他向正华唠叨了很久很久。

这样的日子没好久，更让他气愤的事儿又来了。

1925 年春天，四川大军阀杨森背靠北洋军阀直系首领吴佩孚，被北洋政府总统曹锟任命为四川军务督办（四川省的最高军事长官），意气风发地发起了"统一全川"之战，连败数个军阀，兵锋直指乐山的陈八师。

陈洪范部队稍微接触即行撤退，夹江县便由杨森部队控制。

杨森是四川广安人，早年曾在四川新军 17 镇任排长，军阀混战时，先后在王陵基部队、川军第 5 师和滇军部队混，从一介小兵拾级上升，逐渐拥有了属于自己的队伍。民国九年（1920）四月，杨森脱离滇军返川担任川军第 2 军军长没多长时间，就在军阀混战中被其他军阀打出四川，逃往湖北宜昌投奔北洋军阀直系将领吴佩孚。直到 1925 年，才在吴佩孚的支持下，率部卷土重来再入四川，打败其他四川军阀，成为北洋政府直系军阀在四川的代理人。

这时的杨森统治了四川数十座县城。

杨森部队在夹江也放了一个步兵团，那个王团长立即兼任了夹江县知事，当然陈洪范部队所收的一切税赋均不作数，推倒重来，又是易帜费，又是部队改换门庭服装开支。作为杨森的部下，王团长借着推行杨森"建设新四川"的"新川政"机会，以开展新生活运动之名，又增加了一些滥罚乱收的手段。

杨森主政成都时，在成都推行的“新川政”，比如开辟公共体育场所、成立通俗教育馆、修建马路等，是有进步意义的。现在成都最为繁华的春熙路就是在当年杨森修建的森威路基础上扩建而来。

王团长在夹江的“新生活运动”，纯粹是借机敛财了。

比如，对不修剪指甲的农民和身穿长衫的先生都要惩罚，罚收一至五个银角（一个银圆 = 十个银角，一个银角 = 一百个铜钱），这种蛮横做法，根本目的还是为了收钱。另外，还要处罚进城的小脚妇女。

解放妇女、不允许妇女缠足虽然是有积极意义的，但对偏远的山区农村仍然缠足的妇女，比如李正华的小脚儿媳妇则鞭长莫及，这种罚款也是一大块收入。这时夹江的农业税已经收到了 1932 年，等于把后面七年的税都收了，因为不这样养不活整天打打杀杀的军队。

四川军阀背后都有北洋军阀的影子，刘湘的后台则是北洋军阀皖系首领段祺瑞。当段祺瑞执掌北洋政府政权以后，立即免去杨森职务，改任刘湘为四川军务督办。

民国十四年（1925）年底，就在杨森正打得顺风顺水即将统一全川的时候，他却被免职了。得到四川军务督办任命的刘湘，则四处联络，与黔军袁祖铭部队组成倒杨联盟，再联合省内刘成勋、刘文辉等其他军阀，多路进攻杨森。同时，刘湘还对杨森部队官兵封官许愿、招降纳叛。凭此合纵连横，刘湘牵头组成的“倒杨联军”只用了几个月的时间，就把杨森的部队打得落花流水，杨森狼狈不堪地只身出川逃往汉口又投奔吴佩孚去了。

从此，夹江县就成了刘湘堂叔刘文辉部队的防区，驻军是刘文辉部的一个团长，这个团长自任知事，虽然实行的是“保境息民”政策，但是，也对杨森部队所收之税一概不认，全部推倒，重新征税。

正富抵触情绪强烈，欠税不交，一连几天吃住在正华家里。

正华是个老好人，生怕正富与政府作对惹来祸事，极力劝说正富道：“人光溜溜地来，赤条条地去，能带走什么呢？钱是身外之物，交就交了吧，就当花钱免灾呗。”

正富却梗着脖子说：“老子挣点钱多么不容易呀，跋山涉水，起早贪黑，省吃俭用，惹得人家背后里叫我‘抠二爷’。大清朝那会儿，都只是一年一次税收呢，咱老爷子还知道什么时候、该交多少税呢。现在可倒好，一年春秋两季征收不说，今天给这支队伍交钱，明天给那股势力上税，连谁用了都不知道，这可让人怎么活呀。”

正华再劝道：“你这个犟拐拐（四川话，固执己见的人），莫这样较劲。那你躲到我这儿就能够不交税了吗？躲得了初一还能躲得过十五？胳膊能拧得过大腿？还是回家去算了。”

正富拧着回答：“大哥（正荣）家不说了，那是军属。何师爷（何伯龄）比我家有钱得多吧，你也比我家富的吧，‘啥家啥块’（夹江方言：哪家哪户）都比我交得少，这他妈的到哪儿说理去呢。”

正华见正富提到何师爷，又与自己比较，心中生气，闷了老半天，无言以对。

正说话间，保长领着甲长、税官和士兵们来了。

保长客客气气地对立起身来的正华道：“三哥，还是那个税收上的破事儿，兄弟我不得不来请正富哥哥到县衙走一趟了。”

正华看到这阵势，赔着笑脸说：“去是可以，事儿也可以商量，都是乡里乡亲的，但是，你们可别对二哥动粗啊。”

税官说话道：“哪儿会呢，正富哥哥又没杀人放火的，只要把税补上啥子都好说。”

刘文辉部驻夹江的那个知事也是四川大邑人，从理念上讲他认可陈洪范骑兵团团长徐廷秀的征税手段，对民也不凶恶，征税并不硬来。

正富被保长们连哄带骗地带到县衙旁边驻军的一个院子里，大门有士兵站岗，许进不许出，一同被关的还有另外十几个富家大户。

虽然衙役们并不打人、骂人，甚至还给他们铺上竹席，让你困了就睡，但是不给吃、不让喝，随你如何闹腾，士兵是绝不放人的，税官也只有一句话：“长官们吩咐，什么时候交足了税金就什么时候放人。”

这相当于剥夺了人的自由。

刚开始，因为士兵们不给吃的喝的，也不让自己出门买东西，正富硬是忍饥挨饿了两天。两天过后，正富的怨气慢慢消了，肚皮咕咕叫了起来，饿得挺不住了，这才与看守的士兵说好话，好说歹说，士兵们才同意他捎信让兴君来给送饭。

“抠二爷”正富嘱咐大儿子兴君：“不能在街上买吃食送来，而是在家里做好后，每天送一次。”但是，歇马场距离县城实在很远，步行都要三四个小时，即使兴君起个大早，也难免有时送迟了，或者饭送少了，饭菜凉了。

很多时候，正富都是饭“搼”（夹江方言：直接用食物蘸糖或盐）淡盐填饱肚子的。

这种情况持续时间短还可以，但什么人能挺个三五天不吃不喝呢，什么人可以长时间被关在一个院子里无所事事呢，后来，正富实在挺不过去了，只得乖乖地交钱走人。

这种软刀子杀人的办法还真有效。

从赶跑杨森后的民国十四年（1925）起，直到民国二十二年（1933）被刘湘部队打败，刘文辉部队有长达八年的时间统治夹江。凭借军队与袍哥势力相互支撑，有时军队以县政府之名行事，欺瞒、哄骗和威吓老百姓，有时则请夹江袍哥老大王耀祖出面，袍哥依仗人熟、地熟的“地头蛇”优势，协助刘文辉部队办些不便出头露面的事，比如收税、捐纳，向富户勒索摊派，以及向商人征税厘金等等，这种军队和袍哥势力的合作岂有办不成的事儿呢。

靠着这些搜刮而来的民脂民膏，刘文辉足以增兵扩军，维持部队东征西伐。

总体来说，刘文辉驻军在夹江的征税收赋比较顺当，夹江驻军的军饷一直是较为充足的。

夹江袍哥老大王耀祖的故事很多，容后再叙。

因为征税纳赋的事，正富由衷地佩服老太爷英明地把大哥正荣送进“绿营”，大哥家因此受益。

李正荣如何能够在“绿营”发达起来，且看下回分解。

正是：

任是深山更深处，也应无计避征徭。

第九回

清末裁汰绿营兵　“武棚”传习杜门拳

李正荣走出歇马场闯世界，是凭借武功基础在绿营成长起来的。

峨眉山脚下的夹江民众，受峨眉派武术影响习武之风本就浓厚。在土匪兵痞横行、社会治安混乱的清末民初，民众自觉习武保家，富家大户自行组建民团，民团首领就叫团练，这种组织起初并无什么政治倾向，纯属民间自卫力量。

清同治二年（1863）六月间，太平天国左军主将翼王石达开在四川石棉县大渡河畔被清军围剿，残部4000余人或被打散或被捕遣散，这些人中的一部分沿青衣江而下，流落到洪雅、夹江和峨眉山等地的远村僻壤，隐姓埋名，自寻生路，后代也成为当地居民，这些遗兵把他们的武功、搏击术传授给当地村民，因此川西地区民间武术流派繁杂且实战性很强，对夹江县武术流派的融合发展有一定的促进作用。到了民国十七年（1928），尚武的夹江县在青衣江畔的水府庙成立了武士会，夹江县武术运动蓬勃兴起。

1992年，夹江县还被国家体委命名为全国武术之乡呢。

清朝时期的常备军以八旗军和绿营兵为主，实行的是世袭制，子承父业。清军从东北地区攻入山海关时，都是些能征惯战之旅，要不怎么能够敢以八旗满州、八旗蒙古和八旗汉军区区二十万人的兵力，睥睨天下，奋勇进关与百万明军作战，攻无不克，所向披靡，一举推翻大明王朝，建立起一统中国的大清王朝基业呢。

到了清末的同治年间，大约是1900年前后，由于太平已久，八旗军和绿营兵都久疏战阵，长年养尊处优，刀枪入库，马放南山，战斗力逐步弱化。经过镇压白莲教起义和太平天国运动的战争检验，八旗军和绿营兵都已经不经打了，同治皇帝便决定废除绿营制度，重新编练新军作为常备军。

所谓新军，就是在传统士兵基础上依靠新式武器发展分支，多方面操练。但是此举却受到八旗子弟的强烈抵制，所以废旧建新一直进展缓慢。直到宣统元年（1909），经过数年裁减绿营队伍，成都府绿营军才被改制为成都府巡防军（警察性质队伍），仅仅负责成都地区治安任务，失去了清朝常备军的地位和作用。此时，清王朝的日子已经进入倒计时了。

正荣不适应巡防军的新军制，在绿营兵改为巡防军的第二年辞去军职，这时辛亥革命刚刚结束不久。

辛亥革命之时，驻防成都的清朝八旗军与革命军处于战与和的摇摆之间。新成立的大汉四川军政府与清朝最后一任成都将军玉昆谈判，双方达成和解，条件之一是成都八旗兵和平易帜，军政府保障八旗子弟安全和既得利益。于是，成都八旗兵缴出所有枪械，就地和平解散，满汉融合。

为求自保自卫，八旗兵就地解散后立即在成都长发街成立了成都满蒙社团（今成都满蒙人民委员会），还从绿营兵当中聘请了很多官兵，正值壮年的李正荣受聘总护院，专门为没落的八旗子弟护卫，保护其产业。正荣总护院的经济待遇较为优厚，生活也是十分惬意的。

李老太爷去世以后，家中只有正富、正华和正贵三兄弟勉强支撑。人到中年的正荣厌倦在外漂泊的生活，民国九年（1920）回乡了，左邻右舍青年对其早就慕名，央求他教习峨眉派武术。正荣回乡后无事可做，身体硬实，便索性开间“武棚”，专教歇马场、华头场和木城场一带的子弟练功习武。

峨眉派武术历史悠久，源于殷商成于南宋，集聚佛道两家武术，既具佛门禅功，也含道教气功，与嵩山少林、湖北武当并称中国武术三大宗，大致可划为“赵、僧、岳、杜”四大家和“洪、化、字、会”四小家共八个拳种门派。

当然，峨眉派武术也可以理解为地域概念。

在古代，只有两条官道进入四川：一条是三峡水路，几十名纤夫喊着整齐的号子，拉动木船沿长江逆流，经过长江两岸奇峰陡立、峭壁对峙的群山峻岭，从夔门进入重庆再入四川；另外一条陆路通道更加难行，需自北通过金牛道（剑门蜀道）翻过秦岭，过剑门关、葭萌关，再经绵竹入川，其险要地势就如同唐代大诗人李白《蜀道难》形容的“剑阁峥嵘而崔嵬，一夫当关，万夫莫开”那样。

进川的另外两条道：米仓道和阴平道，一条需要翻越米仓山，一条则是《三国》时期邓艾偷袭蜀国的阴平小道，都不值一提。

四川如此难以进入，国人便称其为化外之地，四川给人一种深不可测的印象，它的一切都是朦胧、神秘的。因此，有人便把神秘的四川武术与地理概念上相对封闭的峨眉山联系起来，赋予峨眉派武术的统称。

正荣的武艺功底为峨眉派杜门拳，是跟峨眉山寺庙一个云游和尚学成的。

中华武术拳种有数百种之多，杜门拳只是其中一个以拳师姓名命名的拳种。

传说，杜门拳是江西拳师杜观印于清朝乾隆年间入川传授的，大概也与历史上元末明初“江西填湖广”和明末清初“湖广填四川”有关。相对其他拳种来说，杜门拳以擒拿为主，善使跌法，以破坏对方重心取胜（类似于摔跤），讲究“练功既练拳，练拳必带功”，主要基本功是草龙桩、打沙袋和操滚筒等功法练习。

现在杜门拳这门武艺快失传了。

正荣拜的另外一个老师傅更为了得。据说，那个老师傅是太平天国翼王石达开部下的一个老兵，跟随石达开南征北战，搏命技术一流。石达开部队在大渡河被打散后，这个遗兵就流落到华头场，隐姓埋名地生存下来，不知什么机缘收了正荣这个关门弟子。

正荣三更眠、五更起地跟老师傅练了好多年，搏斗招数稳、准、狠，都是一击制胜的杀人技，因此正荣在绿营军中很受重视。辞军后，正荣把绿营兵生涯的实战技能，尤其擅长的擒拿、格斗技艺，毫无保留地传给三乡四邻的青年后生，经常带领一大帮子徒弟在场坝上练。徒弟们动作整齐有力，喊声震天，很是壮观，在当地名气响当当的。

在“刀枪剑戟、斧钺钩叉、鞭锏锤弋、镗棍槊棒矛耙”等十八般兵器之中，正荣最擅长耍刀，峨眉单刀、峨眉双刀都使得厉害，就连清末年间绿林好汉广泛使用的“双手带”（朴刀的一种）也练得得心应手：一把齐眉高的朴刀舞至半酣，稍做停顿，顺势“唰”的一刀斩向路边碗口粗的杨柳树，立时树被折为两截，刀口齐齐崭崭的。传说正荣曾经在绿营军中表演过劈刀，十枚铜板一个一个地叠加在一起，一刀下去，只听得一阵铮铮作响，十个铜板齐刷刷被劈成两半。

峨眉派传统武术界有五不教之说：即心术不正者不教、好勇斗狠者不教、脾气暴躁者不教、体质过弱者不教、资质驽钝者不教。对这种说法，见过世面的正荣却说：这是武林陋习，不必遵守。

正荣的徒弟徒孙都是歇马场以及附近华头场、木城场的人，清一色的小伙子。

正荣没有一个女徒弟，包括李家那么多的女眷，他说，别说女娃娃，就是小伙子也受不了杜门拳那种严酷的基础练习。

中华武术各个拳种派别，大都把蹲（扎）马步作为基本功练习，具体来说，可以分为高马步、活马步和大马步三种练习方法。高马步容易练，适合初学者，太极拳很多动作就是高马步；活马步也较为轻松，可在高马步和大马步中转换；只有大马步难练，需要大腿与小腿成 90 度，讲究顶平、肩平和腿平，很难坚持。

以基础练习为要的杜门拳更加注重大马步练习，正荣把大马步功法用到极端，常对徒弟们讲：“扎马步是为了下盘稳固，增强平衡力量，扎马步不盈月不教拳！”

这种严苛的马步练习，徒弟些渐渐地就会浮躁，没人看到时，就偷偷把大马步改为活马步、高马步，吵着跟师兄们学套路。

每每这时，正荣便一个勾腿踢翻徒弟，虎目圆睁大喝道：“这种底盘功夫还想练套路？太爷我练马步扎‘五平’——两膝放坛，双肩置碗，头顶木盆。五炷香不倒，才练到今日哩！这是我们杜门拳一代一代传下来的规矩。练拳不练功，到老一场空；练功不练拳，登峰难上难。”

徒弟们哪儿还敢言语呀，悄悄退下。

正荣开“武棚”，首批徒弟大部分是家族男丁，两个儿子兴武、兴文本就跟父亲练过，只是兴文志不在此，掌握些皮毛，就在外面“操”（混社会，在社会上拉帮结派，拜把子，拉同伙），正荣劝说无效也就随他去了。

兴武的体形、性格都很像正荣，走路生风，腰板挺直，不苟言笑，练功非常非常用心，在正荣专心致志的传授下，兴武掌握了正荣全部的拳术精要和搏击技术，成了父亲的帮手。兴武武艺最精，功夫最强，整个夹江县都没个对手。

正荣还想传些功夫给侄儿们。

侄儿李兴盛被正华当作接班的宝贝培养，学文不练武，很早就被送去读书，先是在“歇马何氏学堂”跟何伯龄读蒙学，后又被送到乐山震华中学，因此，正荣没有机会教他练武，也就罢了。他最想教的是二弟李正富的四个儿子，私心是想练出一个两个的，给兴武做个帮手。

正富的兴君、兴臣、兴民和兴国四个儿子，个头从高到低排成一溜，在那儿蹲马步，正荣正襟危坐，手端一杯茶，眼睛一眨不眨地盯着这四个侄儿。

开始几天还行，四兄弟还算认真地完成动作训练。可是后来几天，看到师兄们打得热火朝天，一个说蹲马步甚是枯燥，嚷嚷着说要练套路；一个说已经练得腰酸背痛了，回家还要干活路呢；最小的兴国则一会儿说撒尿，一会儿说口渴，时不时地中断练习；只有兴臣还在咬牙坚持。这让带他们练功的兴武很是为难。

正荣可以对其他徒弟喝骂甚至踢两脚，可是，面对自己的几个侄儿，而且兴民、兴国的确还小，怎能发作，哄了几天，仍然不见效果。

有一天，趁正富来看孩子，正荣直言问道："这四个娃娃你打算今后让他们做啥子呢？"

正富无所谓地说："民以食为天。咱是庄稼人，只要能从地里刨出粮食，喂饱肚子，不学那武术也没啥子的。"

正荣开导说："眼下兵荒马乱的，练武不仅可以自保，保护家庭、家财，而且也能强身健体，你看兴民、兴国的体质，好像发育不怎么均衡。让他俩跟我练几年，管叫他身强体健的。"

正富话中带着怨气道："大哥，兴君是咱家主要劳力，这些天练得腰酸腿疼的，回家什么活也不想做，他要是不想练就不要练了。至于那俩小的，慢慢长长就好了，不想练也就算了，我看这俩小子是绝不能练出你那般成就的。至于兴臣……"

正富话没说完。

正荣又劝说道："你家四个儿子呀，未必就不想出个孔武有力之人？先不说能不能练成我这样吃皇粮光宗耀祖，就是有点武功在身也无人敢惹的呀，有个儿子给你壮胆，帮你出头也是好的哟。"

正富笑着道："现在我这四个儿子成香饽饽了，三弟让他们去读书，大哥又让他们来练武，整得我都不知如何是好了。"

正荣接话道：“这还不好嘛，多子多女，有学文有练武的，文武并举，你家可就要发达起来了。”

正富却回答道：“穷文富武。发达啥子？这些天，这几个小子很能吃饭的哟，还要我给他们买这种兵器、那样器械，靠我这么劳作，怕也负担不起的呀。”

正荣说道：“学得文武艺，卖与帝王家。让儿子们学些本事，为儿女付出些，有啥子不可以的呢？我打小练武，练成个副守备；何师爷学文，开了间私塾。靠你这样老实巴交地种田，能有啥子大出息呢？”

正富回话道：“话是这样说，但是，大娃子是我的得力帮手，文的武的都不要学了，就跟我干活路吧。三娃和老幺他俩能吃得了苦就继续练，吃不得苦就去读两天书算了。我倒是觉得大哥说得对，那就让二娃子兴臣跟你练练呗，看看这小子能不能出息些。”

话说到这个份上，正荣不再勉强，只得依了正富，随他去了。

果然第二天，兴君就再没来过“武棚”练武，除了兴臣多学了几天武艺以外，兴民和兴国等侄儿也半途而废，回去“歇马何氏学堂”学文了。

在正荣大爷意外死亡之后，“武棚”散了，兴臣也就没再跟着继续习武练功了。

欲知“将军正荣”如何意外死亡，且看下回分解。

正是：

武术流派三大宗，大小四家峨眉功。

第十回

爱国硬“杵”日本人　正荣被唤“将军柳”

正荣是在与成都府的一个日本浪人的比武中，意外死亡的。

话说民国二十年（1931）九月十八日夜，日本关东军蓄意炸毁沈阳城柳条湖附近的南满铁路，嫁祸早已易帜效忠国民政府的东北军，并以此借口炮击东北军驻地沈阳北大营，制造了震惊世界的“九一八事变”，也称“柳条湖事件”“南满铁路事件”。拥有三十余万人的东北军没有进行统一的大规模抵抗，一路向关内溃退，使得日军第二天就占领了沈阳全城。

日军无端进攻沈阳城激起了全中国人民的抗日怒潮，全国各地各界群众纷纷要求抗日。

“九一八事变”以后，由成都市发到夹江的《蜀报》《申报》《新民报》等报纸，连续发表文章，揭露日军侵犯消息，谴责日军暴行，质朴的夹江人民愤怒不已。

连续几天，夹江县与全国其他地方一样，三教九流的人们聚集一起“打团堆”（夹江方言：很多人坐或站在一起），奔走相告，议论纷纷，“以血肉保卫民族，以生命保卫国家”“天下兴亡，匹夫有责”和“打倒日本帝国主义”的口号响彻城乡大地，全县居民和学生接连发起多次示威游行，围堵在县府衙门外呼喊口号，抗议日本侵略东三省。

年轻人是这场抗议活动的主力军。

话说这一天，正荣正领着徒弟们在场坝子上练得欢呢，远远看见兴文与几个少年后生急匆匆地往村口走来。他们老远就与徒弟王三娃和赵五哥挤眉弄眼的，正荣揣测这几个小子想进城，忙喝道：“做啥子，是不是要进城围攻县府衙门呀。”

兴文见老汉儿猜着了，不得不跑过来答话道：“对的，老汉儿，天下兴亡，匹夫有责。我们几个正当年，这种事不去谁能去？”

正荣板起面孔，大声道：“凭你们几个人能做得了啥子？跟着吼几声，骂几句，瞎胡闹而已，解决不了一丁点问题。”

兴文还想说服老汉儿，便道：“人多力量大，人多声势高。我们哥几个过去，就是吼几声‘雄起’（四川话，意思是鼓励人不要心虚，勇敢向前），也表达了爱国情怀。”

正荣正色道：“笑话，吼几声‘雄起’就能把日本鬼子吓跑了？如果这样的话，四亿中国人一起吼，那些个小鬼子还敢攻打咱大中国吗？别天真了！”

兴文辩解道：“弄大（夹江方言：大音 tai，很大，这么大）的事儿，咱歇马也得有人进城表达表达爱国情怀不是。”

正荣骂道：“爱国情怀？你们跟我学好武功，战争来了端起枪杆子，或者到何师爷那儿读读书，文化报国，这才是爱国。像你们这样瞎胡闹，解决不了根本问题的。”

回头对王三娃和赵五哥说道：“都不许跟兴文去。谁都不准跑，兴武给我看好他们几个。”

兴武诺诺答应了。

兴文几个人就没敢进城。

刚刚把兴文几个打发走，远远地一伙人走了过来，留着怪里怪气的发型，身穿和服，腰挂日本武士佩刀，着装打扮竟然是日本浪人模样。

原来，成都府有一个日本浪人山田次郎，早年曾在成都府练过峨眉派武术，听说歇马场有个杜门拳拳师李正荣，功夫了得，还带了很多徒弟徒孙，早就想来比试比试。

可能就是巧合，当夹江民众抗日情绪高涨的当口，山田带了几个武士来了。

那时日本人在中国特别有优越感，很不把中国人放在眼里，经常无端生事，动辄与人刀拳相见，一个个七个不服、八个不忿的样子，在人们眼中就是来“砸场子”的。

山田拱双手抱拳，道：“李家大爷，大东亚共荣，日中民间武术交流，请到成都府教习大日本商会子弟峨眉功夫。”

正荣虽然不懂什么爱国情怀，没有允许兴文进城抗日游行，但是，这几天夹江县城各界民众自发群起的抗日热情，对他影响很大。这时看见日本人来找他去教习武艺，还这么强势，当即气呼呼地回答说：“啥子大东亚共荣?！啥子日中民间友好?！共荣还侵略中国?！友好还占领沈阳城?！”

山田冷笑一声道：“那是日本军部的事儿，民间武术交流与那些无关，你我以武会友。”

正荣正色道：“‘锤子’无关?！山野村夫，廉颇老矣。吾只会教李家子弟习武，绝不教外族人。”

说罢，转身就想离开。

山田年轻气盛，嘴里说着“以武会友”，径自一把拉住正荣手腕，明面上是握手，手上却暗中发力，暗地里企图以柔术摔倒正荣，这其实是练家子之间的“比劲儿”（练武之人比试角力的方式之一）。

行走江湖多年的正荣搭手即知，心中有气，马步生根，被山田握住的手腕反手一翻，切住山田腕脉，这是杜门拳的擒拿招数，山田便龇牙咧嘴地喊疼，撂下句话：“三天后再来。”

转身恨恨而去。

正荣大儿子兴武知道这是得罪了山田，这时日本人在中国势头正盛，怎么可能善罢甘休呢，就劝老汉儿出去躲躲，正荣把眼睛一瞪："躲个'锤子'？过五望六的老头子了，足矣！"

话是这么说的，正荣心情却是不好，整天闷坐在屋内，也不出来吃饭。

兴武无奈何，只得去请与正荣感情甚笃的三爸正华来劝。

正华急匆匆地跑来劝说正荣，可是正荣阴沉着脸很少开腔说话，内心打定主意，就是极为朴素的一句话："日本鬼子已经与中国军队整（打）起来了，我还要去教日本人练我们传统的中华武术，教会日本人来打咱中国人吗？那样夹江老百姓非骂死我不可。"

正华又劝道："大哥，中日两国军队打仗的地方离咱这小地方远着呢，咱小百姓何苦跟他'小日本'置气呢。咱就别置这口气了，躲一躲风头，我陪你到木城亚梅姐姐那儿耍几天，好吧。"

正荣大声说："三弟，没得啥子事的。躲得了初一躲得了十五吗！山田那小子刚刚上来就试探着与我'比劲儿'，我倒要看看日本人还要做啥子妖。"

正华垂泪道："家里老爷子走了，全家族事务都依赖着大哥做主呢，再说孩子们还小啊。"

正荣说："我那俩孩子你大可放心。老大兴武跟着我练武，有两下子。但是这小子是个武夫，不知'人外有人，天外有天'的道理，早晚吵着要打败这个、战胜那个的，还说要到成都府'打金章'争功名。"

正华接着说："四肢发达的武夫好办，头脑复杂的人难'打整'（管教）。我倒是担心老二兴文，人小胆大，从小就是个孩子王，歇马街上的半大小子们都听他的话，怕是个能干出大事来的人呢。大哥，我看还是退一步海阔天空吧。"

正荣却说："退一步海阔天空，我还能往哪儿退呢，'小日本'都打到咱家里面来了。”

正荣又说：“三弟，不会有事的，我若有个三长两短，你就要与二弟和老幺管起一大家子的事儿。”

正荣嘴上这样说着，却不由自主地拉起正华的手说：“我看也只有你才能撑起这个家呀，三弟。”

正华没得办法，只能劝说大哥吃点东西，两个人闷坐竹椅子上，喝了一整天盖碗茶。

第三天一早，正荣竟要起了吃食，抄起两根“绿竹”（当地人做挂面使用的竹筷子），叉了一串红糖锅盔（四川一种小吃面饼），狼吞虎咽吃起来。

刚刚吃罢，兴武蹬蹬蹬地快步冲进屋子，气喘吁吁地道：“山田一帮子快到村口了，吼着要见您。”

跟在兴武身后进屋的正华，一把拉住正荣的手，话未出口泪光闪现，着急说道：“大哥，这几天我感觉很不好，也不知谁家的野猫，天天晚上趴在我家窗台上喵喵地叫，打都打不走。”

正荣接话道：“这是三弟你忧虑过多了，猫叫有啥子不正常的呢？”

正华解释道：“民间老话说得好，猪来穷，狗来富，猫来戴孝布。野猫进家门可是不吉利的呀！咱们还是谨慎点好。”

正荣哈哈大笑道：“我在绿营许多年什么阵势没见过，谁还信这些个说法，我倒要叫这些‘小日本’看看绿营将军的厉害。”说罢，正荣仰头一口喝干杯中酒，转身“啪”地一下摔了手中的酒杯，对兴武说：“告诉龟儿子日本人，大爷我就到。”

正荣出屋时，人们只见他顶戴红缨帽，脚穿两寸白色高底皮靴，已是一身清绿营武将的装扮，威风凛凛，气场十足。

兴武与一帮师兄弟簇拥着正荣急匆匆地往村头坝子上聚集，正在外面做事情的小儿子兴文听说后也领着一帮半大小子来了，不过到来时事情已经结束了。刚刚十多岁的侄儿兴君肩扛一把锄头、兴臣手提一把红缨枪跟在后面跑。

山田一帮子二三十人一下子便将正荣半圆圈地围在中心，正荣和几个跟来的徒弟倒显得势单力薄了。

山田提着武士刀，虎着脸道：“李家大爷，一句话，去还是不去？！”

正荣浑浊的眼顿时泛露凶光，一把夺过兴武手中的“双手带”，大喝一声：“龟儿子‘小日本’，赢了我手中朴刀还则罢了，赢不了我这把朴刀，就给老子滚出中国去。”

正荣一句狠狠的“看招”，言罢，先就舞将进来，若梨花落地，一道白光罩住了身，反手挥刀就把一棵碗口粗的柳树斩断，挥舞着朴刀便冲向山田。

山田紧握武士刀，赶紧挥刀迎战。

武林有话叫“拳怕少壮，棍怕老郎”，意思是说：比武斗拳毕竟是极其耗费体力的事，老武师纵然技艺娴熟，运用器械得心应手，但挡不住体力已不在壮年，而且少壮小子多不按套路出拳，也不大守武林规矩。

那时，正荣已是50岁出头了，在那个年代已属高龄，怎能与正值壮年的山田真刀真枪地搏斗，几个回合下来，气儿就不够用了，只能过招之余偷着换气。

山田欺他年老，也没尽全力应招搏杀。

突然，正荣看准山田一刀劈将过来的瞬间，向左闪身扔掉朴刀，转身扑向山田，用他最擅长的擒拿技，一下子将山田丢翻在地。山田被扑倒在地面的一块石头上，后脑顿时鲜血喷溅而出。正荣继续使出全身力气压向山田，把坝子边的一棵碗口粗的柳树都整整齐齐地压断了，他回过头来向着徒弟们“哈哈哈”地大笑，脸憋得通红。

李正华急急扑过去，竟然比练武的徒弟们反应都快，去扶大笑中的正荣，谁知正荣竟力竭而亡。

村人惊讶不已。

此后，歇马场人便把这棵柳树叫作“将军柳”。

歇马人对柳树情有独钟，直到现在，进出歇马的路上，依然是杨柳青青，绿树荫荫。

欲知李正华命运结局，且看下回分解。

正是：

将军回乡歇马了，大义面前雄起了。

第十一回

吃酒碗兄弟情深　李正华英年早逝

就李氏家族来说，除去老大李正荣，恐怕只有李正华对家族事业影响大些。

正华是李老太爷三公子，为人处世较为低调，长年挂着一副万事无所谓的笑脸，即使心中有多么大的恨意，也从不与人争长论短，人们背后称其为“笑头三爷”。

老大正荣在成都府绿营当兵期间，老三李正华跟着李老太爷跑洪雅、进县城，抬稻谷、担盐巴，家里生意物资往来的扛、背、搬、抬、担等等，脏活、累活、苦活干了不少，当然，也从老太爷那儿学到了很多生意经，在协商生意往来、处理家族矛盾、解决经营纠纷等方方面面得心应手。与人交往时，并不嫌贫爱富和凌强欺弱，比较让人信服，把一切都安排得井井有条，俨然成为家族话事人，深得乡邻拥戴。

正华深得老太爷信任，因此继承了粮食生意。

这里面正华心态有个变化过程。

谁都知道，粮食生意最来钱，当然前提是要把它做好。老太爷力主把粮食生意交给正华，把三份田地给了正富，当时，正富倒是满足了，可是由于多交税赋的原因，心中反悔，微词不少，有意无意地没少在正华面前唠叨。

开始正华也对分家一事心存不满，主要是没分到房产的原因。在他发现书箱中隐藏的金银财宝以后，正华顿悟，再不觉得钱财有多么的重要，也就时不时地暗地里找些理由给二哥一点钱财，还主动给老幺弟正贵一大笔钱，让他抓紧结婚成家。

兄弟仨虽相安无事，但也没那么融洽。正华多次给正荣写信，想请大哥回来。

那时的正荣已经不是绿营兵了，而是在成都府满蒙社团做保安头领。当时成都处于四川军阀你争我夺的漩涡中心，城头变幻大王旗，保安工作并不好做，正荣就想，干脆回家乡去，远离政治、军事争斗的中心，落得清闲，正好，家里人也多次相邀。

民国九年（1920）初，正荣从成都府回到家乡，最为高兴的是正华。

正华心里想：大哥在外漂泊十多年，事业有成，为家族撑门面、做贡献不少，现在只落得一个院落，田地还给了二哥，心里过意不去，便有心把粮食生意分给大哥一半。于是，他就把这个想法告诉大哥了。

正荣发现，自己长期的绿营经历和成都满蒙社团总护院的惬意生活，好像与社会底层完全脱节了，既做不来农活，粮食生意也不懂，甚至连民间风俗都有点陌生，加上自己年纪已大（其实才 40 岁出头），就百般推辞，说一切照旧。

正华还想说服大哥，便在正荣回家的那年春节，杀了头年猪，摆“九大碗”，俗称九斗碗、坝坝宴、吃酒碗。四兄弟及其家里人都到了，整整摆了五大桌子，兴高采烈地吃正荣回家的九大碗。

那时候四川民众吃顿九大碗可不是件轻松的事。

四川九大碗必不可少的是三蒸六扣，大致有蒸酥肉、蒸肘子、粉蒸肉、扣鸡、扣鸭、糖醋鱼、甜烧白、咸烧白和糯米饭等九种菜肴组成。咸、甜、辣、酸、香俱全，吃的就是个氛围。当然，那时的九大碗只是现在的雏形，肉是没有现在这么多的，莴笋片、芋头、脚板苕等素菜配菜较多，绝没有现在这么丰盛。

至今西南地区还有春节杀年猪的风俗，并传唱这样一首《九碗歌》：

主人请我吃饷午，九碗摆的胜姑苏；头碗鱼肝炒鱼肚，二碗仔鸡炖贝母；三碗猪油焖豆腐，四碗鲤鱼燕窝焯；五碗金钩勾点醋，六碗金钱吊葫芦；七碗墩子有块数，八碗肥肉啪噜噜；九碗清汤把口漱，酒足饭饱一身酥。

按照家族传统，正荣、正富、正华、正贵四兄弟和亚梅等长一辈坐在主桌，德高望重的何伯龄也被硬给拉到了主桌。相邻一桌则是兴武、兴文、兴君、兴盛、兴臣、兴民、兴国和熊平安，熊平安就是嫁到木城场的姐姐亚梅的儿子，其他客人和女眷则坐在另外的几张桌子上。

香喷喷的三蒸六扣，浓郁的华头老白干（华头场产的始自光绪年间酿造的纯玉米粮食酒），很快让大家酒足饭饱。

吃罢饭，正华就又提起这茬，诚心诚意地道："大哥回家我好像有了主心骨，以后粮食生意就由大哥做主吧。大哥不做事儿的话，大哥也要坐吃山空的。"

正荣马上回道："要不得、要不得。我在外面年头久了，只会舞刀弄枪，打打杀杀的，生意经咱唱不懂，还是你来打理。再说，大哥在外混了这么多年，钱是够我用的了，我也不想挣那些辛苦钱了。"

正富剔着牙，慢吞吞地道："咱夹江话说得好，哥哥有官做，兄弟有马骑。咱家能够发达起来，还不是全靠大哥在外混到的地位和影响吗。"

正富这话的言外之意是，粮食生意做得好，全凭大哥的功劳，多少有点贬低正华的意思。

正荣岂能听不出来，说道："话虽这样说，但很多事情都是弟弟们具体办的，而且三弟处理的几个事儿还是不错的。关键是我真的不甚懂经商这里面的运作，还是三弟来吧。"

正华眉头都没抬一下，不假思索地回话道："咱大哥这一脉长子嫡孙，理应掌管起家族的一切，即便是大哥不想做粮食生意，那就让兴武担起这副担子呗。"

老太爷在世时，正富每每为着一点点利益，锱铢必较，老太爷不得不让正华吃些暗亏，正华多少有点心头不爽。这时，见正富如此说，便把兴武提出来了说事，言外之意是说即使换人，怎么也轮不到正富当家的。

兴武不等正华说完，直截了当地一口回绝，接话道："这可不得行，三爸，我是个耿直人，哪儿会做动脑筋的事呢。我就想玩点武的，学我老汉儿那一身的本事，争个功名就行了。"

正荣手指点点兴武，道："瞧瞧你这没出息的样子，岂不知'剑一人敌，不足学，学万人敌'的道理。练武功的，不如读兵法去安天下。在动脑用人这方面，你得向你弟兴文学习。"

正华接话道："大哥这点看着了。兴文这小子别看年龄小，交际广着呢。歇马场这些孩子们都听他的，就像个孩子王。"

兴文红了脸道："说我做啥子。要我说呢，三爸的粮食生意运营得很好啊，可是比爷爷在时生意还要大些呢，没问题何谈改变呢？"

正贵接话道："是啊，兴文说得对。本身三哥哥做得好，大哥回来就多个帮手。以后，大哥在后面站台，前台事务还是三哥处理，岂不更好！"

兴武即刻附和道："这个好，就好像木偶戏，前边有人动作，后面得有人牵线控制。"

兴文反着说："不是这样说话。应该是三爸主持家族事务，老汉儿在后面协助处理问题，叫有主有次、有前有后，互为'扎起'才对。"

正荣说道："三弟，大家都这么说你还推脱啥子呢。我有我的事情可做，最起码可以开个武棚嘛，你还怕我吃不起饭吗？"

正华道："实在是这样说的话，那我还是在前面冲锋陷阵，大哥幕后给我把握方向，有问题了再请大哥'扎起'。"

大家表示同意。

兴君本就耳朵有点聋，人们的对话只当听不到，只管闷头"架势"（夹江方言：使劲、加油、努力）地吃，因为家里吃不到这么好吃的菜，更别提看年望月才能吃到的酒碗了。

兴盛面无表情地不发一言，心里却暗自高兴。

对这等家事，何伯龄不便插话，走到一边与女眷们摆龙门阵去了。熊平安也只管喝酒，吃得肚子圆滚滚的，哪管你们说些什么。

从此以后，正华还像以往一样，一心扑在粮食生意上，全力挣钱置业，辛苦一生，落下一身的病。正荣则带着兴武一心打理他那个武棚，单单收受徒弟的钱，也是一笔不小的进账。

这种生活正常运作了几年，粮食生意顺利发展，无事可说。

正华打理家族事务得心应手，赢得了大家的认可，但是，由于过于操劳，身体却一天不如一天，经常咯血，气力不足，说话有气无力的，精明老实的正华不得不考虑儿子接班的事。

李正华虽然是整个歇马场最早树立尊师重教思想的人，积极资助何伯龄开办私塾，鼓动家族男儿都进私塾读书，但就是不要求女儿们读书。正富的三儿子兴民、四儿子兴国就是在正华不厌其烦的劝说下，才较为完整地读完了私塾。

正华经常说："吃不穷，穿不穷，人不读书一世穷。"这句话后来竟成为李氏家族的家训，后代子孙多有从事教育工作的。

正华很早就把头脑灵活的幺儿兴盛送去读私塾，那时上私塾也是要花些钱的，待兴盛稍大点时，正华还花大把银子把兴盛送到鼎鼎大名的嘉定府震华中学读书，因此，李家三代之中，兴盛算是文化程度最高的，也见多识广，在校期间就曾呼朋唤友，在当地是富有且深得乡邻尊敬的小绅士。

正华为了让兴盛回乡接班，很早就让媒人说合定亲，相中的是歇马街上又一个富户——何家的老幺女何淑莲，在歇马、华头和木城一带，何淑莲绝对是那个年代的美女：小脚，清瘦，肤白，丹凤眼，瓜子脸。

与何家结亲，正华并不作难。因为何家最有话语权的何伯龄，曾经是他给予了极大支持才开办了私塾，何伯龄很尊重他这个正华叔叔。因此，当正华向何伯龄提亲的时候，何伯龄满口答应，信心十足地说：“这是正华叔叔瞧得起咱家幺妹，亲上加亲的好事，我保证让幺妹高高兴兴地嫁过来。”

正华看到伯龄如此表态，心中高兴，道：“既然如此说，那我就找人来正式提亲，咱家是不会亏待幺小姐的。”

伯龄道：“可别可别，只要找个有名望的人提亲就行，显得我们何家有面子，那些个‘三书六礼’的传统婚礼程序，不必完全尊崇。”

正华道：“该有的礼数咱是一定要做到的，谁让咱是歇马场大户人家。”

伯龄笑笑道：“礼数好说，即使有不到的地方也没啥子。咱们何家可没得那么多的过场（繁文缛节），绝不会像正富伯伯嫁女那样办的。”

正华笑笑没有吱声。

本来还想在外面闯世界的兴盛，这才不得不接受家族这种安排，与何家老幺女何淑莲成亲了。

正像何伯龄所说的那样，婚礼过程十分顺利，何家没设任何门槛，无须特书。

只有一个小插曲，自主性强的何淑莲不允许人家喊她李何氏，说：“女人也配有姓名！现在是民国时期，应该给予妇女应有的地位。”

没人反驳她，也一直没人敢当面喊她李何氏。

这样，本就有些势力的歇马李家，加上李亚梅嫁的木城场熊家，与李正华有儿女姻亲关系的何家，人多势众，没人敢惹，很是风光许多年。

这种势力之下，李兴盛接手家族生意岂不是更加得心应手。

话说民国二十二年（1933）夏天，就是刘湘、刘文辉“二刘争川”的那一年，跟着太爷走南闯北创业而染了一身病的李正华终于病倒了，已经有半年多没有下床，请来的太医（当地人对医生、郎中的尊称）说正华得的是肺痨病（就是现在所说的肺结核病），可也没得太好的医治办法。

李正华整天咳嗽吐血不止，眼看老父亲挨不过几天了，兴盛就派管家把全家族的人都叫来，守候正华最后的时刻。

这个时候正华心里明白，想到自己不久于人世间，便让别人都出去，把门关上，只留下兴盛一人在床边，他低声地把老太爷藏宝于书箱之中的事和盘告诉了兴盛。

兴盛张大了嘴巴，仔细地听着，不住地点头。

刚刚交代完这件事情，侄儿侄女们就一个接着一个到了。

正华无力地一一看看床边的儿女子侄，头转了一圈又一圈，就是没看到兴武，就问："大娃子呢？你们大哥到哪儿去了，我好像有好几个月没有见到他人了。"

众人不答。

正华咳了一阵子，定了定神又说："年前他跟我说要去成都府'打金章'，还没回来吗？"

兴文只得答道："大哥早回家了的。前两天，听说三爸病重，他专程到成都府给您请太医去了。"

看到正华狐疑的眼神，兴文忙转身眼望兴盛道："不信，不信你问兴盛兄弟呀。"

兴盛连忙点头说道："对的，大哥说他去过成都，路熟，带上钱就往成都去了，这两天应该快回来了。"

正华再转向兴文说："我们这一代正荣大哥最有成就，也给你们兄弟置办了许许多多家财。现在世道乱，你们两兄弟可得稳重行事，稳稳当当地守护家业，出不得差错啊。"

兴文接话道："放心吧，三爸，我做事您还不放心吗。我现在还有兴盛帮助'捡脚子'，咱哥俩一文一武，稳当得很，歇马场还没得哪个敢跟咱作对。"

正华说道："凡事不可大意，世事难料，以后日子长着呢。谨慎能捕千秋蝉，小心驶得万年船呀。"

正华回过头来又对一众子侄说："你们爷爷领着我们哥们四个付出了多少心血和汗水才挣得现在的家产，虽然不够大，但也足够你们这一代基本生活了，以后就靠你们弟兄几个团结一心守家固业了啊。"

兴文、兴盛和兴臣等一众兄弟不住地点头。

正华长吁一口气，自言自语地道："创业难，守业更难，帝王将相概莫能外呀。"

正华咳了好一阵子，长吁了一口气，便归了天。

正华死后不久，一天早晨，人们没有听到正华夫人房间的动静，因为夫人一般都是早睡早起的，感觉不正常。女佣被催促着推开房门，才发现夫人不知什么原因在睡梦中猝死，追随正华去了。

正华惦记的大侄儿兴武，其实在成都府"打金章"出了事，正在家中静养疗伤呢，也是不想见人，就连三爸的后事也没能参加。

欲知成都"打金章"由来，且看下回分解。

正是：

艰苦创业得富贵，平安守业享荣华。

第十二回

四川督军熊克武　首推武林“打金章”

四川武林在成都府青羊宫“打金章”，其实与冷兵器时代军队现实需求相关。

成都青羊宫始建于周朝，位于风景优美、文物古迹众多的成都市西南锦江河畔，是中国著名的道教宫观，被誉为川西第一道观。

传说，道家始祖李聃（即老子，太上老君）在终南山闭门悟道，创作出道家传世之作《道德经》，准备西出函谷关四处云游。但是，函谷关关令尹喜敬慕老子，极力挽留他讲解《道德经》之义。当讲到一半的时候，老子接信使通报有急事必须要走，就对尹喜说：“我要外出布道讲学了，千日以后，你可以到成都青羊肆来找我。”言毕骑大青牛缓缓而去。三年过后，卸任官职的尹喜如约到成都青羊观恭候老子，老子果真如约而至，每天端坐莲台宝座，为来自全国各地的信徒讲经布道。

从此以后，成都青羊观就成为神仙聚会、老君传道的道家圣地。到了唐代年间，青羊观的规模已经相当大了。

四川历来地势险峻，屏障繁多，北有秦岭剑门关，东有长江三峡夔门关，南有横断山脉，军事地理上易守难攻，时常成为“有心人”躲灾避难的好去处，唐朝中期就先后有两个皇帝为躲避战乱而逃亡四川成都：安史之乱时，唐玄宗李隆基躲逃到成都，就借居在成都青羊观内；黄巢起义爆发后，唐玄宗之孙李儇（唐僖宗）躲避战乱又逃到成都，也在青羊观驻扎。

据传有一天，彷徨不安的唐僖宗在院子中间踱步，忽然看到一束红光如同一只火球般地从空中直落地上，遂令士兵在火光落地处挖地三尺，想看看究竟有什么东西。士兵奉令开挖，竟然挖得一块玉砖，上面刻着一串古篆文：太上平中和灾。意思是太上老君保佑中和年间灾难。唐僖宗将之当作天降吉祥的象征，认为这是太上老君的恩典，增强了夺回政权的信念。

唐僖宗利用四川的富庶资源，组织人马向黄巢政权发起反攻，最终得胜还朝。

唐僖宗回到长安（西安）的第一件事，就是让银库拨银钱二百万两，重新修建成都青羊观殿堂，并改“青羊观”为“青羊宫”，从此形成今日成都青羊宫的宏大格局，成为唐末以来西南地区最大、最有影响的宫观。

近代以来，人们更为熟知的却是成都青羊宫“打金章”。

武术本来就是中华民族珍贵的历史遗产，是搏击格斗经验的科学总结，可以杀人御敌，这在冷兵器时代是非常重要的。明末以来的三百年间，四川民间习武练功民风极盛。农闲时期，“以武会友”在川西坝很是盛行，几乎各个州府都举办过各种形式的武术擂台赛，其中唯以成都府青羊宫举办的“打金章”最为有名，规模最大，也更顺应当时清朝军队建设形势需要。

20世纪初叶的四川“内则伏莽未靖，外则边藏多故”。就是说当时四川：草莽英雄揭竿而起，群雄争霸，边疆西藏问题频频，矛盾四起。那时，经过两次鸦片战争特别是中日甲午战争之败，以及在太平天国时期，与太平军交战的不堪一击，清朝政府对冷兵器时代攻无不克、战无不胜的八旗军和绿营兵，已经完全丧失信心，认识到常备军建设应该向火器方向发展，必须编练一支新式军队，就准备采用西方训练方式，在全国范围内编练新军。于是，清朝在天津小站集中编练新军，指定有着丰富练兵经验的袁世凯督练，先后共编练了六个镇（镇相当于师级部队，每镇编制员额为 12512 人），号称北洋新军。

清朝原本计划每个省份编练一个镇，考虑到四川紧邻西藏边区的独特地理位置，便想在四川编练三个镇，全国总共计划筹建三十六镇的新军。但是，由于国力、财政等各种因素，历经七八年，直到清朝灭亡，全国实际才编练完成二十六个镇，四川仅勉强编成一个镇，即暂编陆军第十七镇，共有官兵万余人，这就是民国初期四川旧军队的老底子。

民国初期著名的四川军阀，如刘湘、杨森、刘存厚、尹昌衡、潘文华和唐式遵等等都是出自这支新军。

清朝政府被推翻后，全国社会动荡不安，一度形成并立对峙的北洋政府和广州民国政府，南方诸省份独立之声四起，四川也宣布独立组成四川大汉军政府。因此，刚编练几年的陆军第十七镇随即宣告解散，四川大汉军政府将其改编为川军第一军。

乱世就是枪杆子说了算。从此以后，四川各地形成大大小小的军阀队伍，谁都不听谁的，相互攻伐，城头变幻大王旗，一会儿你掌权，一会儿他失势，川军从来就没有形成过一个统一体系。

话说到了民国七年（1918），“中华民国广州军政府”（护法军政府）任命熊克武为四川督军（相当于省长），总理四川军政、民政和财政。

熊克武入川时带的警卫队卫士长李国操是个武功高手，湖北人，精壮干练，武学渊源是武当派内家拳的两仪拳（玄武拳），对玄武拳混元劲颇有心得，内功深厚，技击和抗击打能力都很强。从军后又融合了其他拳种武功，武术招数过人，善于搏击，平时就十分乐于与人比试较量，很少败绩。

熊克武入主四川位高权重，自然有人排队宴请。有一次，成都府的一位富户宴请新来的熊督军，巧的是曾任四川新军第十七镇武术总教头的刘云松即为陪客之一，刘云松在四川武林可是有头有脸的人物。

李国操站在熊克武身后护卫，但见刘云松昂首挺胸，神态中透出习武之人的勇武自若，一副不卑不亢的样子，席间备受人们尊重，暗生羡慕，心想，四川也是个崇尚勇武之乡啊，练武也能受人尊敬的呀，当场便萌生了打败刘云松扬名立万的念头。

四川督军熊克武是四川井研县人，年纪很小时便离家东渡日本参加孙中山领导的同盟会，进行推翻清王朝的斗争，打拼多年才受中华民国军政府指令回家乡执掌川省。

四川家乡人并不深知熊克武的这些经历，无人信服，号令不畅，百废待举，熊克武便想展现督军府威武，给家乡人看看，以促进军令、政令畅通。这时左看看四川武术界头号人物刘云松，右看看身旁跟随自己多年、打遍鄂湘大地无敌手的李国操，突发奇想，让督军府卫士长与四川武林名人比武，以此展现自己的威信，提振督军府威风。

宴会结束后，督军熊克武便对李国操提出了比武要求，而且只许胜不许败，熊克武对李国操信心很足。这个提议正遂了李国操之意，他立马应允下来，加紧做比武准备。

刘云松已经在四川武术界拥有响亮名号了，本身并不想与李国操比武，不想打，很怕输，害怕输掉比赛丢了名分，但这是新任四川督军的指令，他摸不清督军府卫士长的底细，经过与身边人再三商议，才答应比武。

新任督军指令一下，成都哪敢怠慢，立马把比武当作一件正事来办，很快落实了相关事项，决定第二年开春“春龙节”（农历二月初二）成都花会时在青羊宫正式开擂。

成都老百姓听说新来的督军府卫士长要与四川武林头号名人比武，好闹热的各个阶层、各路人士都对之抱有浓厚的兴趣，这场比武成了当时名噪一时的话题。

话说民国八年（1919）农历二月初二，刘云松与李国操在成都青羊宫临时搭建的擂台开擂了。开场锣声一响，俩人双手相抱，行抱拳礼，拉开架势试手。

前几个回合，俩人你来我往不分上下，打了个平手，只是刘云松稍微在击中点数上略占上风，但是也有几次险些被李国操的重拳打中，裁判计点数是刘云松胜了第一局。

刘云松在与李国操交手中，深切地感受到了李国操武功深厚、路数不比寻常，他没有必胜的把握，心里仍在打鼓。这时眼见赢了第一局，就按照赛前与人商量好的对策：第一局打赢了就走，不再继续打。于是，一句话不说，跳下擂台径直走了。

第二局开局的锣声一响，李国操站在擂台上等了半天却不见了对手，不知所措，站在台子上十分尴尬。他认为刘云松只不过多点了他几拳，并没有真正打赢自己，但是擂台上已经没有了对手，心里非常不服。

李国操是外省人，台下看热闹的四川人偏向本地人，便一齐向他嘲笑起哄。

一个说：“嘿，湖北佬，滚下去吧，大师一个回合就打败你了，还有脸占据擂台吗？”

另外一个附和道：“四川武林好汉无数，更高的高手还没上呢，龟儿子还敢在成都府称霸称王。”

李国操虽然听不太懂四川话，但也明白这不是好话和善意，一时性起，便用武汉话说：“个婊子养的，你要么样吗（湖北话：你们是不是要打架）？哪个不服就上来跟我打，你莫吃到黑是呗（湖北话：你是不知道我的厉害吧）！”

四川人是吃辣椒长大的，也有慷慨悲歌风骨，根本听不得这些，当下，还真有胆大的，也许是想扬名立万吧，有个练家子立马跳上擂台，拉开架势，大声叫阵：“你个湖北佬，欺负我们四川武林没能人吗？！来，来，来，老子和你比试比试。”

李国操当然不是等闲之辈，没用几个回合，就把这人打下擂台。这人的同伴不服，紧跟着上台，李国操也把这几个敢于上台的练家子接二连三地打下了擂台。后面还有练家子想上擂台继续跟他打，但是被组织者喝止了，不许车轮战，约定第二天同地点、同时辰进行。

接下来的两天里，李国操又打败了几个人，成都城里还真没人是他对手，他连续当了几天的擂主。

被一个外来人占据成都比武擂台，强龙压制地头蛇，这让成都武林人士很没面子。有人便急急忙忙跑去青城山，找到隐居在青城山上清宫多年的武术高手，把擂台比武情况大致说了一道，添油加醋地说："那个湖北佬狂得狠呢，扬言要'拳打峨眉武术四门八派，脚踢青城功夫道俗两家'。"

看到高手面露恨意，那人接着胡编道："听说昨天被他打下擂台的那个兄弟，就是你们青城派弟子，肋骨被他打断三根，如果不是裁判阻止，怕是命都被人家取走了。"

听到这里，高手已经怒容满面了，那人见机劝说道："您是青城山一等一的绝世高手，非您不可才能为咱四川武林正名啊。"

那时武林门派观念十分严重，这个青城派武术俗家弟子，凡心未泯，一听这话当下就跟着来人下山了，定要为青城派武术正名，为四川武林争回面子。

其实这个高手也没有获胜的十分把握，行家看门道，他要摸清对方武功路数。

他先是在擂台下观察了好一阵子，找到李国操的功夫破绽，待俩人真正上台开打之时，经过二十几个回合，用一招凤眼拳击中李国操肩膀穴位，才把他打下擂台。

凤眼拳是一记专练食指第二骨节击人的点穴招法，它的握拳方式特殊，以食指第二骨节向前突出，拇指和食指扣成凤眼状，威力凝集于突出的食指一个点，穿透性强，发力时如钉子般打在人体关键部位，即使练家子也承受不起的呀。

这种拳法不经过数年习练是练不成的。

正所谓“文无第一，武无第二”。练武的人好勇斗狠，都认为自己是最厉害的。今天你胜了，明天就会有人冲上台打败你。擂主再厉害，也有力尽疏懈之时，也有被人找准破绽打败的时候。

后来几天，这个青城派武术高手接连打败了几个人，当然最后也被别人打败了。

这次擂台赛成功地激起了四川民众对武术的强烈兴趣。自此以后，每年春季成都办花会（大致相当于现在的商品交易会）时，除了有吃的、卖的、玩的和看的等内容外，都要另外在青羊宫举办一年一度的武术擂台赛，偶尔也在少城公园（今成都人民公园）举办。

由于成都青羊宫打擂台要对获胜者发放“金章、银章或蓝章”，类似于现在的金牌、银牌和铜牌，所以，这场比武人们又称为“打金章”。

“打金章”这项活动，一直持续到1950年，才宣告结束。

李兴武就曾经到成都府“打金章”，也正是因为“打金章”，李家这个唯一的武术高手，竟然从此一蹶不振，英气不再。

欲知李兴武“打金章”如何，且看下回分解。

正是：

强中自有强中手，能人背后有能人。

第十三回

川军部队聘武师　兴武擂台争功名

前面说到，民国初年川军部队是在清末新军新编十七镇基础上发展起来的，延续了清军好勇尚武的传统，川军部队上至军师旅团，下至营连排级都设有武术教官，或者聘请当地能打善斗的勇士担当武教头，指导士兵练功习武。

川军部队对青羊宫“打金章”特别感兴趣。

一般来说，得金章者大多被川军各级部队聘邀为教官，待遇较之其他职业丰厚，旱涝保收吃皇粮。获得银章和蓝章的也可以受聘于单位、社团和学校，做个乡镇民团团练头领，取得一个金饭碗，或者成为富商巨贾的护院、镖师，跟着主人吃喝玩乐，主贵仆荣，也是一个很好的选择。最不济者，也可以名正言顺地回乡开设武棚，收徒授艺收费养家。所以说，打“金章”是当时四川武林中人梦寐以求的目标，既得名又得利。

话说李正荣去世后，他的那个武棚自然就散了，徒弟们自找出路，各奔前程。当年，兴武刚刚三十岁出头，正值壮年，武功非常不错，还是夹江县武士会武士，在夹江等周边四个县域也是鼎鼎大名的。与学文的何伯龄思想一样，学武的李兴武也同样不想在地里刨食吃，心想：我如果能在成都府打个金章，那出路可就多了去了，说不定还可以像老汉儿那样当兵吃粮呢。

于是，民国二十一年（1932）春节期间，兴武借给三爸正华拜年之机，想征得家族主事的正华同意，报名参加明年的成都府“打金章”。

此时正华已经病重在家静养，无心“理抹”（四川话：细致过问）这事，只是说：“你老汉儿（指正荣）在世时就跟我说起你有这个想法，你也有点本事。但是，强中自有强中手，一山更比一山高，谁敢说自己有多大的本事能够打遍天下无敌手呢。”

兴武道：“（打金章）这也是没办法的事，老汉儿‘走了’（逝世），我打小练武，又种不来地，总不能在歇马场这个小地方混吃老死吧。”

正华劝道：“我知道你有点本事，但这是在歇马、夹江这么个小地方，成都府可大得多得多啊，听说比嘉定府还大。咱小地方人到大成都求功名，担怕打不过人家哟。”

兴武说：“我本身武艺不差，碰碰运气吧，说不定还真能打出来呢。”

正华又劝道：“武林门派繁多，江湖关系复杂。就算你有我大哥的一身本事，又能打得过几个人，如果没人在后面罩着也是不行的啊。”

兴武看似胸有成竹地说：“我老汉儿在绿营时，应该在成都还有些老关系，到时我去寻寻看，找人给咱‘扎起’。”

没等正华说话，兴武看了一眼兴文接着说：“我也没想打个金章回来，打下个银章或者铜章，有更大的名气，手下有一帮徒弟，不是也可以帮兴文兄弟撑起民团这支队伍了吗！”

这句话正合兴文心意，兴文便接话道：“既然大哥心意已决，你可带上我写的一封信，找我在成都的袍哥大爷助上一臂之力。”

正华无心也无力再劝，就应着道：“好、好，那我向正富说一声，到时让兴君、兴臣两个陪你一起去，也好有个照应。”

兴武却说：“兴君就算了吧，脑子反应慢。”

站在一旁的兴盛接话道：“让兴臣去呀，老五灵活得很呢。”

兴武报名参加的那届“打金章”是民国二十三年（1934）二月初二成都花会，青羊宫已经搭好了木制的擂台，那个擂台高约 60 公分，长宽各 800 公分见方，上面都是硬打硬的厚木板。来自四川全省各地的各路英雄豪杰纷至沓来，踊跃参赛，自愿报名，签订《生死状》，死伤听天由命。

民国时期武术比赛，不像现在有较为完善的一系列规则和禁止条款，可以对参赛者起到保护作用。那时“打金章”是“拈阄”配对，不区分体重级别，不限定搏击方法，不限制打击部位，规则很简单，拳打、脚踢、肘击、膝顶和擒拿，甚至允许点穴，只要把对手打倒求饶、流血认输或者打下擂台就是“擂主”，这实际上是一个无量级的自由搏击比赛，相当于现代的综合格斗，即MMA（Mixed Martial Arts）赛制。

这样无规则、无限制的格斗，全靠练就的一身功夫绝技，斗勇比狠，出奇制胜，当然也少不了背地里收买、恐吓和欺骗。因此，擂台上被打伤、打残的情况常有发生，但是还没有发生打死人的事。

比赛采取淘汰制，一级一级地汰弱留强。报名以后首先要打资格赛，就是你得有一定的武功基础，不是想打就行的。因为资格赛胜出后要挂红，因此也叫“打红”。打红过关了，再抽签捉对打蓝章（相当于现在的优胜纪念章），然后取总参赛人数的一半争夺银章（相当于铜牌），最后由众多银章获得者复赛打金章，一级接一级地打下去，可见获得金章确非易事。

单就打擂台来说，决定胜负最为重要的是以下三个因素：一是有真功夫。因为打擂台毕竟是真刀真枪的搏击实战，决定胜负的主要因素还是对战双方的武艺水平、搏击技术和实战经验。二是靠好运气。正是由于参赛者进行无差别地抽签配对，其中一定存在偶然性：如果恰好碰上一个比你体重大许多的壮汉，不是一个量级，对方“一力降十会”，或者碰上一个苦练20年的绝顶高手，结果就有可能连资格都打不上。三是凭借武林门派人缘。中华武术除少林、武当和峨眉三大门派之外，还有众多地域流派，拳种套路多达千余种。旧社会武林宗派意识甚浓，参赛者可以凭借武术门派、武林交情和金钱礼物等因素，取得主办方和裁判的暗中偏袒，也能取胜。

兴武“打金章”并不被家里人所看好，只有兴臣和俩徒弟陪同报名参赛。他从偏远山区来到成都府，本来还去找过正荣在绿营和巡防军时的弟兄，但是这些人历经几次整编：保路运动时绿营兵已被改为巡防军，武昌起义后巡防军又被四川大汉军政府整编为第三镇（第三师）。军营依旧在，换了人住；物是而人非，没有渊源。兴文让他找的袍哥弟兄也阴差阳错地没能见面，所以，兴武只得靠自己。虽然他不具备武林派别等人脉资源的优势，但还是凭真功夫打到了银章。

与兴武配对争夺金章的是川军第三师的一个老兵，也就是原来的清朝成都府绿营兵左营（正荣是绿营兵右营）的老兵。这个兵练的是南拳武术流派的虎鹤双形拳和蔡李佛拳，属于力量型选手，五短身材，腰粗臂圆，手臂上绽出硬邦邦的几坨肉疙瘩，身穿一件无袖麻布小褂，腰扎黄色绸巾，大裆蓝布短裤，显得异常彪悍凶猛。擂台下，川军第三师的一帮兵们在扎场子起哄。

那天，从四面八方涌过来看闹热的人们，把成都青羊宫正门前一整条街道都堵断了，青羊宫围墙边的几棵大树上也爬满了人。人们一边摇着蒲扇，一边吵吵嚷嚷地发着议论，还有的掏出银圆捏在手上，大声喊：“下注赌胜负，大洋压起来，快来押宝。”

仅从视觉、身高和气势上看，兴武略显单薄，不少人都把宝押在了那个兵的身上。

兴武能够一路从资格赛，再到打蓝章，最后获得银章，也是见过一些阵仗的，这时心里虽然有点胆怯，但是表面上仍然显得毫不在意的样子，抱拳施礼之后，裁判哨音一响，便后退两步，拉开进攻架势。

谁知那个兵更急，以快制迟，瞬间爆发，趁兴武刚刚稳步之际，左手前手虚晃，右手直拳便闪电般地直捣兴武的中路面门。兴武急急侧身但还是没有完全躲过，右肩膀受了一拳，顿觉全身麻木。紧接着，兵又一记黑虎掏心，直奔心窝，兴武不得不快速闪躲避让。前几个回合，兴武有意消耗兵的体力，先取守势，灵活似落叶飘絮，忽左忽右；矫健如水中游龙，忽进忽退。兵见自己拳拳落空，气得暴跳如雷，总想一拳把兴武置于死地。但是，性子越急促，动作越莽卤。

再一回合，兴武寻机双拳虚晃，右腿随起，使出平生本领，跃起蹬向兵的心窝。兵也毫不畏惧，身体稍侧，施展出蔡李佛手法之一的“骑龙扛掌”，顺势托起兴武踢来的脚，大喝一声把兴武举在空中，旋两圈后借势要将兴武抛下擂台。不料兴武个子不大，身体灵活，在半空中扯了一个倒旋，落在擂台上稳稳站住了，观众喝彩不迭。

两人拳来脚往，直打了二十几个回合。

当对手再一次用冲拳打向面门时，兴武左手一挡化去对手拳势，紧跟着右手就是一记右摆拳，“嘭”的一声打在兵的后脑勺，那时擂台规则是可以打后脑勺的，兵站立不稳有点摇晃。

底下的兵们一阵叫骂，有的还敲击着擂台，发泄不满。有个兵混乱中，偷偷地把不知道装了什么东西的一个小白布包扔在擂台上。

那个兵也恼羞成怒，倒退中趁兴武不注意，右手拣起这个小白布包，返身冲将过去，左手虚晃一下，右手把白布包里的粉末状东西撒到兴武头面部。

这是这些兵们事先商量好的阴招，小白布包里装的是石灰粉，准备暗算兴武。

武林敌对双方舍命搏击时，有暗中迷对方眼睛这个阴招。有用石灰粉的，也有用细沙土的，还有用辣椒面的，目的就是使对方看不清眼前景物，这是杀敌时才能用的搏命狠招，武术擂台上可是不许这样的。

兵违规了。

石灰粉末进入眼睛，兴武连忙用手擦拭，越擦越擦不净，兴武看不到眼前景物了。那个兵迅速闪到兴武身侧，怪叫一声，风驰电掣般使出他的看家腿法横钉腿——蔡李佛拳招数之一，将兴武踹倒在地。兴武重重地摔在地上，对手迅即合身而上，乱拳重肘劈头盖脸不停地击打兴武面部，而裁判员任由这种击打进行……

兴武的头部满是鲜血，鼻梁塌陷，上颌部凹下去一半，在台上昏迷了好一阵子，才由两个徒弟抬下擂台。待兴武完全清醒过来，兴臣请的太医为兴武极为简单地处理了创伤，然后雇了一副滑竿，把兴武抬到九眼桥水津街渡口（府河与南河交汇处，当时成都最大的水运码头），乘坐乌篷船经过两天一夜才回到歇马家中。

想当年，兴武在夹江武术届可是个响当当的人物，动若脱兔的敏捷身手，好像没有输给过别人。如今，踌躇满志地到成都“打金章”，却灰头土脸地被人打得抬着回家，兴武精神受到极大刺激，加上治疗手段没有现在先进，面容破损了，在家足足休养了大半年，大门不出二门不迈，性格都变得木讷了，就像个“胎神”（傻子）似的。

兴武“打金章”失利被打残一事极大地震撼了夹江武术界，人们这才深切感受到“人外有人，天外有天”的道理。从此，李家子弟再也无人学武练功，都在家老老实实地或务农或经商或吃老本。

屋漏偏逢连夜雨。

兴武“打金章”风波刚平，幺爸李正贵惹了一个大祸事，耗费了李家大量精力、财力才把事儿摆平。

到底李正贵惹了什么祸事，且看下回分解。

正是：

百胜难虑敌，三折乃良医。

第十四回

老正贵苦盼得子　小兴旺意外夭折

俗话说“幺房出老辈子”，李正贵并不比大侄儿兴武的年龄大太多。

正贵夫妻俩实为姑表兄妹，一个是1896年生属猴，一个是1897年生属鸡，俩人是从小在一起玩“锅锅圆”（夹江方言：儿戏，假做炊事的意思）长大的，青梅竹马，长大了两情相悦就想结婚，现在说来叫自由恋爱。

李老太爷让算命先生合八字，算命先生说八字不合，举例说“鸡猴不到头”。但是李老太爷不信这些，强说：“姑舅姻亲、亲上加亲。”于是俩人真就结婚了。

婚后不久，正贵夫人生了个儿子，却发现是畸形，未足月就早夭了，此后多年俩人再无子嗣，旁人再三劝说正贵纳妾，但是由于夫妻感情很好，正贵不同意，纳妾事一直无果。

俩人试遍生子偏方，拜遍庙宇送子观音菩萨，期盼上天能送来子嗣，终于在正贵年近40岁时，才盼来个宝贝儿子，当成“金宝卵”（四川话，意思是人的一生应该从受精卵开始算起，“金宝卵”是说人一生下来就是宝贝）来养，可是夫人却因高龄难产离世了。

正贵夫妻俩“鸡猴没到头”。

处理好夫人后事，正贵绞尽脑汁为孩子取名：大哥生了兴武、兴文两兄弟，正富哥哥育有君、臣、民、国四小子，正华哥哥只有一个兴盛，我给孩子取名兴旺，家族旺盛岂不更好。于是，就给宝贝儿子起名为兴旺，盼着孩子的出生给家族带来好运。

李氏家族历来重男轻女，全家族男丁是需要排行的，女儿却不用。于是，李氏家族三代排行为老大兴武、老二兴文、老三兴君、老四兴盛、老五兴臣、老六兴民，老七兴国，老幺则是兴旺。

小兴旺长得十分可爱乖巧，大大的眼睛，高挺的鼻梁，圆润的小嘴，还很白净，极像夫人，学语甚早，刚满周岁就能爸爸、妈妈、嬢嬢地喊，听得正贵心里酸酸的。

正贵把对夫人的思念十二万分地转移到了小兴旺身上，付出劳累，当然辛苦。正富看在眼里，就说："人到了年纪，是要找一个知心识意的女人来温存的。"劝他趁早"单另"（夹江方言：格外，另外，重新，再次）找个压房夫人。

前面说过，正富在歇马场余湾村有大片土地，与余姓人家相熟，也一直想与余家结上关系。这时，正富就想通过结亲拉上两家的关系。

正富给正贵物色的是余湾村余姓族长的孙女，刚满 16 岁的余银凤，两边说辞道："李家有财，余家有丁，李余结亲，强强结合。"

这样一拍即合，李正贵就把余银凤娶来填房了。巧合的是，余银凤 1921 年生又是属鸡。夫妻俩都十分喜爱小兴旺，当成心肝宝贝，整天逗乐，其乐融融。

自此，歇马人才有了"熊李何（河）中有余（鱼）"的说法。熊家、李家、何家和余家这四大家风光无限，却不想乐极生悲。

民国二十六年（1937）年八月盛夏的一天午后，兴文通过李氏家族与刘文彩势力做盐巴生意时结识的关系，在刘文辉的第二十四军部队买了几支"汉阳造"步枪，让家丁抬到正贵家，高高兴兴地与二爸正富、幺爸正贵，以及兴君、兴盛、兴臣、兴民和兴国等众兄弟，欣赏新枪。

兴文拿起一把"汉阳造"高兴地说："前些年咱们保安队只有火铳、马刀和长矛，经常受土匪魏瘸子的气，不敢跟人硬来。这下子好了，咱也有枪了，兵强马壮的我看谁还敢欺负咱们。"

正富想一想说："就是，就是，民国五年（1916），尖峰山上的一小股土匪就抢过咱们歇马场，我那时就想啊，如果大哥在家，或者歇马也有人有枪，就不怕那些龟儿子了。"

兴文道："我就是因为歇马场遭土匪抢了，才组织个民团，但就是没办法弄到枪，急得够呛。"

兴盛说："谁说不是呢。那些个土匪就因为有几支破枪，就胆敢今天抢这家，明天抢那家，连官家都让他三分呢。"

兴臣接话道："当然了，武功再高，也怕火枪。"

正贵想想说道："我还恍惚记得，民国十年（1921），好像也是夏天吧，咱县甘江场被洪雅总岗山上的土匪抢得那叫一个惨，黄姓有钱人家被抢个遍，死了好多人呢。"

兴文道："以前人们说黄河坎的银子（指黄姓有钱财）、大坟坝的顶子（指李姓有功名）、大石桥的谷子（指夹江首富的姜家沃田）。今后，我要让他们加上一句话——歇马李家的枪杆子。"

众人哈哈大笑。

正贵说："笑归笑，等赶场那天，兴文带着队伍在歇马街上走走，放他几枪，得让大家伙看看咱家队伍的威风。"

几个人都很高兴，纷纷抢过汉阳造摆弄起来。

这事银凤插不上嘴，就独自一人在二层楼的阁楼上，逗弄刚刚蹒跚学步的兴旺，还时不时地瞧瞧楼下试枪的大家。一时兴起，银凤用她那细嫩的胳膊举起小兴旺，间或向上抛举，逗得小兴旺嘎嘎地笑。也是赶巧了，当银凤又一次向上抛举小兴旺时，突然一声清脆的枪响，兴臣手中的"汉阳造"走火了，一颗子弹从银凤所在阁楼的滴水檐上飞过。

那时正是梅雨霏霏的夏季，刚刚下了场小雨，人们浑身上下都是汗湿透了的。枪声响过，惊得人们一个激灵，银凤吓得浑身一颤，手不知不觉地松了一下，也是小兴旺身子一扭，变了方位，直往下坠去。刹那间，银凤竟然只摸到了小兴旺湿漉漉的小腿，根本抓不住，小兴旺便大头朝下地从阁楼跌落地面。

婴儿出生时头部有两个肉眼可见“扑登扑登”跳动的地方，曰囟（xìn）门。位于后脑的后囟门闭合较早，而在头顶部的前囟门最晚在两岁左右才能闭合。小兴旺刚满周岁，前、后囟门尚未闭合，从这么高的地方摔下去，当时就没了气息。

兴旺意外死亡后的那几天，银凤承受了巨大的压力，像是犯了重罪的人，眼睛再也不敢正视李正贵那阴郁的目光，更不敢到街上走路，生怕人们指责，说是她这个后妈故意摔死了小兴旺，就连银凤爸爸也像是做了亏心事儿似的，跑前跑后地帮忙料理后事。

按照当地习俗，三岁以前夭折的娃娃是前世作孽、现世来讨债的，是“贫夭命”，不应该大张旗鼓地兴办丧事，一般就是草草掩埋于浅坑之中让野兽吃掉，或是葬于河流沙滩被河水冲走，认为这样才能利于再生子女的成长。但是，家人拗不过正贵，正贵决然要办丧事，而且是要像死了老人一样大办丧事。

银凤被视为小兴旺的后人，全程为兴旺净身，给他穿上新制作的绸缎老衣，把他放入漆涂成黑色的成人“寿木”棺中，再在堂屋里停棺“烧七”，银凤整天整夜地身穿孝服，头包白布孝帕，麻绳缠系腰间，“披麻戴孝”地守灵哭丧。

小兴旺死后的第五天，全家族成员包括佃户、长工、用人、丫头和三乡四邻约莫 200 多人，一律头包白帕、身穿白服“戴孝”，肃静地在灵堂做三牲酒礼祭奠，请道士作法事，一个个不敢大声说话。

法事完毕，人们一个跟着一个，慢慢地往歇马后山李氏家族墓地行进。

可能是自愿也可能是被迫的，银凤身穿孝衣、头戴孝冠、腰系麻带、手捧灵牌，走在送葬队伍的最前面。其他人有的双手执绋，有的沿路撕掷纸钱，发“买路钱”，敲敲打打地往歇马后山李氏家族坟地走。当然，沿途路口也少不了由三五成群的道士做道场，为死者在极乐世界“开路”。

坟墓是早已挖好的。按照当地风俗，应该先由孝子在墓穴里烧纸钱，名曰“暖穴”，这些差事自然落在银凤身上了。银凤老老实实、认真虔诚地做着这些事情。

当四个抬棺长工把小兴旺的棺材放入墓穴中的那一刻，正贵悲怆地哇哇失声大哭，一时悲愤填胸，一股热血刹那间“倏”地冲到头顶，恨从心头起，恶向胆边生，抢过长工手中的抬杆，照着正在墓穴里面跪地烧纸的银凤的后脑狠命一击，大喊一声：“敲死她！敲死她！陪葬我家小幺儿！”

众人先是一怔，正贵看见众人不动，又喝一声：“狗日的兴君，快动手啊！”

兴君没什么头脑，听到这样说，率先抢过身边抬棺人的抬杆，不停地打在银凤那弱小的身上。

兴文、兴君、兴盛、兴臣、兴民和兴国等一众子侄，也跟着纷纷抢过长工手中的铁镐、铁铲，三下五除二地往墓地里刨土填埋，连活人带棺材掩埋个严严实实。

众人吓得瞠目结舌。

把一个大活人就这么给活埋了，这在当时国民政府法律之下也是要被惩办的。余姓家族也是威震一方的，岂能善罢甘休，本想报官。

李正富自知理亏，三番五次地带着兴文、兴盛到余家赔礼道歉，许以重金利诱，数次向余姓家族老族长说和。余家考虑到反正人也死了，对势力强大的袍哥大爷李兴文也有几分畏惧，便只得接受了500石稻谷的赔偿，余银凤之死便不了了之了。

旧社会妇女的家庭地位是极为卑微的，四川农村有句“自己的婆娘自己的驴，自己打来自己骑”的顺口溜，就可以感受到夫妻间的不平等。

在歇马乡村民朴素的思想意识里，夫妻间不平等归不平等，打打骂骂也是可以的，最多一纸《休妻约》把人休了就是了。并且，银凤长得“抻展”（四川方言，丰姿出众的意思），平日不“叉巴”（夹江方言：专指女性不文雅、不庄重，爱接话、插话），不多言不多语的，给人的印象很好。因此，村民们认为，即便是银凤有错，正贵把人打死也确实“过迁了”（过分），正贵感受得到村民异样的目光。

时间稍久，正贵淡化了对小兴旺的思念，却反倒念起银凤的好。在与村民们谈起这件事时，正贵就说：“怪就怪李老五那龟儿子试枪走火，吓着了余银凤才发生这事儿。”

有知晓内情的村民回话道：“也怪不得老五，他试枪走火，又不是故意震惊银凤的。”

正贵直接“杵”（夹江方言：说话冲撞人）人家道：“这个肯定是有直接因果关系噻，就是那龟儿子害得我孤家寡人的，以后我还能依靠谁去呢？”

这种说法难免不被正富听到，他就去找正贵理论这事儿。

正富气哼哼地说：“你真是没得怪的了，分明是银凤不该那样逗娃娃，抱不稳才导致兴旺发生意外的，怎么能够责怪我家兴臣呢？！”

正贵也没好气地道：“李老五就是有责任的。不会弄就别在那儿瞎摆弄，没得他那一枪，怎么能吓到别人？又怎么能引起意外？”

正富声音高了一个八度，责怪说：“即便如此，即便怪我家兴臣，但是你也不该把人给打死呀，害得我八方赔不是，四处讲好话。”

正贵声色俱厉地反驳道：“少跟我说这些，我才不领这个情呢。还不如吃场官司，蹲个几年好呢。弄得我现在人财两空，四处不得好。”

正富气得甩开袖子想走，就说：“活该，这是你‘航实溜了’（夹江方言：自高自大，目中无人）导致的，怪得了谁呢？”

正贵心中更气，俩人话赶话，一句比一句硬气，性情急躁的正贵操起身边的一把凳子，径直砸向正富，把正富脑袋砸出了血。

从此，两家断了往来。

家族的人们都认为正贵的责任大些。

正贵里外不得好，借酒消愁，身心疲惫，再也无心续弦（曾经有媒婆说媒，但在听说银凤的事儿后，女方都吓得退避回绝了），从此一蹶不振，整天疯疯癫癫，说话神经兮兮的，与人说不上两句话便道：“真的是‘鸡猴不到头’的呢。然后，便是没完没了地唠叨起与前妻、与余银凤，以及小兴旺的事儿。”

赔了这么多稻谷，李正贵家里实在没太多的闲钱了，不得不想挣钱的办法。

好在正贵也吃过一点墨水，由于李家与何家的关系，自然而然地被何伯龄聘为学堂私塾教师，专为学童教授《三字经》《百家姓》《千字文》，也教过一段时间的《声律启蒙》，就是“云对雨，雪对风，晚照对晴空，来鸿对去燕，宿鸟对鸣虫”等，教学生娃娃做“对子”。

这样的日子也没太长时间，直到抗战胜利前突发急病，连医治的机会都没有就离世了。

李正贵鲁莽行为导致的这次危机，全赖侄儿李兴文出面才得以摆平了事儿，因为李兴文是歇马场袍哥堂口的老大，在这一带有时比乡政府更有权威，说话很管用的。

民国时期四川袍哥势力到底有多大，且看下回分解。

正是：

乐极就会生大悲，为富可能真不仁。

第十五回

民国四川海袍哥　浑水占山古石寨

小兴旺意外死亡的事能够波澜不惊地处理下来，很大程度上依仗了正荣的次子李兴文，他是歇马场袍哥堂口的袍哥头子（舵把子），是当地有名的风云人物。

袍哥即四川哥老会组织，又名“汉留”。袍哥一词得名于《三国演义》中蜀军大将关羽身在曹营，但是仍然保留旧主刘备所赠长袍的典故，其中含义就是自汉朝以来遗留的江湖中人的精神气节。另外一说袍哥得名于《诗经》中“岂曰无衣，与子同袍”之句，意指入会者皆是异姓兄弟，同生共死。

传说，袍哥是明末清初明朝大将郑成功领导的反清复明组织“洪门”的一个分支（也称哥老会），历经清初康熙、雍正和乾隆的数十年间“湖广填四川”的移民政策，随同移民传入四川。

据说，起初这些移民为了能够相互照应，自发形成了袍哥组织。但是，经过长时期发展和与当地融合，本来带有报团取暖互助性质的袍哥组织，却逐步演变成了具有四川地方特色和强烈民族主义色彩的民间秘密结社组织。

民国二十至三十年间，四川城乡成年男子参加袍哥者比例高达四成以上，党、政、军、农、工、商各界都有人参加袍哥组织，有人公开表示：“没有参加袍哥组织者就很难在四川社会立足。”

比如你虽然只是个做小生意的，但在当时，时常会有地痞流氓骚扰，如果你加入了袍哥组织，就会得到保护。因此，当时四川城市乡镇，无地没有哥老会堂口，无人不“海袍哥”（“海”是参加的意思，“海袍哥”同“海皮”，即参加袍哥组织）。

后来，中华民国政府认为袍哥组织的无限泛滥将会危及政权稳定，四川省国民政府曾于1936年和1938年，两次下发《惩治哥老会缔盟结社条例》和《惩治哥老会实施规章》，试图解散哥老会（袍哥）组织。但是，由于袍哥人数众多，袍哥组织广泛渗入各行各业，甚至社团和政党，牵扯众多，无法责众，因此，四川地方长官仅是照转照发文件而已，从未敢真正执行过。

那个年代，国民党基层政权与地方势力都是紧密联结在一起的，各地军阀有的就是出身袍哥。特别是民国初期军阀混战的四川防区制时期，地方军阀为了扩充兵力便于争夺地盘，还大批大批地招安土匪、袍哥队伍，有些官府上不便出面解决的事情，也要依仗无处不在的袍哥势力。因此，清末民初的四川军队，军中有袍哥，袍哥在军营。

民国二十至三十年，发迹于四川成都大邑县后来被全国人民所熟知的刘文彩，从小就走南闯北做生意，谙熟江湖三教九流，非常懂得拉拢会众，慢慢组织起了一股庞大的袍哥队伍。

以袍哥势力来论，岷江、青衣江以南都属刘文辉、刘文彩兄弟势力，以北则是他们堂侄刘湘的势力范围。

歇马场在刘文辉、刘文彩兄弟的势力范围之内。

四川袍哥大致分成仁义礼三种，俗话叫作“仁字号旗的顶子，义字号旗的银子、礼字号旗的掟子”。就是说操仁字的是士庶绅商、社会贤达，只有德高望重的人才能混得上去；操义字的基本上是坐贾行商之人，必须有一定的财富支撑。上述两种属于清水袍哥，有自己的事业，不靠加入袍哥搞钱。而礼字号袍哥也称浑水袍哥，属于职业袍哥，这是要动粗拿横、提枪要炮的，尽做些没本钱的买卖，比如打掟子、点棚子（烧房子）、拉肥猪（绑票）、抱童子（绑架小娃娃）等抢劫杀人勾当。四川人说的掟子，泛指武力的意思。

一般来讲，清水袍哥都有正当的职业和收入，看不起浑水袍哥。当然，也有相互勾结犯奸的。

歇马场的袍哥老大是“义字”清水袍哥李兴文。

民国十年，总岗山土匪抢劫甘江场，杀了许多富家大户。从那时起，夹江县人们开始有了自卫意识，但也就是些无组织的个人行为。

木城场的熊平安，就是在这种氛围下，在木城场建起了夹江城第一个自卫队组织。

从小便是娃娃头的李兴文，看到大表哥熊平安成为木城场的头头，自己也想建支民团，就把熊表哥请来歇马，再喊来兴君、兴盛和兴臣，还有老汉儿的徒弟王三娃和赵五哥，商议建民团的事儿。

当兴文说出想法后，熊平安立即站了起来，大手一拍，高兴地说：“这下好了，我正怕孤掌难鸣呢，你就建队伍了。你我兄弟有了两支队伍，别说土匪，就是官家也不敢小瞧咱们。”

兴文慢条斯理地说：“咱这民团队伍，一是要有人，这个我倒是不担心，跟老汉儿练武的弟兄多的是。二是要有武器，现阶段恐怕只能找些火枪、鸟铳、大刀、长矛，以后有钱了咱再弄些枪火。三是还要有钱，总要找个地方，大家商量事时有饭吃、有茶喝哟。最为关键的是……”

兴文顿了顿，没有继续说下去。

兴盛接话道：“钱没啥子问题，咱家不是还有那个粮食生意的吗，挣到钱了就应该做这些事，做保护我们生意的事，我全力支持。”

兴盛心想，家族有支队伍了，我未必还会担心财产被人劫了。况且，老汉儿还给我留了那么多的金条呢。

熊平安接话道：“有兴盛这个大土豪，咱还怕什么，我当初还是白手起家的呢，现在不是什么都有了吗？”

“我担心的是……”，兴文端起一杯茶，喝了一口，继续讲道，“队伍建成了以后，这些‘散眼子’（自由散漫的人）怎么管？怎么兴规矩？怎么才能养活这些人马？”

熊平安直截了当地说：“那都得听咱的话，不听话就按江湖规矩，该杀、该打、该罚，就是咱一句话的事儿。至于养活队伍吗，劫富收钱呀，量他是谁也不敢不听老子的话。”

熊平安又接着说道：“你还可以开个茶社（茶馆），让码头上的兄弟伙有个迎来去往的场所，咱还可以收取吃茶费用，一举两得。”

兴盛接话道：“在歇马这个地界，总归是兔子不吃窝边草的好，这应该是咱的基本原则。另外，咱得定几个规矩，先让人接受得了，以后再说其他的话。”

兴文笑笑道：“这点我与四弟想到一块去了，我就想与兄弟们商量商量这几个问题，然后咱们就把队伍拉起来。”

熊平安接话道：“兴文兄弟，你听我的，我给你引进袍哥，拜在王大爷门下，就什么事儿都解决了。”

兴文笑笑道：“这个从长计议，等咱有了队伍，入袍不就是水到渠成的事了吗，免得恳请这个引进、那个保举等等条条款款的。”

王三娃和赵五哥立即表态，一切唯兴文哥哥的意思办。

兴君听到兄弟们商议的是这个事儿，志不在此的他没有插嘴，只是口里叼着一根尺来长的猴儿头竹子烟杆，半闭着眼睛，仰坐在那里，憨痴痴的样子，独自咂烟。而众人自然也不睬他，他便在大家高谈阔论的间隙，找个借口走了。

兴臣是个半大小子，很想加入谈论，只可惜不知道谈什么，便只是认真地听着，间或跟着呵呵两声。见实在没得可说的了，借口上茅房，就没再回来。

兄弟之间是不能拜把子的。

待人们都走了以后，兴文把王三娃和赵五哥留下来，又商议许久，情绪高涨，逐个刺破中指，鲜血滴在一碗“华头老白干”酒中，三人共同喝了这碗血酒，发誓说：“从此以后，有福同享，有难同当，不求同年同月同日生，但求同年同月同日死，誓以血肉武力争取生存，同心同德保护歇马村民。”

李兴文与王三娃和赵五哥拜把子结为生死兄弟，大哥是李兴文。

这哥仨是歇马场民团队伍的核心人物。

开始时，这哥仨最为紧要的事儿就是在歇马场“吃讲茶”（旧时民间解决纠纷的谈判），解决生意纠纷、邻里矛盾的人和事，认定哪方理亏，应该如何处置，然后，理亏一方请大家吃茶、道歉就算了事。

对于讲不下来的事，则由王三娃和赵五哥那些个“操扁挂”（练武的人）的兄弟，还有一些混混儿，去强迫败者执行。李兴文则在后面指手划脚，代表的当然是李家利益或者富家观点。

除此之外，李兴文的人马仅仅向一些无权无势的士绅商贾派些保护费，对成交了的商品收取好处费，比如稻谷买卖成交后，他的人就用固定器皿舀些出来作为税收（厘税，当地人称作“厘米”）。所幸人们并不反感，认为是理所应当，这在一定程度上维持了队伍运转。

兴文按照江湖规矩管理队伍。对个别不落教（四川人对不听招呼即违犯帮规、不按规矩办事的称谓）的兄弟伙，比如在派款商人中私分好处费等等，兴文知道的话必定当众责罚赶出家门，以儆效尤。

尽管兴文的这些人大都是业余的，农忙务田，农闲训练，有匪情时集结参战，安定时各持家务，但还是逐步发展成一支看家护院的民团队伍，最多时有二三十人，名声响当当的。

熊平安始终没有中断鼓动和劝说兴文加入袍哥，兴文也觉得加入袍哥有好处，便决心加入义字袍哥。

参加袍哥也是有一些规矩的，需要经过引进、保举、担承和恩准共四道门槛。兴文家有财产，手中又有队伍，这些规矩自然不是事儿。

当年七月十五中元节，夹江袍哥老大王耀祖主持入袍仪式。兴文一行人面对关公神像，发誓许愿，行三跪九叩礼，然后拜关夫子和众位大哥。

经过熊平安引进，另外有人保举和担承，夹江袍哥老大王耀祖恩准，兴文正式加入袍哥。

考虑到歇马场入袍的几人当中，只有李兴文家资雄厚、家族势大、人脉广泛，王耀祖点头首肯，兴文成了歇马场义字堂口的袍哥大爷，也就是“新福大爷”。

兴文开始海袍哥了。

后来，李兴文借助袍哥力量，捐了个夹江县国民义务总队歇马民团团练，那几年歇马街上，人们时常会看到那个头戴礼帽、手提文明棍、穿件高雅长衫的李兴文。虽然不需要他明目张胆地杀人越货，但是倚仗家族人丁兴旺的优势，兴文实际上把持了歇马乡的实权，主意、决定都是他拿，乡长、保长只出面具体办理而已。

我国历史上著名的东北胡子、山东响马、中原绿林和西北杆子，都是些人马众多、气势庞大的土匪队伍。四川的浑水袍哥当然比不了这些，大多是一股一股地独立占山为王。

当时，成都平原末端的峨眉山脉一带，主要有占据瓦屋山的李玉光、八面山的张炳南和总岗山的包三嫂等三股较大的匪帮，这三个匪帮在这一带欺压百姓、反抗人民政府、无恶不作，最终都被人民解放军消灭了。

夹江的浑水袍哥，名气最大的当数魏瘸子，人们习惯称之“魏老摇”（四川民间称浑水袍哥为“老摇”，即摇船掌舵的）。

魏瘸子长相凶恶，红脸膛长胡须，貌若张飞。他本来是八面山张炳南匪帮的一个头目，因为触犯了袍哥组织《帮规十条》，据说因为私吞“水头”（抢劫来的财物），被执行家法，“磕转转”（转圈向兄弟伙磕头），行“三刀六洞”，就是在小腿肚子上扎三刀，对穿，三刀下去就是贯通的六个洞，称为三刀六洞。

从此，魏瘸子走路一瘸一拐的，也没脸再在八面山匪帮里混了，就带了几个铁心死党，远走夹江县，占据尖峰山上的古石寨，慢慢地成为夹江县最大的一股浑水袍哥。

尖峰山这个石寨有些来历。

公元 1206 年，铁木真（成吉思汗）统一漠北蒙古各部，建立蒙古帝国并开始向外扩张。骁勇善战的蒙古铁骑，如疾风一般，先后征服了中东和中亚的一些国家，再是统一了我国北方地区，然后就图谋中原政权。1276 年，蒙古帝国攻灭南宋，建立元朝，统一全中国。

蒙古铁骑曾经两次进犯四川，镇压汉人，烧杀抢掠，动辄“屠城”，非常凶残。但是，“屠城”之举遭到四川军民的拼死顽强反抗，甚至在元朝建立以后，元军还是用了很长一段时间，才彻底征服了四川这个“国中异乡”。

正所谓“压迫愈深、反抗愈烈”。

宋朝末年的公元 1258 年，蒙古帝国第四任大汗蒙哥，亲率蒙古大军第三次西征四川，同样遭到宋军和民间老百姓的强烈抵抗。

夹江有个叫张大仙的富家大户，自发组织村民和溃兵抵抗“鞑子（元兵）”，动员军民远走夹江县城，在群山起伏的峨眉山余脉尖峰山上，建起了一座易守难攻的石寨，军民坚决不降，齐心抵抗元军。

石寨建在尖峰山山顶，地势陡峭，曲径中通，扼守要道，真有“一夫当关，万夫莫开”的气势。令进攻作战中“车要成轨、马要成列”的蒙古骑兵受到极大限制。

张大仙组织的这支抗元队伍，与同为抗元而临时建起来的洪雅县八面山苟王寨遥相呼应，声势联络，互为依靠，采取“以山设险，以步制骑”的战略，与元兵周旋数年，石寨始终没被元兵攻破。

魏瘸子从八面山离开后，对这一带了如指掌的他，便选定古石寨作为占山为王的匪窝。

俗话说“兔子不吃窝边草”。

魏瘸子并不深知夹江社会江湖，偏偏在李兴文的地盘上绑票吃“悬钱”（四川话，意思是危险的钱），惹到了“地头蛇”，双方大战一场。

到底李兴文因何事与魏瘸子“结梁子”，且看下回分解。

正是：

哥子弟兄袍儿哥，引保承恩四道坎。

第十六回

欺压百姓魏老摇　黑白通吃王大爷

前面说了，李兴文混的是清水袍哥，有家有业，完全不同于依靠抢劫为生的浑水袍哥，因而，向来与浑水袍哥没有交情。即使在魏瘸子占据尖峰山以后，他也从心里瞧不起魏瘸子，认为两家井水不犯河水。

但是不久，俩人就结下了“梁子”（江湖话：结梁子，结怨，结仇家的意思）。

话说小兴旺死后不久的一天中午，魏老摇的一个兄弟伙（手下）不知什么机缘抓了一个半大小子，简单“说聊斋”（旧指浑水袍哥绑架之前，探明对方家底再要钱）后，得知这家人有钱，就把他当成“肥猪”(人质，也称作肉票），想敲其家人一笔银子。由于“肥猪”被打伤了腿，便让一个刚跟他几天的伙计，把“肥猪”绑在一辆“鸡公车”(独轮木制手推车，由于没有金属轴承，推起来叽叽咕咕作响）上，准备前往赎人地点。那个推“鸡公车”的伙计，通常唤作“赶猪手”。

也许那个兄弟伙想钱心切，也许是想吃独食，这事儿他没跟魏老摇报告。他更没料到的是，去赎人地点需要经过歇马场余湾，那是兴文的地盘，魏老摇兄弟伙越界了，更为要命的是那个“肥猪”竟然还是兴文的一个远房亲戚。

也是巧了。

那天兴文正在二爸正富的家里，约了乡长、保长和民团几个官兵在院坝子里喝茶，商谈兴旺意外死亡的善后事。

说话间，“肥猪”刚好经过，远远望见一个富态之人，正摇动一把洒金黑底折扇，尤其大拇指上的青玉扳指，在周围那些人中颇为显眼。“肥猪”认出此人正是远房表叔李兴文，于是，乘人不备，合身滚下，大喊：“表叔救命，表叔救命。”

兴文循声望去，知晓了大概，心想：光天化日之下在我的地盘上抢自家人，我的面子往哪里放。兴文生气地大喝一声，道：“‘格老子’胆大包天了，在老子的地盘‘臊皮’（乱开玩笑，伤了面子），快给老子放了。”

那些兵们一听是兴文的亲戚，又见兴文如此发问，大概也想表现表现，不管三七二十一冲上前去，两个兵用枪逼退魏老摇的兄弟伙，另外的兵则三下两下给“肥猪”松了绑。

那个魏老摇的兄弟伙本来可以好商好量，或者回去向魏老摇复命，请魏老摇与兴文协商，但是这小子不是善茬，一边跑开，一边取下斜背在身上的“汉阳造”步枪，拉开枪栓，做射击状，大骂道：“老子是尖峰山魏哥子的兄弟伙，等我回去告诉魏哥子非弄死你们几个‘丘二’（原指社会底层百姓，后又泛指受雇佣者）不可。”

兴文一听这是魏老摇的兄弟伙，心中更气，厉声骂道：“你个龟儿子无法无天了呀，敢跟老子这么说横话。”

正富跟着起哄：“龟儿子真是没得王法，这儿是余湾，老子们的地盘，不想活了是不是！”

没等二爸把话说完，兴文把手中的盖碗茶“啪”地一下摔在地上，恶狠狠地发话道：“杀，杀了这个‘天棒’（没有分寸、无法无天的人）龟儿子。”

兵们当然也听不得这等话，加上兴文这般说话，举起枪来就是一阵乱射。谁知这小子是个老油子，自知不能敌，佯装射击时就在准备逃跑，身中一枪还连滚带爬地顺着山沟逃脱了。

那个从未见过这种阵仗的“赶猪手”反应不及，动作迟缓，呆立原地愣了好半天，枪声响起，才吓得跟着转身想跑，却被兵们给当成同伙，当场乱枪打死了。

其实，那个“赶猪手”是刚刚上山入伙不久的棒老二。

旧社会四川匪患严重，很多土匪也是穷苦农民出身，为着生计，农忙时在家种地种菜，农闲或者收成不好时便上山当土匪赚点外快。这些兼职土匪当然不会得到武器，入伙后一般都是拿根大棒打劫威吓过往单身旅客，因此，川西地区人们往往称土匪为棒老二或者棒客（棒包括枪刀武器，不一定是木棒；对事主而言，客为恶客的意思）。

不管那个“赶猪手”是真村民还是假棒客，总之人是死了。虽然山区朴素的村民没有强烈反响，“赶猪手”家人也没敢找兴文这个袍哥老大理论，但在兴文心里面，他十分清楚这个“赶猪手”是怎么回事，对混乱之中无意打死这个人，心中是有些许遗憾的。

“赶猪手”之死，为兴文埋下了致命隐患，容后再叙。

“操社会”的人最讲究面子，一个浑水大哥被名不见经传的清水哥子李兴文搅了生意，还打死了人，这事传出去，魏老摇还怎么在夹江这个地界上混？

魏老摇把自己那个兄弟伙大骂了一通，骂道：“你个龟儿子，没有做足‘说聊斋’功课就去抓‘肥猪’，私自开差（袍哥把抢劫叫开差），闹出这等事儿，戳到锅铲上了吧（袍哥语言，锅铲是铁做的，戳锅铲等于碰上硬东西，即不但抢不到手，反而有后患的意思）？”

那个兄弟伙吓得一直求饶。

魏老摇可不管这些，惩罚他犯规悖律，打了二十红棍才罢休。

红棍约三寸宽、三尺六寸长，暗合三十六天罡之数。棍面扁平，下部圆形且缠绕红布，所以叫红棍，有的地方也叫家法。

打二十红棍可让人够呛。

虽然内部惩罚那个兄弟伙，但是外面丢了的面子必须要找回来。盛怒之下，魏老摇派人给兴文传话：本月末30日的华头场赶场日，在华头场谈判，李兴文必须道歉、赔钱，还要交出开枪伤人者，否则就带领全部弟兄，血洗歇马场。

这种事，说到台面上是魏老摇绑票在先，兴文民团杀人在后，算是为民除害。但是，事情过后兴文还是有点后怕，赶紧来找兴盛商量办法。

很早以前，李氏家族曾经被土匪“吃大户”抢过一次，失了很多钱财，以至于儿时的李兴文就非常痛恨烧杀抢掠的土匪，也就痛恨同样以抢劫为生的浑水袍哥，所以，他才有心组织民团队伍，遇到这种事儿，才愤而叫人打死抢人的土匪。

成为歇马场义字袍哥老大以后，虽然李兴文从不与魏老摇这种浑水袍哥打交道，没有交情，但他也知道，浑水这些个“天棒”要钱不要命，咱在明处，人家在暗里，可要谨防浑水袍哥狗急跳墙。

袍哥之间发生的矛盾，是不宜惊动官府的。这个当口，李兴文必须找个“关火”（四川袍哥切口，起关键作用，说话管用）的人，给自己“扎起”，或者居中说和，把这件事儿给“化”了。

兴文、兴盛两兄弟商议的结果是，只能依靠夹江县袍哥老大王大爷的影响和势力，而且，还得借助大表哥熊平安的全力支持。

虽然李兴文是王大爷恩准入袍的，但是，可能就是远离夹江县城的缘故，平时兴文疏于向王大爷联络和进贡，并非铁杆心腹。熊平安可一直是王大爷的左膀右臂，在王大爷面前说得上话，夹江袍哥谁都知道。

兴文、兴盛两兄弟快马加鞭赶到木城场，先是找到县国民兵团木城大队大队长熊平安，就是李老太爷之女李亚梅嫁的那个熊家子弟，论起来兴文与熊平安还是姑舅兄弟呢，表哥熊平安岂能坐视不帮？

熊平安听罢，埋怨兴文道：“早跟你说过，不要在王、姜两派搞平衡，早早跟定王大爷就好了，这事只有黑白两道通吃的王大爷才能搞得定。”

兴盛接话道："大表哥，这个时候就别再埋怨我二哥了，这都怪我奉行不得罪人，不但不倾向王大爷，也不要得罪了咱夹江另外一家势力老姜家。"

熊平安还在继续说教道："两边不得罪，两边都不跟，那你两边也得不到好。你们看不清局势吗，在夹江这一亩三分地，王大爷黑白通吃，任他是谁，都得给他面子。"

兴文着急地说："现在说这些个还有啥子用？眼下最为要紧的是找王大爷'扎起'，劳烦大表哥跟咱跑一趟，咱们现在就去'拜码头'（跑江湖混事的人，四处游走跑码头，现在四川话指拜见同行中的尊者）。"

三兄弟连夜赶去县城拜见王大爷这个靠山。

王大爷就是夹江县商会会长、袍哥总舵把子、义字"漹江公"王耀祖。兴文痛诉原委，跪拜表忠，说："王大爷一定要给兄弟'扎起'啊，帮助兄弟我渡过这个难关，今后如有用得着小弟的地方，肝脑涂地，万死不辞。"

王耀祖心想："眼下我正与姜派势力明争暗斗，需要更多力量支持，这不正是收买人心的机会吗，而且这人还与熊平安是姑舅兄弟。"兴盛也是他开的漹江大茶馆的常客，有点熟识呢。因此，掂量再三，终于在兴文与魏老摇间做出选择，站在兴文这一边。

王大爷连忙起身扶起兴文，颇显正义地说："国民政府晴朗天空之下，这帮龟儿子公然绑架良民，对抗民团官兵，这眼里还有王法没有呢？"

熊平安火上浇油地道："就是就是，魏老摇这个龟儿子，从八面山到咱夹江地界，竟然不来拜见王大爷，就敢明吃暗抢，眼中一点规矩都没有。"

王大爷也给说着了，语气坚定地说："兴文兄弟，这事王大爷给你做主，县政府那边咱也能说得上话的，今后你跟着我就放心好了。"

兴文感激涕零地道：“我是王大爷恩准的歇马场‘新福大爷’，今后歇马场就是王大爷您的地盘。”

王大爷看看诚心诚意的仨兄弟，想通过这件事，把歇马这块地盘收服手中，便决定站在兴文这一边，充当“哥老倌”（旧时袍哥组织调和江湖之间矛盾纠纷的“话事人”），解决这个纠纷。

王大爷心中暗自高兴，让管家摆上酒菜，大大方方地说：“你们哥仨放心吃酒，我让师爷写个‘鸡毛信’，把这事给落实了。”

袍哥之间有种十分火急的“鸡毛信”，用于通禀消息、传递指令。

师爷写的这封鸡毛信，令同为袍哥弟兄的县国民兵团华头大队长刘国民，鸣锣集合全部兵丁率先进驻歇马场，立即在大旗山分水岭等交通要道设立岗哨，封锁进入歇马场的要道。

熊平安的队伍，则要协助歇马民团，两家集中力量在通往尖峰山的交通要道设卡。

当然人员粮草费用全部由兴文开支。

王大爷还做了一个动作。

王大爷让师爷以李兴文的口气向县政府写了一份报告，再找到县长大人签批。县长命令县政府警察队视情进剿土匪，保境安民。

虽然这只是官面文章，但是，兴文这件事情，政府定性是正义的一方。

不知道是不是这几个动作的原因，反正魏老摇的队伍是没有下山报复李兴文的，后来这件事也是经过一次“吃讲茶”才了结的。

本来魏老摇还以为能够达到之前提出的谈判条件的，可是，谈判之时，李兴文找来熊平安和刘国民这两个人物来“镇堂子”（在堂子上镇得住兄弟伙，能服众），这俩人都是地头蛇。

魏老摇看到这等阵势，哪儿还敢拿横动粗，当他知道这是王大爷在后面给兴文“扎起”以后，只得提出赔偿少量银子了事，再没有强行要求交出开枪者。

经过这一事件，兴文在夹江县西部地区名气越来越大，没有人敢不买他的账，他也顺理成章地彻底倒向了王大爷。

王大爷背后顶级靠山，是四川最大的袍哥大爷刘文彩。

欲知四川民国刘氏家族怎么回事，且看下回分解。

正是：

民国四川真乱象，袍哥当家地方官。

第十七回

二刘争川不并立　鸦片烟土不义财

说起民国四川历史，是断断不能不说大邑县刘氏家族的。这个刘氏家族，可以说左右了民国初期四川政局至少二十年的走势。以刘文彩为首的四川袍哥组织的触角更是深入到四川社会的方方面面，无处不在，无事不管，就算歇马这个小地方也不能置其势力和影响之外。

刘氏家族原本是明末清初湖广赣皖闽填四川来的安徽徽州人，起初移民在四川省雅安市名山县，后来才迁居成都大邑县安仁镇刘家墩子，是个很大的家族。

经过百年经营，在社会动荡、军阀横行的民国中期，刘氏家族先后横空出世了三个鼎鼎大名的大军阀：国民革命军第 21 军军长刘湘，第 23 军军长刘成勋，第 24 军军长刘文辉，加上四川省高级审判厅厅长刘文渊，刘氏家族中的师长、旅长和团长无数，当时人们称刘氏家族“三军九旅十八团，营长连长数不清”，辉煌时这个家族在四川的权力之壮大、财力之雄厚和势力之宽广，令人惊骇！

要说刘氏家族最为有名的当数刘湘、刘文辉和刘文彩这仨。

刘文辉、刘湘本是堂叔侄关系，堂叔刘文辉比侄儿刘湘还要小 6 岁呢。在军阀混战的民国初期，时人称“川军二刘”的叔侄俩统领各自队伍，经过合纵连横的长年东征西伐，堂叔刘文辉占领了包括川康一带的八十余座市县，坐镇成都，是四川首屈一指的军阀。堂侄儿刘湘则以重庆、万县、奉节等川东南和鄂西等四十余个市县为基础，很长一段时间都控制和经营着四川水陆交通枢纽的重庆这座西南重镇。

双方兵力大体相当。

俗话说“一山不藏二虎”，那时有人却别有用心地把这句话改为：一川不容二流（刘），意思是四川省容不得刘湘与刘文辉两家势力并立的局面。

刘文辉、刘湘都有一统全川的凌云壮志。在俩人各自摆平川西、川东的各路地方势力后，俩人之间互争雄长的矛盾就逐渐产生了。民国二十二年（1933），两家部队为争霸全川打得不可开交，史称“二刘争川”。

获胜方是刘湘。

刘湘获胜的一个重要原因是得到蒋介石的支持。举例说，国民党新军阀之间爆发“中原大战”（蒋冯阎大战）时，刘湘就是站在蒋介石一边，号召“救党驱汪”，而刘文辉等人则公开附和“反蒋”阵营。

当刘湘把争霸四川的计划转告蒋介石时，可想而知作为国民政府委员长、国民党总裁的蒋介石会支持哪一方了。

得到蒋介石支持的刘湘率先向刘文辉部队打响了第一枪，指挥三路兵马攻打刘文辉。

刘文辉智谋过人，点子特别多，人称外号“多宝道人”。“二刘争川”初期，刘文辉一度取得战场优势。然而，就在两军在泸州城外打得难解难分之时，刘文辉后院起火，他的部队与一同驻防成都的田颂尧和邓锡侯部队，为成都控制权而打了起来，史称“省门之战”。虽然最后刘文辉打胜了，但是政治谋略老辣的刘湘却看到了难得的良机，立即联络田颂尧和邓锡侯，并结为同盟，请他们出兵抄刘文辉的后路，再重金收买刘文辉部重要将领，刘湘很快掌握了战场主动权，最终，只用了不到一年时间便彻底打败了刘文辉。

这是四川军阀规模最大、时间最长的最后一次混战，刘湘作为四川军阀混战的胜利者，统一了四川全境。

盗亦有道。

四川军阀多年混战形成的独特游戏规则是：胜者对于失败的一方绝不斩尽杀绝，打仗时你死我活，打完仗还是兄弟，还可以坐下来摆龙门阵，但是必须要削弱对方势力使其俯首称臣，并允许保留一定的军事实力，绝不强求必须灭亡对方生命。

因此，刘湘在达到削弱刘文辉部队实力的目的之后，为了保持四川军阀内部平衡和顾及叔侄情面，在家族调停下，“二刘”息战，刘湘把偏远的雅安、荥经、天全、芦山、名山、宝兴和洪雅等四川西部地区划作刘文辉防区。1939 年 1 月，国民政府实行“川康分治”，刘文辉被国民政府任命为西康省主席，掌管雅安、西昌和康定的川藏大片区域。

刘文辉败退雅安后做起了鸦片烟生意。

据刘文辉《走向人民阵营的历史道路》一书中的说法：民国二十二年（1933）“二刘争川”失败后，刘文辉部队退守荒僻的西康省，成了一个破落户，财政陷入极度困难，连部队正常运行都得不到保障，刘文辉在焦头烂额、无可奈何之际，不得不运输、销售和控制当地盛产的鸦片烟土以增加收入维持队伍。

新中国成立前夕，刘文辉、邓锡侯和潘文华等三位川军将领，毅然举旗起义，为成都这座千年古城免于战火做出了重要贡献。

刘文辉发迹史，一定程度上依仗了五哥刘文彩的袍哥势力。

刘文彩早年因贫失学，年少时最大的事儿就是在家照看最小的弟弟刘文辉。刘文辉稍大点以后，刘文彩每天陪护刘文辉到刘家祠堂私塾读书。在陪读过程中，刘文彩也跟着认了几个字。

刘文彩虽然文化知识不多，但却不乏机敏，脑筋灵活，处事活络，家里就让他走街串巷贩卖烧酒，还让他经营家里的一座水碾房，给附近村民碾米、磨面，收取些许费用。这段在社会底层摸爬滚打、亦农亦商的经历，使得刘文彩对民间隐情、江湖内幕一览无余，与三教九流的各类人物打交道也游刃有余。

刘文辉从陈洪范部队分出去自立门户，带兵抢占了原本由滇军驻防的川南重镇叙府（宜宾），就想一统全川。雄心既定，便广开门路结交朋友，养贤纳士储备人才，购买军火和扩大队伍，但这一切都需要大量的钱财。对他来说，最能依靠和最信得过的无疑就是交游甚广、在江湖上呼风唤雨的五哥刘文彩。于是，刘文辉以四川军务帮办的身份，把四川盐务使这个重要职位交给五哥刘文彩，这是当时四川最为重要的职位之一。后来，刘文彩在叙府先后担任过许多职务，主要任务就是在第二十四军管辖范围内聚敛钱财。

刘文彩不负所托，从无到有，从小到大，很快就建立起了自己的班底。无论商业还是政坛，也无论庙宇还是江湖，都有刘文彩势力延伸的触角。四川南部的叙府、乐山和泸州等地都留下了刘文彩横征暴敛、明抢暗夺的足迹，人送外号“叙南王”。

那时，由刘文彩独家经营的盐巴（食盐）、药材和棉纱等紧俏商品，在上述三地形成绝对垄断。事实上，刘文辉第二十四军的军旗插到哪儿，刘文彩的权杖就指到哪儿。

“二刘争川”，不用说刘文彩是全力支持亲弟弟刘文辉的。在刘湘、刘文辉矛盾激化之时，刘文彩还依托袍哥组织，买通几个武功高强的刺客到重庆刺杀刘湘，但是没能成功。这个举动更加刺激了两军直接冲突。

直到刘文辉战败，刘文彩这才彻底脱离政坛军界，从叙府用船运了大量的金银财宝，回到老家大邑县安仁镇，过起了衣食富足的生活。以后，还在成都建起了影响全川的袍哥组织“公益协进社”，成为川西地区袍哥的总舵把子，号称有十万袍哥弟兄，影响到全川政治经济社会的方方面面。

话说民国时期刘文辉统治川南的时候，夹江就在刘文彩的袍哥势力范围之内，当时夹江首屈一指的袍哥大爷是义字总舵把子“焉江公”王耀祖，其兴起过程就离不开刘文彩的支持。

早年的王耀祖在嘉定府做过几年小官，有了一些人脉资源和财产后才回到夹江发展商业帝国，接任县商会会长。

王耀祖在江湖中仗义疏财，为人耿直，能说会道，结交了县域的党、政、军方方面面的朋友，三教九流的关系也不错，军地通吃。王耀祖还特别与刘文辉驻夹江部队打得火热，又顺着这层关系巴结上了刘文彩这条线。乱世之中有军队的支撑，可想而知他的势力也是风生水起。因此，王耀祖在嘉定府管辖的峨眉、夹江、洪雅、丹棱等 12 县影响甚广，甚至与远至成都、雅安和西昌的袍哥组织都有联结，使得他的势力越来越大，成为当时夹江县说一不二的“大爷级”人物。

王大爷完全控制了夹江县东半城以云吟镇为中心的九个乡镇，包括木城、华头和歇马这些小地方，左右夹江政局，商贸经营更不在话下，其中，贩运烟土、开设烟馆就是他主要收益之一。

说起来可能现在很多人不相信。

民国二十八年（1939）九月至次年十一月，国民政府总统蒋介石曾经短时间兼任过四川省主席。那是在“川人治川”的狭隘思想鼓动下，四川军阀容不得外省人统治四川，国民政府任命的几个四川省主席都干不下去，不得以才由总统蒋介石兼任四川省主席。蒋总统兼任四川省政府主席期间，非常重视禁止烟毒工作，还兼任了四川省烟毒总检查督察团的团长，大力铲除烟毒，禁止吸食烟土，这才基本解决了四川烟毒问题。

“禁烟”是蒋介石对四川人民做过的好事。

在那以前，四川省都是不限制吸食鸦片的。吸食鸦片是有钱人一种体面的生活方式，供客人吸食鸦片也是待客方式之一。而夹江当地又不产鸦片，就只有从外地贩运。因为刘文辉部队掌控的西昌和雅安地区盛产鸦片烟土，王大爷与刘文辉有些交情，便堂而皇之地做起了运烟、销烟的勾当，依靠鸦片收入挣了不少钱，再用钱来维持方方面面的关系。

民国前期是个“有枪就是草头王”的年代，兵、团（民团）、匪（袍哥）本来就是三位一体的，甚至是因匪而兵，再由兵而匪。在官府势力不能到达的地方，如省界、县界以及山川险阻、人烟稀少的偏远地方，往往都盘踞有土匪和民团。土匪、民团拦路抢劫，威逼流动的商贩留下买路钱，甚至对有些势力和背景的鸦片烟帮也是如此，跨界运输受到的干扰尤甚，导致货物价格很高，就是现实版的“此山是我开，此树是我栽，要想过此路，留下卖路财”。因此，没点名号和影响力的人一般是不敢单独押运财物的。

一开始，王大爷还主要依靠烟帮贩运来烟土再转手销售，后来发现贩运比代销的利润更大，而且自己也有这个资源和资本，便组织一支由袍哥弟兄、落伍军人和流氓地痞组成的贩烟队伍，最多时有七八十支枪，由刚刚从刘文辉部队下来的兵痞徐良力带队，专做鸦片烟生意的帮伙保镖，即“保烟帮”，专跑雅安、西昌等地购买鸦片烟土，贩卖给夹江、峨眉、洪雅和丹棱等地客户，收取百分之二十至三十的护镖费。

王大爷在西昌、雅安一带名号很大，凭他在江湖的地位和影响，拿上他亲笔签字的名片都能畅通无阻。当然，在遇到不太相熟的土匪、民团，他也要分出利润结交，互通声气，勾结作奸，因此，王大爷的贩烟队沿途并未受到太大阻碍。

再后来，王大爷已经不满足于挣贩运烟土的钱了，他在县城半边街开了间“夹江烟土行”，公开出售鸦片，提供给一些或明或暗的吸食场所，完成贩运、销售和吸食一条龙生意。夹江全城的赌馆，不管是明堂子还是暗窝子，也都只能销售王大爷运来的“云土”。

歇马场李家最有钱的李兴盛和夫人，本来就是“濡江大茶馆”的常客，与王大爷略有交情。李正贵之子兴旺意外死亡之后，李兴文因与浑水袍哥魏老摇争斗，不得已而全面倒向王大爷。

背靠王大爷，兴文、兴盛两兄弟主持的李家生意顺风顺水，兴盛成了歇马最最有钱的富人。

这样的好日子没过几年，日本鬼子全面侵略中国，四川成为全国抗战的大后方，日军飞机经常轰炸乐山，最为惨烈的是1939年8月19日，日军飞机轮番轰炸，三分之一的乐山城被完全炸毁，制造了乐山“八一九大轰炸”惨案。

日军轰炸乐山时，飞机从夹江城飞过，吓得夹江民众听到警报和飞机轰鸣声，就拥挤着往外逃，但是，护城河上狭窄的吊桥阻碍了人们的去路。每到此时，便是一片呼儿唤女、哭爹喊娘，让人惨不忍睹。

为让城里的人能够快速跑出来，夹江民众自发地在护城河上修建了一座石桥，取名“疏散桥”。

修建这座桥，何伯龄自始至终奔波不已，费尽心血，李家人也多有贡献。

欲知“疏散桥”修建事，且看下回分解。

正是：

密林深山藏虎豹，英雄枭雄出乱世。

第十八回

疏散桥利在当时　何督学勠力同心

民国二十六年（1937）“卢沟桥事变”爆发，日本全面侵略中国。国民党军在正面战场拼死抗击日军，死伤者众，然而面对凶猛异常的日军，前线节节败退，难以进行有效的抵抗，北方大片领土沦陷。

抗战前几年是非常艰苦的。

西南重镇重庆市位于长江和嘉陵江的汇合处，北有秦岭、东有大巴山脉作为天然屏障，进可攻，退可守，生产、生活自给自足，被誉为“襟带双江，控驭南北”，是国民政府最为看重的战略后方基地。“卢沟桥事变”以后，蒋介石制定了以四川为根据地和战略大后方的抗日计划。当年11月，国民政府就把首都从南京撤到了重庆市，四川成了抗日的大后方，理所当然成为日军空军轰炸的重要目标。

1939年8月19日，日军出动36架次轰炸机，反复对乐山较场坝到高北门一带狂轰滥炸，平民百姓死伤7000余人，炸毁了乐山市三分之二的城区。猖狂的日军飞机甚至低空掠过夹江县城，震耳欲聋的警报声响彻天空，吓得城中的老百姓争相拥挤出城。

这一时期，夹江人心惶惶，一听到警报就蜂拥出城，找地方躲避。

现在，乐山市高北门还建有一个以乐山空难纪念碑为主体的“八一九”主题纪念广场，提醒人们铭记那段历史。

话说那时夹江县还是一个四面城墙的小城，城墙不高，但是却把县城围得很紧。城墙周围有条自千佛岩暗河流来的大约三米宽的护城河。除了东南西北四道城门以外，人们能够出入的通道很少，这在日军轰炸的当时，是十分不利于疏散的。

夹江城南门是当时较大的一个城门，城门内的一棵百年黄桷树下面，有一家春来茶馆，后来我们知道，那家茶馆的张老板是中共地下党员，利用这家茶馆与社会各界人士打交道，应付三教九流。

张老板就像“沙家浜”里的阿庆嫂一样，四方应酬，八面玲珑，小茶馆经营得很好。但是，每每在日军轰炸机飞临夹江，看到群众拥挤出城时娃娃哭、大人叫的凄惨景象，张老板就急在心里，暗暗下定决心要在护城河上修一座方便群众疏散的桥梁。

有一天，已经是县政府督学的何伯龄也在春来茶馆喝茶，本就与张老板熟识，俩人正海阔天空闲聊间，恰好遇到日军飞机轰炸。

天上飞机忽啸而至的场景，即使没有开枪开炮，人们也都会害怕。俩人也不例外，跟着人们挤出城外。

等到警报解除，俩人踱进茶馆坐定，何督学开口说道：“这些小鬼子，太可恨了，又去炸咱们乐山城了。”

“可不是吗。”张老板指指护城河边混乱的人群，说，“督学您看看，那个被人从护城河里捞出来的娃娃，浑身湿透了的。好在这时是夏天，要是冬天，该有多造孽呀。”

何督学接话道：“可不是吗，怪就怪护城河上吊桥太小，还太窄，大家跑都跑不赢，要是座固定的桥该有多好呀。”

张老板听到这话，正中心意，立即接话道：“那就修它一座石桥算了，反正城墙已经破败不堪了，破砖头、烂石块多得很哟。”

何督学说：“现在抗战时期，政府的事儿千头万绪，各方各面都需要钱，我就知道，王县长为钱的事，一天到黑脑壳都疼。就是经费到哪里去找呢？”

张老板胸有成竹地说：“这三米宽的护城河上修座便桥，加上引桥顶多也就不过六米，该不会费太多工夫。费用呢，可以募捐一些，缺口呢，我用这个茶馆收入补上，只是劳烦督学动员一些学生娃娃义务帮帮工，搬搬石头、清理杂物啥的。”

何督学说：“学生娃娃好说的。抗战当前，有钱出钱，无钱出力，学生娃娃出些劳力，一点问题没有。”

张老板接着又说：“我都想好了，打算找衙后街的武石匠建桥，请他出面具体来办，我跟他很熟，修建费用他不会要得太高的。”

何督学这时都有些感动了，说：“张老板如此热心，真是难能可贵呀。我也要动员一些有钱的富家捐些钱来，最起码让兴盛家捐些钱出来，让他行善事，积阴德。”

这样商定以后，交际甚广的张老板出面联系地方绅士，发动八方募捐，就有了一部分修桥启动资金。

那个时期夹江城各届组织的抗日募捐、义卖、筹购活动甚多，能获得一些修桥捐款，很是难得。

县长看到何督学带着张老板一起来报告修桥的事，心想，抗战当前政府财政十分紧张，方方面面都需要钱，既然政府拿不出钱来建桥，老百姓也确实存在难以出城的困境，与其这般，不如准许民间修桥。这般想法之下，便同意张老板修桥，但是，要体现政府修桥意志，取个与政府抗战有关的桥名。

何督学想了一会儿，便说：“蒋总裁训令‘抗战必胜，建国必成’，干脆就叫它‘抗建桥’呗。”

众人都说好。

“抗建桥”是在护城河上修建的砖石结构的拱背桥，张老板画了张简易图片和要求，交给武石匠。武石匠这帮工匠就地取材，把人们不经意间损坏的城墙砖石，一块一块地清理好，一些大点的学生娃娃被何督学安排来做些体力劳动，没几天，桥就初具形态了。

修到最后，独独缺少一条“猪槽石”。

所谓猪槽石就是修建拱背桥时最后落成于桥面中央的一块长条石，那是在桥梁石块都垒在箱架上，根据所剩的空隙尺寸而最后打造的条石，上宽下窄，形状如同猪槽。

时间紧迫，上山现找现制显然不行，武石匠们着急起来。

就在这当口，一个唤作“哈儿程”的农民，背了一条长条石，慢慢地走到桥边，花白的头发被秋风吹得乱糟糟的，一个女人跟在后面，亦步亦趋地相扶着。

有认识的人喊道：“哈儿程，修了这么多天桥也没见你影子，今天你背了这么大块条石，这是要做啥子去啊！”

哈儿程没回话，身后妇女讲道：“听说修桥缺少一块大石头，正好家里有块‘猪槽石’，背来看看能不能用上。”

人们拿眼瞧着哈儿程背上的条石，嘲笑道：“这不是用于喂猪的吗？你这不是哈儿（傻）吗？家里不喂猪了？不喂猪你家吃啥子？亏得有力气背石头！”

“呵呵！”哈儿程不答话，咧开嘴嘿嘿地笑笑。

还是哈儿程身边的女人会说话：“日本鬼子飞机轰炸来了，连人都逃不出去，喂得再多猪又有啥用。”

那人似乎无法理解地又说：“哈儿程可真是个哈儿。天天大老早起来，把金祥街（现夹江县和平巷一带）整条街道扫个遍，也不嫌累得慌，现在又把家里唯一的‘猪槽石’捐了，谁知道他怎么想的。”

听到这些对话的张老板走过来，接过那人的话，鄙夷地道：“你看你那个‘鬼迷日眼’的样子，‘小家巴四’（四川话，自私小气）的。不仅不帮忙，还在那儿‘甩袖头子’（夹江方言：对相求的事情，拿架子，不予帮助），还不如一个女人想得到、看得开。没得桥，你哪个出得了城？出不了城，难道等到鬼子飞机来把你们炸死？”

这一幕刚好被急步赶来的何督学看到，就接话道："修桥铺路是善事，哈儿程是在积阴德，今生人们说他痴，积有阴德以后，下辈子就不会痴痴呆呆，就和你们一样是正常人了。"

张老板看到何督学，立即笑眯眯地迎过来招呼，让伙计递上一杯茶来，说道："这帮哈儿，督学给他们讲讲道理，免得他们在那儿'看笑头儿'（夹江方言：对熟悉的人幸灾乐祸）。"

何督学把哈儿程等人叫拢来，说："我给你们讲个修桥续命的民间故事，你们听了以后再说这桥当修不当修，哈儿程这样值当不值当。"

何督学慢条斯理地开讲了：

《聊斋志异》里有个故事，说的是有个以贩布为业的布商，在外面做成一笔生意，正自高兴。然而，一个精通算命的道士给他测算生辰八字后，却告诉他："你气数已定，半月内必死。"

布商听了十分恐惧，带着卖得的钱财半信半疑地往家赶。

回家路上，布商遇到一个很像差役的人，俩人同路，很快便熟络了。差役拿出一份公文，告诉他说："我不是阳间人，本是阴间差役。这上面有你的名字，可能你的阳寿尽了，阴司要我把上面的人一个一个地收去。"

布商一听，这不正好与道士算命结果吻合了吗，就深信不疑，流泪请差役搭救。

差役说："阳寿已尽的人，阴司判定生死了的，我也无法相救。不过公文上面有那么多人，全部收完需要一段时间，你快快回家把后事料理好，我最后一个来收你，我只能够帮你这些。"

差役看着布商期盼的眼神又说："你就要死了，反正一分钱也带不走，还不如把钱拿出来做点好事，比如修条路、建座桥。虽然会花掉你一些钱，但是行在路上、走在桥上的人，会永远记住你修路铺桥的好，对你也不是一定就没有好处。"

布商认为有理，便答应了。

听到这儿，张老板大概知道何督学的话中之意，便配合地接话道：“就是啊，人生一世，赤条条地来，光溜溜地走。钱这玩意，生不带来，死不带走，花掉了才是自己的。”

何督学接着又说：“花出去的钱才是自己的，布商也是这样想的。回到家里，布商告诉婆娘给他准备上好的寿衣、棺椁，再用钱请了一批工匠，把家乡河上的木桥改建成一座七孔石桥，然后在家等死。”

一直不说话的哈儿程急切地问：“人死了吗？佛说修桥补路可以积阴德、还罪孽、延寿命的呢！峨眉山有个云游和尚曾经对我说过，我这个业障就是因为前世罪孽而导致今世的呆痴病。”

哈儿程的女人拉拉他的手臂，笑笑说：“当然不会死了，要是死了这故事还怎么讲下去呢。咱别打岔，听学究往下讲。”

何督学接着说：“布商等了很长很长时间，那个差役都没有来。正在他疑惑地想，这是不是被人骗了的时候，终于有一天，差役来了。”

差役说：“我没有来‘收’你的原因，是因为我把你修路建桥的善举报告给了城隍，城隍再转达到阴司。阴司专为你修桥这件善事，延长了你的寿命。现在，你的名字已经从公文上除去了。”

听到这儿，人们张大了嘴巴，默不作声。

何督学大声说道：“自古以来行孝道、救性命、修桥铺路和放活生命就是人间四大善事，可以积阴德，修来世，好人并非没有好报的。”

张老板接话道：“就是就是，一坟二房三八字，四积阴德五读书。要想下辈子得福报就去积阴德，要想出人头地，就要辛苦读书。学究就是苦读书获得的。”

何督学笑笑道：“对呀，我若是不苦读书，怎能从歇马场进城里来呢。”

哈儿程的女人转身对哈儿程笑着说道：“学究说得多好，咱家虽然捐不出钱来，但是，咱把家中唯一的一条猪槽石捐来修桥，也是大德之举，下辈子你就是正常的人儿了。”

哈儿程自鸣得意地嘿嘿傻笑。

张老板拉着何督学去看即将竣工的桥，说：“这块猪槽石填上以后，桥面就可以走人了，否则，又得花几天时间上山采石头，还得耽误工期，这块猪槽石送得太及时了。”

何督学说：“可不是吗，哈儿程这样心智不全的人，尚且能有钱出钱，有力出力，有物出物，那么，咱们就一定能够把鬼子从中国赶出去。”

何督学从口袋里拿出5000法币，递给张老板，说：“钱快用完了吧。这是我妹弟李兴盛捐来修桥的钱，他现在正忙竹料纸生意的事儿，开的钱庄也有些钱款没有回笼，没有太多的钱，这些法币让我转交给你。”

张老板有点感动地说：“修造这座桥，既有兴盛这样捐大钱的，也有哈儿程这样捐物的，还有学生娃娃义务劳动的，就连夹江驻军都捐了钱的，真令我感动。”

何督学说：“就是，这桥关系着夹江老百姓的性命，这就是军民齐心共同抗战的力量。”

法币是国民政府自1935年1月起发行的正式货币，发行之初，一法币可以兑换一块银圆，是国民政府实行“废两改元”的统一币制。

1939年时，法币虽比发行时略有贬值，但作为国家唯一货币，仍值些钱的。

后来由于连年战争，经济严重衰退，国民政府为了支付军费而大量印刷法币，导致物价疯狂上涨，法币价值失控，逐年贬值，最后很不值钱。

国民政府快要倒台前的1948年8月，不得已另外发行一种货币叫金圆券，试图取代法币，但是，几个月后金圆券也跟着大幅贬值，国民政府的金融政策彻底失败了。

这是另话不提。

抗战期间夹江修建的这座“抗建桥”，自打修好以来，人们便不愿称它“抗建桥”，而是更加乐意称其为“疏散桥”，因为这座桥本意就是用来躲避空袭的。

现在，这座桥改名为“和平桥”，这个地方也被命名为“和平巷”。

“和平桥”经过数次重修，这座石拱桥的桥面加宽到近 6 米，1 米多高的桥栏上，雕有球状装饰，桥面中部约 1 平方米的石板上，雕刻有云彩、和平鸽和线条花纹等样式，很有特色。

夹江修建“疏散桥”的同时，由于国统区纸张匮乏，国民政府指令夹江大量生产传统的竹料纸，以解燃眉之急。

这时的李兴盛，顺应这种变化，全身心地做起了竹料纸生意。

要知夹江传统竹料纸在抗战期间的作用，且看下回分解。

正是：

人为百善而不足，人之不善一而足。

第十九回

竹料纸应运再生　李兴盛开办钱庄

民国二十六年（1937）七月七日“卢沟桥事变”爆发，日本全面侵略中国，首都南京局势危险。当年 10 月，国民政府不得不把首都从南京迁往重庆市。1939 年 5 月，重庆市析出四川省，升格为甲等中央院辖市。

四川成了抗日的大后方。

民国及以前，我国北方地区一直是政治、军事和经济中心，集中了相当数量的工矿企业。由于北方大部分城市快速沦陷，使得大量的工厂企业和大型机器设备未能及时迁到国统区。

据有关数据，1940 年前，国民政府仅有部分工矿企业成功迁入四川，其中，相对完整迁入四川的只有谌家矶造纸厂（即建国造纸公司，入川后在成都设厂）、中元造纸厂（入川后在宜宾设厂，现在的宜宾纸业有限责任公司可能与之有某种渊源）和龙章造纸厂（由上海迁入重庆市江北区设厂）等三家造纸企业，而随同国民政府内迁的还有 200 多家全国各地的报刊、通讯社以及 38 所大中专院校，另外还有众多大大小小的出版印刷机构，这些单位都需要大量而且稳定的纸张供应。这样的结果是纸张需求量极大，而造纸厂则严重不足，机器造纸业落后，导致求大于供，供给出现严重困难，文化抗战显然面临弹药不足的困境。

正当全国缺纸之时，传统的四川夹江竹料纸应时再生。

四川西部山区盛产毛竹，这是造纸的主要原料之一，这里的居民自宋朝以来就应天时、借地利地制造竹料纸，从业者众，当地老百姓十分崇拜造纸业祖师蔡伦。

夹江手工竹料纸的原始生产工艺基本等同于《天工开物》中记载的工序。从砍来竹子到产出一张完整的竹料纸，整整需要经过 72 道工序，主要是沤、蒸、捣、抄四个环节，概括为 24 个字“砍其麻、去其青、渍其灰、煮以火、洗以水、舂以臼、抄以帘、刷以壁”，就是砍竹麻、捶打、蒸煮、漂洗、沤料、捣料、漂白、抄纸、压榨和刷纸等工序。

造纸工序中必须添加火碱，因为竹渣需要经过火碱的腐蚀才能溶解成纸浆，整个过程中又必须经过蒸煮、压榨（重锤击打）等环节，蒸煮需要很大、很大的铁锅。

夹江生产竹料土纸早已名声在外。

国民政府迫不得已之下，命令四川省政府派专员实地考察夹江传统造纸业，省政府专员考察的结论是夹江传统的竹料手工造纸勉强可用。国民政府遂指令四川省政府，省政府再指令夹江县组织一个专班，紧急调运物资、发放专项贷款，组织动员全县槽户（纸农）加紧纸张生产。

政府号令之下，青衣江以东的马村、大路坎、迎江、漹城和黄土，以西的木城、南安、龙沱、华头和歇马的村落间，像碉堡一样的篁锅冒起了青烟，有点能力的村民都在试着开启造纸小作坊。

话说几乎与华头场造纸小作坊同步共生的有两家店，一家是火碱铁锅的专供店，那家老板是以卖豆花饭起家的文湛云，既卖豆花饭，也经营火碱铁锅生意，属于混合经营。另外一家则是李兴盛开设的钱庄，专为当地生产土纸各个环节急需资金提供临时贷款。乡政府限定这个钱庄只能为槽户购买火碱铁锅、支付毛竹和雇工工资等提供极为简易的借款服务，而槽户生产出来的成品纸则必须由李兴盛收购。

这个供应链是槽户用从李兴盛那里借的资金，买来火碱、铁锅和毛竹开始生产，再把成品卖给李兴盛，李兴盛统一收购后转销更大的销售商。

说起李兴盛开办钱庄，还是受到了文老板的鼓动。

文湛云文老板其实是开豆花饭店起家的，当传统的夹江造纸业一夜间红火起来时，文老板嗅到了商机，靠着豆花饭店挣得的辛苦钱，在豆花饭店基础上代购代销铁锅、火碱生意，起初生意很好，但在后期，槽户由于现金不足，经常赊欠货款，有时还要向他借钱应急。

前面说到，手工造纸生产是需要铁锅、火碱等材料的，即使后期贩卖成品纸，也是有资金需求的，那个年代也是“钱生钱容易”。文老板发现槽户小额资金需求更大，不如利用钱生钱来得快些。

那时兴盛也在做夹江土纸生意，主要是成品纸生意，就是用较低价格统一收购当地村民生产的土纸，再转手卖给商贩获利。

这天，兴盛在华头场收罢一批货，心情正好，一步一踱地往歇马场走。刚刚走过文老板豆花店，看到文老板正在刮一条肥肥的乌梢蛇，就说：“哟，（蛇）肥得很呀，怕是要花几个钱的吧。”

文老板一见兴盛，连忙放下手中的刀，擦擦手赶紧道：“哎呀四哥哟，有人逮来不舍得吃，我把它买来了。”

兴盛打趣地说：“看来文老板生意做得好呀，别人不敢吃你敢吃，别人不舍得吃你舍得吃。”

文老板见鼎鼎大名的四哥开自己玩笑，也很受用，拉住兴盛道：“托四哥的福，托四哥的福，正好咱哥俩把它吃掉，尝尝我烧蛇的手艺。”

不等兴盛答应，转身吩咐夫人文周氏：“快快到王拐子那儿端盆钵钵肉和烧腊来，我与四哥喝两杯。”

歇马乡与华头场本就非常近，很多人非亲即故，兴盛最早是在李老太爷的葬礼上认识了文老板，平时就有过交道，这时见文老板诚意相邀，也就应了。

俩人慢慢品起当地产的“华头老白干”，边吃边摆，酒意正酣间二人说起土纸生意的事。

兴盛笑着说：“俗话说祸福相倚呀。若不是日本鬼子侵略中国，谁曾想得到国民政府迁都到咱四川省来。国民政府不迁都重庆，四川土纸再好、再便宜，也不可能抵得上工厂里生产出来的机器纸哟。”

文老板赶紧说道：“那是那是，咱夹江土纸虽然比不过人家，但是正如唐诗曰，‘物以稀为贵，情因老更慈’。现在国家没得可用之纸，政府急切需要呀！如今呀，我在经营铁锅、火碱生意上收入可观，我都准备不开豆花饭店了，专门供应咱这片槽户的铁锅、火碱。”

兴盛接着道：“好啊好啊，你提供上游材料，我收购下游产品，互补互利，两全其美的呀。”

文老板引出话题：“如今很多槽户主要是资金困难，很多人都在赊账，拿到货了先不给钱，把纸卖给你们了才能还我的钱。”

兴盛说：“不只是你们，我们收纸的也是这样。我们卖出去收到钱了，也才给他们的。”

文老板这才说出真实想法：“四哥，这其中原因，主要是槽户贷款困难，求助政府贷款好是好，但是贷款数额给定的太少，仅有的那几家银行贷款手续复杂而且缓慢，还要有抵押物，要是我们自己组织点钱再转借他们，收取差价，钱生钱肯定要快些的。”

兴盛也许是酒喝高兴了，接话道：“你是说办钱庄？钱倒是可以组织些，但是借出去收不回来怎么办？”

文老板说：“怎么会收不回来呢！咱这地方老百姓有句话说得好‘熊李何（河）中有余（鱼）’。凭你们李家、何家、熊家和余家这四大家的势力，还有与王大爷的关系，谁吃了熊心豹子胆，也不敢不及时还钱呀。”

兴盛道：“莫提啥子余家了，因为幺爸把余银凤活埋的事儿，就如同桥之无基、树木无根，李余两家再无亲密关系可言。但是，你说的倒是条路子，容我跟兴文商量商量。”

俩人又接着喝了一阵子的酒。虽然文老板平时不怎么喝酒，但这天却把自己给喝醉了，一天没醒。

文老板的这个提议，启发了兴盛：既然有人需要资金，何不开个钱庄，收取差价呢。

兴盛回到家就让人把堂哥兴文和妻舅伯龄请来商议此事，没想到却引起这两个关键人物的极大兴趣。

伯龄慢吞吞地说："这属于以钱生钱的资本运作呀，战争时期，政府哪里有太多的资金支持手工纸生产，你这个办法政府应该会支持的，手续我来帮着跑，保证办到。"

兴文也觉得这是个生财之路，说道："伯龄大哥若是把手续办妥当了，这边你尽可放心，只要四弟把钱放出去了，在咱这一亩三分地界，量他是谁也不敢有钱不还的。"

接着，兴文拍拍胸口大声道："收钱、催账的事包在我身上，一顿'吃讲茶'就解决了。"

兴盛得到这两人的保证很是放心，于是拿出大量的法币，再把埋在后院的一部分银圆挖出来，与文老板八二比例出资，当然也是八二分成，这个小钱庄名曰"兴盛钱庄"。

兴盛钱庄设在华头上街一个很不起眼的简易房屋里，木门两侧是请何伯龄书写的一副对联："斟今酌古万家藏泉，源远流长百川汇海"，房屋内账房先生桌子上摆放了一块篆刻的"诚信交易，现银兑换"八个大字，专门为华头、歇马和木城等三地槽户提供借款服务，聚集的钱以略高银行的利息借给那些急于用钱的槽户，月息高达30%，甚至更高，这样不出半年就能收回一倍甚至两倍于本钱的利钱。那些因故还不起债的槽户，就只能把土地典给兴盛钱庄，没有土地的就拿牲口、大车、农具抵偿。当然，如果真有还不起并赖账的，兴文就要动用保安队力量强压，但是这种情况很少发生。

后来这间兴盛钱庄在民国通货膨胀、法币大幅贬值的情况下，被迫关门。

抗战时期，夹江制造的土纸为《新新新闻》《新民报》《新华日报》《工商导报》《大公报》等报纸提供了大部分用量，在川的很多高校教材也多为“未经漂白的夹江土纸”印制。

夹江手工纸产量最多的时候是抗战最为艰苦的民国二十八年（1939），达到历史最高的8000吨，几乎提供了全国纸张用量，可见其对当年全国纸张市场的重要影响。

夹江土纸盘活了夹江全县经济，歇马的李氏家族在贩运纸品业务中获利丰厚，这主要是由兴盛组织完成的，兴文则派袍哥兄弟押送。

当时贩运路线主要靠水路：一条水路是从青衣江的周渡、姜渡出发，经过乐山、叙府和泸州然后在重庆上岸，供重庆国民政府用纸；另一条则是经水路到乐山之后，转上行水路沿岷江（当时叫府河）到成都，供省城成都用纸。一时间，夹江县的江北街和金祥街形成了一个纸张大市场，车船如织，脚夫如云。

那时，夹江纸商传唱着一首著名的民谣“一根扁担软悠悠，挑担白纸上泸州。泸州买我四连纸，我喝老窖雄赳赳”，这首民谣基本能够反映出抗战期间夹江纸商的生活品位。

另外必须一书的是，抗战时期，我国著名画家张大千写书作画，在成都市买不到原来使用的安徽宣纸，这是因为日军占领了安徽泾县，断绝了安徽宣纸来源。

张大千一时愁容莫展。

纸商建议他考察考察夹江四连纸是否可用，于是，张大千在夹江县马村的一家古老作坊一蹲月余，与槽户研究实践，改造实验当地产的四连纸，终于使之可用于书法作画，制作出了“大风堂”“蜀笺”等数种书画纸，基本满足了抗战时期书法、作画的需求。

当年为张大千先生制纸的那家纸坊，现已被夹江县人民政府命名为“大千纸坊”，参观之人络绎不绝。

夹江纸业为文化抗战起到了重要作用，直至现在，夹江宣纸仍是文人墨客之爱。

欲知文老板出身来历，且看下回分解。

正是：

应天时地利造纸，尽文化抗战之力。

第二十回

老司签英年早逝　文湛云励志逆袭

前面说到的文老板木是从洪雅县文店子逃荒到华头场的穷苦人，从经营一爿小小的豆花饭店起家，经过几年打拼，逐渐成为华头场的一个富户，现在说来就是个励志的典范。

素有“千里岷山”之称的岷山，自甘肃省西南部延伸至四川省北部，在四川盆地中南段山脉有龙门山和邛崃山两座大山。其中，邛崃山南段余脉在成都平原南部最远端的峨眉县拔地而起，形成一座地势陡峭、风景秀丽的峨眉山，并享得“峨眉天下秀”的美名。峨眉山南北延伸，山脉纵横交错，山峰跌宕起伏，绵延形成了瓦屋山（主体在洪雅县）、尖峰山（横跨夹江、洪雅两县。夹江人称尖峰山，而洪雅人称八面山）、老峨山（主体在丹棱县）和总岗山（位于洪雅、丹棱、名山和蒲江等四县之间）等数座高山。

这里有峨眉、夹江、洪雅和丹棱四个县治，县域界线犬牙交错，地形地貌相同，风土人情相近（大概都是从湖广一个小地方来填四川的吧），四个县治的地界和场镇经常划来划去，甚至同一个乡镇由两个县管辖（如华头场），前清、民国初期四县都隶属于嘉定府（今乐山市），现洪雅县和丹棱县均划归今眉山市管辖。

清朝时期实行知县负责制，洪雅县县衙进入朝廷行政序列、拿官家俸禄的朝廷命官主要有四个人，即知县、县丞、主簿和典吏（也称作典史），也就是老百姓口中的县太爷、县衙二把手“二太爷”、分管粮马财政的三把手“三老爷”和分管治安保安的四把手“四老爷”。这四位既有品级也拿官家俸禄，其他官职都是些没有品级且不领取官家俸禄的。

那个时候，县太爷、二太爷、三老爷和四老爷等这四位低品级朝廷命官，都要根据职务需要，自己出面雇请人员协助办理公务，自己负责给雇用人员发放薪水。比如，知县（县太爷）自行雇请的长随，老百姓就称为二爷，主要有师爷（行政管理）、跟班（生活秘书）、司仓（仓管员）、管厨（后勤）、司签（办公秘书）、门丁（县衙安全）等工作岗位，专门为知县具体执行公务。

顺带说明，清朝官员工资并不算高，七品知县每年只能从朝廷领到大约 45 两银子的工资收入，按说这点钱仅够知县一家人吃萝卜、青菜的基本生活，如果再让知县另行雇请长随和家丁，这些人都需要知县发放工资，那么钱从哪儿来呢？

原来，清朝后期还有个不成文的规矩，即官员虽然不可以主动去贪，但是对于其他官员的“孝敬钱”则可以收取。因此，实际计算下来，一个知县每年收到的孝敬钱大概有 1000 多两银子，这还是不贪污腐败的知县，这些钱完全足够全家人全年的吃喝用度和给二爷们发放工资。如果知县黑心贪财，那还不知道会有多少收入呢。

正所谓“三年清知府，十万雪花银”也。

知县雇请的二爷都是个顶个的能人干将，被请来做事的自然都不是等闲之辈。二爷们虽然不是国家干部，但是，因为是给县太爷跑腿和伺候左右，仆以主贵，胜似国家干部，经济收入和社会地位是绝对不低的。

话说清末年间，洪雅县知县雇请的那个司签文二爷，是洪雅县文店子人，据说是湖广填四川时从广东入川的。

文二爷为人忠厚，人缘极好，很受知县信任，被知县雇请后就算是“农转非”了。由于知县给的俸禄足以维持家庭较高的生活水准，而且文二爷也能收到些孝敬钱，因此，文家家境较为殷实，家里不靠种地吃饭，两个儿子都念了几年私塾，夫人也跟着过起了衣食无忧的生活。

但在清末民初的社会动荡年间，文二爷突发重疾医治无效，不到40岁就英年早逝了，撇下孤儿寡母。

家里失去了顶梁柱，生活再无固定来源，没有几年光景，文家坐吃山空，家境日渐衰落。

为着生存，夫人只能改嫁，长子则在峨眉山伏虎寺皈依佛门，混口饭吃，自此无话。

次子文湛云性刚自强，不想随母在别人家生活，甘愿流落街头自谋生路，沿着客商行走的驿道，一路讨饭来到夹江县华头、歇马一带，靠打短工糊口，打不到短工时，不得不饿上两天，常常吃了上顿没有下顿，晚上就睡在尖峰山上的尖峰庙与菩萨为伍。

民国七年（1918）夏的某一天，文湛云很有几天没有打到短工了，饿得心慌，走过歇马场时，正好路面上晾晒有刚刚从地里挖出来的“夏花生”，文湛云眼见周边无人，突然蹲下身去抓起一把就往嘴里填，刚吃进去两口，那户人家就发现了，大喊：“干啥子的，抓‘撬杆儿’（夹江方言：窃贼，小偷）呀。”

文湛云吓得一惊，立起身来转身就跑，那家人在后面边喊边追。文湛云慌不择路猛跑，转过弯来，就看到李氏家族正在给病逝的李老太爷“打丧火”（丧事活动），遂快步跑去，加入吊唁的人群之中。

中国传统丧葬文化是，在家中或家族祠堂设置灵堂，家族人员以及生前亲朋好友，要守灵三日。传说这三天是死者“回魂夜”，家人们要守灵等待逝者灵魂归来。

但见，宽阔的李氏家族祠堂外用席子搭建了一个很大的灵棚，灵棚前面则挂了一幅硕大的李老太爷素描画像，画得真好，老太爷栩栩如生，目视灵棚内外黑压压跪倒一大片的人们。前面是李老太爷平辈的兄弟姐妹、姻亲故旧，中间的是正荣、正富、正华、正贵和亚梅以及他们的姻亲朋友，最后几排则是兴武、兴文、兴君、兴盛、兴臣、兴民和兴国等第三代，再后面才是正荣的徒弟徒孙和邻里乡亲。

文湛云扑倒过去一下子跪在地上，可能也是想起了自己境遇，满脸泪花，悲由心生，失声痛哭。

这一幕刚好被跪在旁边的李兴盛看在眼里。

兴盛好不惊愕，左看右看这个眉清目秀的少年都不曾相识，但该人除了衣服破些，面容看似和善，还不像孬人，就问："哥哥尊姓大名?怎么……"

"洪雅，文湛云"，文湛云忍着粗气回道，"听闻老太爷仙逝，专程跑来吊唁。"这时，追来的人家转过弯来不见了人，估计文湛云混进吊唁的人群中了，这种场合又不敢去搅乱，也就罢了。

兴盛是何等聪明的人呀，明白个大概，看见文湛云一来便是作揖、流泪、跪拜，便让人递给他一件麻衣穿上，跟着大家三跪九拜，让他扛着花圈跟着人们敲锣打鼓地上山，当了一整天的孝子贤孙。

这是李兴盛与文湛云的第一次相识，也才有了二人后来合作开办钱庄的事。

改变文湛云命运的却是不久后的一天清早。

话说那年农历六月十五的祖师诞辰日，当地人称"半年节"，华头场富户陈华富与当地人们一样，领着一家老小登高尖峰山，到尖峰寺上香拜佛。

这段时间，尖峰山人来人往，丢弃的食物也多，饥肠辘辘的野狗四处溜达，到处觅食。恰好这时，陈华富的小幺儿一蹦一跳地跑着走，看见一个趴在地上的小黄狗，就跑过去逗，间或给点吃食。小黄狗耐了一会儿性子，吃不过逗，猛地一下蹿起来，就来追小幺儿。小幺儿吓得一惊，转身就跑，然而，两条腿的小孩子怎么能够跑得过四条腿的狗呢，小黄狗一口咬住小幺儿的裤脚，小幺儿吓得哇哇大哭起来。

陈华富和家人们急速往山上跑，边跑边喊叫，试图吓阻小黄狗。

就在这时，一个大大的苦竹（竹笋的一种，可用于炒、烧和煮汤等食用）砸在小黄狗身上，紧接着又是第二个、第三个，只见一个雄赳赳的少年，举起一根一米多长的木棍冲上前来，一棍打在小黄狗的后腿上，狠狠地骂道：“打死你这个‘睃偷狗’（不吭不响，突然窜出来的咬人狗）。”

小黄狗“嗷嗷”地惨叫着松口跑开去了。

少年把小幺儿抱了起来，安慰着。

陈华富跑上前来，接过少年怀里的小幺儿，上下打量这个少年，见这少年虽然少于洗漱，但是眉清目秀、肤色白净、肩膀宽阔，心中就有好感，问道：“少年，你是哪里人呀，在这儿干什么的呀？”

少年撢撢身上的尘土，见是一位富人，便朗声回答道：“小的文湛云，洪雅人，因为家父去世，不得以流落到贵地混个生活。”

陈华富疑惑地问：“那你就天天这样靠讨饭生存吗？”陈华富看到了少年身上背着的一个讨饭碗。

文湛云并不感觉不好，回答道：“也不是单靠要饭生存。有时我也帮人打打零工，挣点小钱。现在正是挖苦竹、吃苦竹的季节，我从山上挖得上好的苦竹，卖掉了就可以混几天的吃喝了。”

陈华富这才看到少年旁边的一堆苦竹，真是刚从山上挖得的，被少年剥得干干净净，绿绿葱葱的，不见一片枯黄叶子。

陈华富面露善意，说：“老管家，给他两个大洋，你把这些苦竹都买回家来，反正家里也要吃，就算是感谢这个少年的侠义之举。”

老管家答应着，就把苦竹拢在一堆装起准备带走。

不知道文湛云是一时兴起，还是与陈华富就有这个缘分，当下大胆地说：“老爷，这些苦竹我不卖，送给老爷你尝鲜。但是，小的有一请求，不知当讲不当讲。”

陈华富心中已经对文湛云产生好感，心情不错，便爽快地说：“有啥子当讲不当讲的，快说。”

文湛云带着期待的口吻，说：“‘授人以鱼不如授人以渔’，我不要这两个大洋，在您门下求口长饭吃。”

陈华富惊诧了，道：“你这少年不简单哟，还知道‘授人以鱼不如授人以渔’的道理呢，你读过书吗？”

文湛云自信地回答道：“家父曾经是洪雅县衙知县的二爷，小的也上过几天私塾，如果不是家父英年早逝，我肯定还会多读几年书的，还可能考上个好学堂呢。”

陈华富听文湛云这么说，知道这少年不简单，发了恻隐之心，便说：“好吧，那就先到家里来，管家会给你安排一个适合的事儿做。”

从此，文湛云便在陈华富家做长工，才好歹有了固定住处。

文湛云有些文化，识些个字，这在那个年代十分难得，加上头脑也甚是灵活，因此，文湛云只做了很少一段时间的苦力，就被陈华富委派给老管家当下手，深受陈华富赏识。

陈华富知道文湛云终就不会长时间地寄人篱下，就想扶持这个年轻人，于是，他做主让文湛云与陈公馆女佣周氏成婚，还把他在华头上街的一间很小的房子借给二人，让他们做豆花饭的生意。

文湛云夫妻俩本是贫苦人出身，很珍惜这个机会，做起生意来十分用心、卖力，对人十分友善，干净卫生，分量十足，因此，文记豆花店口碑很好，生意逐渐做出了模样。

当这一切被人们知道后，陈华富的“华头陈大善人”的名声就传开了。

不久，当走街串巷的陈麻糖匠提出搭个棚子共同做生意之后，文老板没有犹豫就同意了，两家店取长补短，一个卖豆花饭，一个卖麻糖，很是红火了一阵子。

若不是尖峰山浑水袍哥魏老摇在华头场“吃讲茶”失败，迁怒于陈麻糖匠，进而把铺子砸了，这个经营组合还会长久发展下去呢。

欲知文老板命运结局如何，且看下回分解。

正是：

从来好事天生险，自古瓜儿苦后甜。

第二十一回

先苦后甜文老板　拼下家业却早逝

文老板鼓动兴盛办起钱庄，除了当时槽户生产有需求，更为主要的是他被土匪抢了一次，需要攀上在华头、歇马和木城这一片通吃的李家关系。

当夹江土纸生意兴隆之时，华头场周边篁锅青烟冉冉，铁锅、火碱需求非常大。文老板敏感地看准这个商机，以豆花饭店为基础，迅速转行把全部精力投入贩运和销售铁锅上来。

文老板的小店铁锅品种齐全，从一印（号）到五印的都卖，不仅有特大号的造纸锅，也卖家庭做饭用的铁锅，甚至还有四川老百姓冬季烤火取暖的铁火盆。现在著名的荥经砂锅厂就是文老板铁锅供应商之一，火碱则在夹江县城商人处提货。

夹江土纸开始生产之时，荥经砂锅厂开始是采用垫底销售模式，专门在夹江设点，卖够了一定数额的钱款即派人到各家店收取货款，再送回荥经。这个时候本钱相对较小，像文老板这样的小生意人都可以做这种生意，捞到了第一桶金。

到了后期，荥经砂锅厂就是现款现货，一般人逐渐做不下去了。

那年月兵荒马乱，平民出身一夜暴富的文老板，必定成为土匪明偷暗抢的目标。

一天深夜，文老板新进了一批货，忙碌一天累极了就早早睡了，到了后半夜，突然有人猛敲大门，睡在店里的长工起身把门打开，立即拥进来七八个人，头上包着青布，腰间扎着青色布带，端枪拿刀的，把不大的屋子挤得满满当当。

夫人文周氏早已吓得搂着一双幼小的儿女，翻后窗躲藏到离地面两米深的茅坑最深处。

领头的黑大汉宽肩头，细腰身，一身肌肉，手持一把砍刀，看样子就是个舞刀弄枪的“练家子”。

这人紧盯着文老板，阴阳怪气地说：“你就是文老板嗦。听说文老板发达了，还乐善好施，咱尖峰山的弟兄缺衣少食，今天来找你借点钱花花。”

这是尖峰山的土匪，根据华头场“勾勾匠”（行劫时的眼线，也称线人，现在俗称媒子）提供的线索，下山来抢劫。

文老板赶紧披上棉衣，睡眼惺忪地说：“大爷们，哪里有钱呀，今天才进了一批货，现在我还欠着荥经砂锅厂的钱呢，看看，这是今天写下的欠条。”

黑大汉并不理会，顺手一刀砍在文老板肩膀上，幸好是冬季穿得厚没伤到人，威胁道：“谁他妈的信你这个，必须拿钱出来孝敬老子们。”

文老板怯生生地说：“大爷，大爷，今天真的没得现钱，都进货用了，宽恕两天，等卖出钱了再孝敬大爷吧。”

黑大汉断声大喝道：“不得行！未必找你这个鼎鼎大名的文老板借钱，还能让老子们空手而归吗。”

文老板回话道：“真的真的，你看那边堆放的火碱、铁锅，都是今天进的货，现钱确实没得了，小的怎么敢蒙骗大爷们呢。”

黑大汉回身向身边的喽啰小声嘀咕了几句，那喽啰赶紧出到门外，拉住“勾勾匠”问：“老大问你，他家今天真的进货了吗？”

“勾勾匠”满脸狐疑地答道：“咦，哪晓得上午送出信，他家下午凑巧进货了呢，龟儿子真他妈的怪了。”

喽啰把“勾勾匠”的话转述给了黑大汉，黑大汉气狠狠地说：“这个龟儿子，看看老子们以后怎么收拾他。”

文老板知道土匪“打启发”（也称作“打秋风”，意为土匪抢劫）是不会空手走人的，只得翻箱倒柜找点散钱，还有夫人用的一个银镯子，乖乖地递给那人：“大爷，真的只有这些了，以后大爷需要再来拿。”

黑大汉示意手下接过散钱，但是心中还不解气，恨恨地让随从把铺子里今天刚进的铁锅挑拿得动的往门外搬，有一二十口锅，火碱也一桶一桶地往外滚，街上洒满了漏出来的火碱。

一桶碱有200斤重，他们扛不动，只能从地上滚着走。

文老板与夫人文周氏好不容易挨到早晨，急急切切地想出门看看究竟，但是无论如何也打不开门。原来，这些土匪临走时弄了一个大石头，用绳子绑着吊在两扇门的铁环上，随你屋内人用多大力气也是打不开的。

文老板心想：这样光做生意还是不行，咱也得傍个靠山才行，当时便产生了与李家搭上关系的想法。在熊、李、何和余家这四家势力来说，文老板仅与李兴盛有过交集，因此，才极力倡议与兴盛共办了一个钱庄。

这还不算，文老板还要傍个官家。

第二天一早，文老板便一路小跑到乡公所，向乡长刘子民痛说昨晚之事，其实并不想挽回损失，只是想找个靠山。

刘子民听后假惺惺地说：“这帮狗日的竟敢在老子鼻子下面闹事，等抓到这些龟儿子一定往死里弄。”然后，接过文老板递上的20个大洋后又说：“文老板，你安心做生意吧，造纸是国家需要，由我作保，今后谁也不敢再找你麻烦。”

事情就这样不了了之，没见抓过什么人，也没听过什么说法，但是文老板还真没再有麻烦，可能就是官匪勾结的吧。

好景不长，命运使然。

文老板经营豆花饭店生意和代售铁锅、火碱多年，还入股兴盛钱庄，逐渐攒了些钱，终于在华头上街买了两间共约 30 平方米的吊脚楼房，生活自然就高出普通村民许多许多。

这是民国三十一年（1942）的事儿，富裕起来的文老板也没有什么特别嗜好，不喝酒、不抽烟、不赌钱，硬要说嗜好的话那就是他最爱吃下街王拐（瘸）子卖的钵钵肉。

四川的钵钵肉有一种叫白宰鸡，就是把鸡煮熟切块，拌以红油、麻辣和芝麻，鲜、香、麻、辣、嫩，味道好极了，也是论块儿数卖。文老板只要看见王拐子端着钵钵肉上街，必定叫他进店里来，把一大盆钵钵肉放在桌子上，一块一块地吃着鸡肉，是连骨头一起吃的哟，说是不浪费。

王拐子则坐在旁边，一眼不眨地看着他吃，嘴角一抽一搐地数着个数，直到文老板吃好为止。虽然每次吃个小半盆，也只用几角钱，但是当时大米才七八分钱一斤，花几角钱吃一次钵钵鸡也够奢侈的了。

文老板还喜欢吃蛇肉。

夹江的乌梢蛇肉质厚、骨头少、重量大，有人捉到蛇但是不敢吃，也可能是舍不得吃。文老板就给人家几个小钱要来，慢慢腾腾扒掉蛇皮，仔仔细细地清洗干净，或清炖或红烧，吃得津津有味，其他人是连看都不敢看的。

这种惬意的生活也没享受很久。

抗战胜利的 1945 年初，文老板得了大肚子病（现在知道是血吸虫病），经多位太医诊治均不见效，病情日渐加重。

按照文老板的经济条件，他是可以到省城成都治疗的，夫人文周氏极力劝他去成都治病，说："咱又不是吃不起药的，为啥子拿着命来拼。"但是，穷怕了的他担心，如果病没治好，人却没了，钱也花光了，今后三儿一女的一家老小生活怎么办呀？

思来想去，文老板最终决定买块地，对夫人说，死后就埋在自家的地里，也不至于死无葬身之地而被扔在乱坟岗。

这是那个年代人们最大的顾忌和最朴实的想法。

促使文老板决心买地的另外一个因素，就是当时市场混乱，买卖双方用于决算货款的纸币大幅贬值，一天一个价，生意越来越不好做，文老板家里堆满了五颜六色的法币，但是买不到东西了。

在国民党快要垮台的前两年，国民党政府官员腐败，国家财富都由极少数人控制，国统区大城市物资紧缺，全国通货膨胀，经济已近崩溃。

纸币贬值买不到东西，砂锅厂和火碱商都不要纸币结算只要银圆。而从老百姓手上换回来的又只有法币或金圆券，这个问题直接导致供货商终止代售合约。

这种情况促使文老板下决心赶快置换土地、房屋等不动产。

文老板在金山村彭崖南山买了八亩山地，距离华头街还有十五里山路。这个地方只能种植玉米，没有一块水田。零星散居在这里的农户长年都以玉米为主食，要想吃大米饭就得步行十五里山路到街上买米，或者找山下种田人家调换。

成为有地之主的文老板，第一件事儿就是找了一位很有名望的道士看风水。

彭崖这个地方四面环山，南山角下有一条一年四季流水不断的小溪，对面则是由近及远、由低到高的三座山峰，长年雾气缭绕，很有仙气，如同文房四宝的笔架，当地人称笔架山。

老道士但见这块地遍布茂密的杉树和竹林，低头望下是一条长年流水不断的溪水，举目远方则是一座高耸入云的笔架山，一拍定音，感叹道："这真是块好地脉呀！好地脉后代必出好学上进之人也！"

民国三十五年（1946），文老板 49 岁那年冬季的一天夜晚，他的病情越发沉重了，大口大口地出气，进气极少，请来的太医把把脉、看看眼，摇摇头一句话没说就走出了房间。

文周氏无助地哭哭啼啼，已经六神无主了。稍大点的两个儿子一人捧着父亲的一只脚，小嘴对着脚心不停地吹气，因为人的身体已经渐渐地凉了下去……

文老板生前历经磨难，死后却享受了当地最为隆重的葬礼。

存放文老板尸体的一口漆黑棺材停放在一间不大的房屋正中，四周靠墙堆放着等待出售的大小铁锅，停放棺木的后壁木板墙上是供奉祖先牌位的神龛，神龛上方挂了一幅毛笔正楷的“祖宗功德”家族牌位，这儿是平日里文老板“晨昏三叩首、早晚一炷香”跪拜先人的处所。

牌位下方半米的位置则临时摆了一张桌子，桌子上有个“紫微高照”的长方形白纸灯笼，桌子下面即棺盖前方亮着一盏用小瓷盘装满菜籽油的长明灯，还有一个大铁锅用于烧纸钱。

为文老板整整烧了三天纸钱，24 小时没间断过。这些纸钱，有的竟然是花花绿绿的小额法币，虽然当时这些法币已经不值钱了。

停放棺木的七天时间，从天色微明至夜半三更，作法事的锣、鼓、木鱼就没停歇过，吵得邻居都有些厌了。直到第七日清晨，前来出殡的人们腰间扎着一圈白麻，静静地等待先前为文老板选墓地的那个道士作法事，随后由八位抬夫将棺材慢慢地抬出家门，停放在两条长板凳上，再把棺盖上放着的一只被捆住双脚的大公鸡，一刀杀了，然后，熄灭长明灯，两个儿子一个举着“引魂招”走在最前面，另外一个则一张一张地撒纸钱（竟然也是花花绿绿的法币），送殡的队伍才敲敲打打地往坟山上走。

夫人文周氏说：“老爷挣得的钱，就让老爷带走它吧，反正法币也值不了几个钱了。”

本来人们不许连续几个夜晚没睡的文周氏上山，怕她受不了文老板入土的那一刻，但是，文周氏坚持上山，被人搀扶上一乘滑竿，跟在棺木后面慢慢随行。

四川农村大凡红白喜事，沿途经过的村民都要打开家门出来围观的。人们得知这是街上卖铁锅、火碱的文老板出殡，就主动上前帮忙。这些人大都得到过文老板的小小帮助，比如赊过账、让过利、喝口水、寄存过物品等等，人们都说文老板是个好人。

从华头上街到金山村彭崖墓地，全是不足两三尺宽的石板路，路两边大多是冬水田，路如此之窄，八人抬的棺木基本就是斜着走的。必须经过的那条小河，抬夫们只能喊起号子一步一步地跨过“跳磝子”(夹江方言：河中不规则、间隔安放的石磝子）。沿途不少的人，按当地风俗，在家门口设香案路祭，送殡的队伍绵延二三里。

每有拐弯岔路，两个儿子就得按照当地风俗，跪在路边土坎上，一遍一遍地喊着“劳累你，劳累你”（夹江方言：找人帮忙说谢谢的意思），待送殡队伍走过，才立起身来跑向队伍的最前面。

崎岖的十五里山路，足足走了四个小时。

文湛云就葬在头年买下的八亩山地里。头年买地，第二年病逝就用上了，正好遂了他死有葬身之地的夙愿。

欲了解华头古镇，且看下回分解。

正是：

三穷三富过到老，十年兴败谁知晓。

第二十二回

百年古镇华头场　清水浑水“吃讲茶”

前面说到，魏老摇与李兴文结的“梁子”，双方约定“吃讲茶”的华头场，距离歇马乡仅几公里，也是峨眉山脚下的夹江县西北端的一个古老场镇。

华头场四面环山，有一条名曰稚川溪的小河流经全境，河岸北侧就是华头街，但是满打满算也不足两里地长。小街的路面都是由青石板铺就，最宽处不足两丈，最窄处也就六七尺。街上除了少有的几家大户是砖砌的房，其余房屋全都是木板竹子结构，也有极少数的茅草屋，吊脚楼是这里的古老特色。

华头街只有上街、下街和背街三条街道，民国时期分别属于夹江、洪雅两县管辖，因此上街叫夹江街，下街叫洪雅街，背街太短，也就没有命名。这种自然形成的街景地形，酷似当地人犁田使用的铧犁，背街极像铧头，故曰华头。

华头场境内有由近及远的三重大山：与上街仅有 300 米之遥的叫燕子崖，它横躺在上街的最顶端，由很大的岩石群组成，是燕子冬天栖居的地方，岩石上覆盖一层很厚的燕子屎，散发出难闻的气味；稍远些的是高高的大旗山，当地人称鸡翅冠，就像雄鸡的鸡冠，蜿蜒数十里，俨然成为华头、歇马和木城的天然屏障，远在几十里外的夹江县城都能远眺到高耸的鸡冠；极目远眺的则是峨眉山余脉的尖峰山（亦称蒲草堂），是夹江县境内较高的山峦。雨后天晴或者艳阳高照的话，站在尖峰山上，就能够清晰看到峨眉山金顶的华藏寺，每逢此时，善男信女都要面朝华藏寺，双手合十，向那座闪闪发光的普贤菩萨金像朝拜，以示虔诚。

四川乡村赶场，已经沿传了数百年历史，我国北方地区则叫赶集。不知从何时开始，华头场就是逢每旬的四日、七日和十日赶场，现在仍然如此。

每逢赶场日，尖峰山的猎户、三乡四邻的农民和各地游商，就把山货、猎物、农产品、蔬菜、瓜果、粮食、家禽、家畜、野味，以及商贩运来的各种各类日用品，拿到集市上贩卖或交换，街上人头攒动，拥挤不堪，热闹非凡。

当然，也有些人赶场并不是为了买卖，而是借机走亲访友、串门办事，或商儿女婚姻，或谈商务合作。一时间，一条并不宽阔的华头上街，数十家饭店、酒馆和茶铺都坐得满满当当的，满屋子的酒气、茶香、烟雾，与喧闹的人声混杂。

话说文记豆花饭店就设在华头场最繁华的夹江街上，店面不大，借着屋檐还搭了间卖麻糖的铺子，两家小店相互支撑，生意都很好，尤其是遇到逢场赶集的时候。

也是好景不长。在一个华头场赶场日，尖峰山魏老摇硬是把与文记豆花饭店搭伙做生意的陈麻糖匠一家人打来“睡起”（打伤），吓得以后连续几个赶场日，华头街上都人流锐减，清淡许多。

麻糖是成都平原的一种小吃，是由糯米和白糖加工而成的一种甜食，色白、坚硬、易粘牙，但香甜可口，口感极好，大人小孩都喜欢。因为麻糖坚硬凝固成一大块，买卖时需用铁器敲成小块。平时，麻糖匠就挑着担子，有时也用竹制背篼背着，手里拿着切刀和小铁锤边走、边敲、边喊，敲三声，喊一句，喊一句，敲三声：“叮叮当，叮叮当，麻糖麻糖抿抿嘴，又香又甜不粘牙！”声音朗朗上口，敲击清脆利落，风雨无阻，走村串户沿街贩卖。

后来，那个陈麻糖匠与文老板商量好了，在文记豆花饭店旁撑开一把大大的油伞遮阳挡雨，两家店互为补充，生意都很好。

麻糖店其实是个时令店铺，长年卖麻糖，夏天则加卖冰粉和凉糕。这两种吃食都是四川极具地方特色的解暑凉饮，四川人喜爱喝冰粉消暑解热，也爱吃凉糕，直到现在，四川各地村镇，冰粉摊、凉糕店仍然随处可见。

到了冬天，陈麻糖匠则开始卖烧腊（现在叫卤肉），就是将猪头、猪蹄和猪内脏混在一起卤煮，味道互补，然后切成一小块一小块的，拌上各种调料，色香味俱佳，放到土制的盆里，里面再放几双筷子，端上街论块儿卖。

吃豆花饭的，眼见这种美味，就巴不得买两块来吃。

这种合作经营没长久，就被魏瘸子给毁了。

浑水舵把子魏老摇与歇马场舵把子李兴文“吃讲茶”，本来应该选定在一家茶楼，邀请一些乡绅裁判对错，错的一方付出茶费了事。但是，魏老摇毕竟是江湖人士，公开谈判多有不便，更不便去歇马场李兴文开的茶社，双方便商定在华头场大户陈华富公馆“吃讲茶”。

陈华富是当地公认的厚道之人，所以双方都放心。

陈华富公馆是华头最大的四合院，从门口至一进三院落，四周方方正正地站了一圈袍哥弟兄，高的矮的、胖的瘦的、老的少的，一个一个表情自然地叉手而立，手中都没拿家伙。

这是袍哥弟兄聚会时正常的布置，魏老摇并不在意，袍哥之间“吃讲茶”一般是不会当场动粗的。

陈华富公馆的客厅很大。

大堂面对厅门的墙面上高悬着一块五尺长的横匾，匾上黑底鎏金的四个大字是用行书写的“忠义满堂”，匾下则是一幅彩绘，一个将军面对连天海涛，蹙眉沉思，牌位上写着：延平郡王郑成功神位。

客厅中央临时摆放了一张油光锃亮的栗子色八仙桌，桌上是一盆含苞欲放的月季花，四周摆放有四把红木雕花太师椅，而客厅周边则是十多把雕花圆凳。

魏老摇随管家大摇大摆走进屋内时，只见县国民兵团华头大队长刘国民（乡长刘子民的堂弟）端坐在八仙桌上首，李兴文与县国民兵团木城大队长熊平安一左一右分坐两侧，好似正说笑间。

八仙桌上摆放了四杯盖碗茶，三人面前的三杯盖碗茶都把茶盖翻转平放在桌子上，这是袍哥见面时的暗语，表示平和无事。

桌子另外一方空无一物。

李兴盛也来了，与七八个乡绅坐在客厅的左侧，悠闲自得地喝着茶。

看到魏老摇进屋，坐在八仙桌的三人都没起身，声色不动，只是敛起刚刚还眉开眼笑的脸。

陈华富赶紧从后堂迎出来，握一握魏老摇冰冷的手，笑着说：“大家都等了魏哥子好一阵子呢，酒菜也早就备好了呢。”回过头来对管家说：“看茶，快看茶。”

四川地区所谓的“盖碗茶”独具特色，名堂频多，包括茶盖、茶碗和茶托三部分，因此也称盖碗或三炮台。

一个小伙计麻利地从围腰中摸出一个茶碗、一个茶船配好，放入一小撮茶叶，左手拿碗，右手持壶，只见一缕水线从长长的壶嘴临空射出，泻入碗中，茶叶、茶花顿时在碗中荡漾，翻腾有声。须臾之间，戛然而止，茶水恰与碗口平齐，水却一滴不溅。

小伙计放下茶壶，摸出一个茶盖，盖在茶碗上，用手示意客人慢用，走了。

李兴盛站立起来，微微欠身指指八仙桌下首座位，面带微笑地道：“魏哥子请，请上坐。”

魏老摇乜斜一眼李兴盛，没搭他的话。

魏老摇身边跟的四个袍哥弟兄，长枪短棒，久经沙场，这时并未感觉有什么异常，大剌剌地坐到客厅右侧的几张雕花圆凳上，自顾自地品起管家递过来的盖碗茶来。

魏老摇走到八仙桌前，提起小伙计放下的茶壶，茶壶嘴对准自己那杯盖碗茶，这是袍哥茶碗阵中的“单鞭阵”，意思是来寻求公平帮助，希望大爷们能够助一臂之力。

做完这些，魏老摇双手握拳，大拇指伸直向上，双手交叉高举过头，这是袍哥大爷级别的人见面的礼数，然后开口说道：“兄弟我多在山沟，少在书房，最近才从八面山来到尖峰山。兄弟我只知道江湖贵重，不知江湖礼仪，不周不到之处，还请各位大哥高抬龙袖，多多赐教，海涵海涵。”

众人见魏老摇这么客气说话，赶紧回礼道：“好说好说。”

刘国民是华头场袍哥大爷，这儿是他的地盘，听魏老摇这般态度，心中暗自高兴。这时，只见他左手抓住右手手腕，右手大拇指高高翘起，这也是袍哥常用的打招呼手势，叫作“龙抬头”，嘴上附和着道：“袍哥人家没有千里威风，只有千里交情，都是兄弟伙，好说好量。”

魏老摇向四周看了看，疑惑地问道：“哪个是王大爷？兄弟我少来拜望，有眼不识泰山，今天特来请安。”

刘国民搭话道：“王大爷今天另有特别重要的事，让我与熊大队长二人裁判你与李兴文的事儿。”

“既是如此，那我就不客气了。”魏老摇话题一转，双眼恶狠狠地瞪着李兴文，口气强硬地说，“李兴文，你的人打伤了我的弟兄，挡了我的财路，‘识相’（会看风向，指能看清局势）的话，赔偿老子2000大洋，交出开枪伤人者，还要当着三乡四邻的乡绅富家，敬茶、赔罪并道歉，还我一个面子。”

众人一时没转过弯来。

兴文心中有底，并不惧怕，迎着魏老摇的目光，朗声道：“国民政府治下，还有没有党纪国法，你的手下竟然目无国法，公然劫人钱财，在我的地盘我焉有不管不问之理。”

魏老摇一拍桌子，强硬地喝道：“啥子党纪国法，我的兄弟伙要吃饭，这就是天大的事。你‘虾子’些搅了我的生意，就要赔偿损失。”

兴文说：“你在袍多年，也混成袍哥大哥级别的了，袍哥《红黑十条》第二条是怎么说的？袍哥弟兄要尊敬长者，尊重大哥。我好歹也是歇马场的头排大哥，你的兄弟是不是应该敬我三分？竟敢向我叫板，不该惩罚吗？”

两人争执不下。

见此情景，李兴盛赶紧走过来，下矮桩（也叫矮起说，姿态放低，说好话，自我降低身价）笑着道：“几位兄弟消气息火，搅了你的生意，我哥哥现在就当着众位乡绅大佬的面，向几位兄弟敬茶，赔礼道歉。兄弟伙都是在外面混的人，各人各让一步，大家今后还得见面。”

魏老摇斜眼看了看兴盛，不屑地说：“你是哪个？你不是咱‘跑滩’（江湖上游走）的袍哥弟兄，轮不到你说话。”

兴盛仍旧慢声慢气地道：“兄弟是李兴文的堂弟。虽然咱不是袍哥人家，但是，理是理，法是法，情是情。这个事呢，是你的兄弟明抢在先，二哥保安队护民在后，赔些银子那不是事儿，但是，交人是万万不行的！”

魏老摇坚持说道：“冤有头债有主，谁打伤了我的弟兄伙，谁就要付出代价。要不的话，我怎么向兄弟伙交代？”

李兴文也用不容置疑的口吻说：“你不能向兄弟伙交代，那我就可以向手下交代了吗？交人是绝对不行的。”

魏老摇来横的了：“不交人的话，哼哼，那就别怪我不客气了，来人，带李兴文到尖峰山说话。”

听到这话，他带来的四个袍哥弟兄都站了起来。

坐在大厅左侧的乡绅们吓得挤在一块，大气不敢出。

刘国民把桌子一拍，大喝道："龟儿子魏瘸子，这里不是你尖峰山，是老子的华头场。你小子敢动，我立马叫你身首两地。"

话音刚落，只听外面一阵声音嘈杂，原来是早有准备，十几个国民兵冲了进来，这些个可都是精壮汉子，手中都有家伙，把客厅挤得满满当当的，有人已经举枪指向魏瘸子等人。

一时间，客厅内仿佛空气凝固了。

"放肆，'吃讲茶'还兴动武拿横的吗？！"熊平安面露凶相，伸手把魏老摇那杯盖碗茶茶水倒掉，再加满水一饮而尽。这也是袍哥暗语，意思是我无能为力。

熊平安说道："魏老摇，王耀祖王大爷可是你请得动的人吗？他给你们'判公道'了，让我转告你，你抢人在先，李哥子在他地界上主事理所应当，保安队打死打伤人，李哥子负责善后，此事两清。别'不依教'（不够朋友，不守规矩），不然的话，他要亲自出面'办交葛'（原指把堂口上的琐碎事情向下一任交接，实指把事情处理清楚），带上全夹江的弟兄伙找你摆谈摆谈。"

兴文大声道："熊表哥，在歇马地界咱也不怕不讲理的人。"

兴文故意把"熊表哥"三个字叫得响亮。

熊平安接话说道："魏老摇，你怕是不知道哇，兴文是我老表弟兄呢。歇马、华头和木城三地联保，已经商定同进共退，咱们清水不犯浑水，你浑水的也别惹我们官家。"

魏老摇听到王大爷介入"搭手"（相助）帮拳，再看到这阵势，知道事情不妙，强龙不压地头蛇，好汉不吃眼前亏，只有"下粑蛋"（顶不住，骨头软），铁青着脸再没说话，随意地拱拱手，带领手下悻悻地走向门口。

兴盛好像任何事情也没有发生似的，道："哥子，吃了酒饭再走不迟呀，以后大家都要在这个地面上混饭吃的呢。"

魏老摇转回头狠狠瞪了兴盛一眼，嘴角露出一丝阴笑，仍然没有说话，继续走了出去。

那四个袍哥弟兄也赶紧跟着走出门外。

兴盛拱了拱手，平静地跟出来送客。

得到消息的华头场乡长刘子民赶来时，魏老摇刚刚走出陈家大院，遂赶紧跟着魏老摇往外走。

谈判破裂了，魏老摇气呼呼地往回走。时不时踩在松动的青石板上，一股泥水喷射出来，溅在裤脚上，惹得他一阵叫骂。

华头场上的人们看到这个身着国军夹克军服、腰间别着一把美制左轮手枪、皮带上缠满闪亮子弹的爷，虽然依旧是一瘸一拐地走路，但是“绷劲仗”（冒充好汉）把面子撑起，威风依旧，纷纷避让，点头哈腰，唯恐招惹到这位爷。

当魏老摇走过文记豆花饭店前，陈麻糖匠正在招呼客人，火爆的生意似乎让他疏忽了身边的一切，更没注意到这个爷的到来。也是赶巧了，陈麻糖匠为食客送菜时一转身，盘子里装满了七碟八碗的豆花、蘸料和冰粉，一下子倾倒在魏老摇身上。顿时，魏老摇身上沾染了红的、黑的和黄的各种污渍，魏老摇大怒，一个耳光扇倒了正在低头赔不是的陈麻糖匠，恨恨地道：“妈的，老子今天不顺到家了，给老子砸了它。”

陈麻糖匠吓得浑身打抖，一下子跪到地上，不停地作揖叩头。豆花店文老板赶紧过来陪着作揖，直说：“大爷息怒，大爷息怒，给他留口饭吃吧。”

魏老摇怒气未消，转向文老板，正想说什么。文老板急急从衣襟中摸索着，抓出一把银圆，选出大面额的双手递过去陪着笑说：“大爷不计小人过，这点钱拿去重新换件衣裳吧。”

魏老摇示意手下接过钱但还是没解气，瞪大双眼狠狠地说：“留锤子饭吃，你们这些不长眼睛的‘虾子’（四川当地骂人话），触动老子的霉头，算你龟儿子倒霉。”

说着骂着，竟然想往外摸枪。

跟在后面的兴盛看到了这一切，正想上前劝解，却看到一直陪同魏老摇的华头大户陈华富紧紧拉住魏老摇的手，一边骂着陈麻糖匠，一边挤着眼睛暗示陈麻糖匠快走，这才没使魏老摇掏出枪来，一枪崩了陈麻糖匠。

魏老摇不依不饶，回身对刘子民说：“让这个龟儿子修机场去，再也不许他在我眼里出现。”

跟班的袍哥们一刻没有停止动作，把陈麻糖匠的铺子三下五除二拆了，各种食物散落一地。

从此，华头场上少了这个陈麻糖铺子，陈麻糖两口子被编入华头大队去修夹江飞机场了。

欲知夹江怎么修建军用飞机场，且看下回分解。

正是：

尝将冷眼观螃蟹，看你横行得几时。

第二十三回

抗日救国真需要　夹江急修飞机场

陈麻糖匠被魏瘸子赶去修建的夹江机场，是全面抗战时期国民政府出于对日作战需要，在夹江紧急抢修的一座简易军用飞机场，那是夹江民众一锹一镐地用双手紧急修建而成的。

民国二十七年（1938）冬，我国东北、华北、华东和华南的绝大部分地区都被日军占领了，首都南京沦陷，国民政府被迫迁都西南重镇重庆，重庆成为“战时首都”，也叫“永久陪都”。一不小心，四川竟成为抗日战争的大后方，空军的战略地位显得越来越重要，四川地区原有的军用机场远远不够使用了。

为了满足抗战需要和配合美军空军战略，国民政府以成都平原为中心的半径 50 公里之内，大规模地紧急新建和扩建飞机场，当时称为“特殊工程”。成都平原的新津、邛崃、雅安、彭山、夹江、双流、温江和广汉等地，先后动员数百万民工，以最为原始的工具抢建完成了能够备降当时世界上最先进的轰炸机、驱逐机的机场群，并逐个通过验收投入使用。美国盟军第 58 重型轰炸机联队的 B29 四引擎战略轰炸机，将从这里起飞，跨越太平洋，轰炸日本本土。美军陈纳德飞虎队飞行的驼峰航线也需要入驻或者经停这些机场。

前些年成都市城区向南发展扩建，开发天府新区（成都市远郊，曾属于双流县地界），在修建美丽的兴隆湖时，先后发现过三枚未爆的航空炸弹。据老人们回忆，那是美军轰炸机从夹江机场刚刚起飞，突然发生故障，不得已而抛弃的航弹。因为兴隆湖地区土质松软，轰炸机起飞高度又不高，航弹深入泥土中并未爆炸，直到70多年后的今天，才在土地开发中被发现。

抗战时期在成都平原紧急修建的这些飞机场，有的经过改造、扩建至今还在使用。没有继续使用的这些机场，飞机跑道、老旧营房等地面设施仍然隐约可见，仿佛在向人们述说那段抗战历史。

夹江修的是一座简易军用机场。

民国二十八年（1939）二月，国民政府军委航空委员会相中了夹江县云吟、蟠龙、甘霖三地交界处的三根桥（也称三更桥），征用土地1100多亩，下令夹江县政府抢修一座飞机场。

夹江县一直以来都是民国四川省政府的模范县。

夹江县政府从抗日大局考量，相当积极地搭建了机场工程处，筹备修建夹江机场。当年三月，夹江县政府《公告》：国民政府将在三更桥修建国防机场，严禁勘测范围内农民进行耕种，所有冬水田限期一律放干。

四川当地农田耕地冬天仍然蓄水，便于春天插秧种稻。

新组建的夹江县机场工程处，立即组织人马实地测量，通知机场红线内居民，大概有300多户1000余人口，一律限期拆除民房。承建队伍则是夹江县的三家私营建筑公司，政府分配各乡、保、甲修建民工人数，一个乡编为一个大队，分片分段同时施工。

但是，这个《公告》并没有说明所征用耕地的地价，以及其他补偿费用，这埋下了麻烦。

话说陈麻糖匠被魏老摇砸了店面，夫妻俩只得带上最为原始的锄头、镐头和竹筐，跟着华头修建大队赶到三根桥机场，恰恰赶上当地农民与工程处对峙，黑压压的人群，紧紧围在工程处临时征用的房屋外，人声鼎沸，骂声一片。

原来，这是因为机场工程处迟迟没能兑现民房搬迁费、征地费和青苗补偿费等，农民达不到目的，而阻止开工。

事情还得从工程处派人测量土地说起。

那天，当测量队到一户人家作业时，那家户主强烈拒绝搬迁，愤愤地说：“连地价补偿都没有说个名堂就来测量土地。收了我们的地，老百姓拿什么讨生活？喝西北风呀！”测量队技术员坚持测量，回怼道：“我们也是挣钱吃饭，我完不成测量工作，官家也不给我钱，我也吃不成饭。”双方言语间你来我去就吵了起来。

吵着吵着，双方较起劲来，那户人家人多，竟然把测量器材给推倒了，测量人员赶紧回来报告工程处。

工程处与袍哥弟兄是有联络的，遇到这种事情，便像以往一样请袍哥来助阵。袍哥弟兄上来就动武，三下两下就把这家主人给打伤了，这引起全部搬迁农民的公愤。于是，机场开工第一天，被占地拆迁的四五十号农民，鸣锣聚众数百人阻止开挖。

工程处负责人出面向农民喊话，大意就是修建机场是为了打日本人，是国家大局，你们要服从抗日大局，牺牲个人利益支持修建。

农民中也有能说会道的，一位老者站出来道：“抗日大局我们都懂，我们支持政府修机场打日本，我还会让我的子弟出工出力。但是，我们几辈子生在这儿，长在这儿，就连祖坟都埋在这里。让我们搬迁政府是给足了钱的，为什么要克扣我们的征地费，为什么不兑现搬迁补偿就开工，为什么不计算我们的青苗赔偿费？不补足这些费用就不许你们开工。”

工程处这边有人接着道：“征用土地给不给钱、给多少钱是政府的事，我们留一点管理费用正当合理。”

农民们接着说：“给我们的赔偿就该全额给我们，你们已经从工程单价上得到了利益，为什么还要克扣我们费用？”

工程处这边有人威胁道：“我们与政府签了开工协议的，耽误了工期谁都不好过，昨天那家就是你们的样子。”

听到这话，农民们更加气愤，可能也是有准备的，农民那边突然闪出了一个小伙子，精瘦干练，看样子就是个练家子，手持一把单刀，恰似《水浒传》中的武松，叫阵道："别吹壳子，你们打得了那家，打得过我吗！你敢出来与我单挑吗！如果我胜了，就快快把赔偿费发给我们，还得送伤者医治，交出打人者；如果我败了，那就任由你们处置。"

这话一出，工程处这边马上闪出一个壮汉，是请来打人的袍哥弟兄，也是早有准备，手握齐眉长的蜡木棍，大喝一声："咦，还有人敢这么说话，你个龟儿子不想活了吗？"边骂边几步冲将过来，抡棍照小伙子头部狠狠打了过去。

小伙子赶紧举刀架住，挥刀应战。

俩人在各自背后人群的呐喊助威声中大战了十七八个回合，没分胜负。

传统武术讲究的是"一寸长一寸强"，手持的兵器越长，攻击范围越大，威力也就越大。因此，使单刀的小伙子开始没占到多少便宜，仅仅凭着身轻灵活，很多时候都在闪躲腾挪，伺机进攻。

俩人又一个回合过后，壮汉用了一招"横扫千军"，抡圆蜡木棍，狠命横扫过去，却用力过猛脚下不稳，身体略一踉跄，露出了破绽，被"武松"一个侧身闪过，迅速虎扑过来挥刀砍去，所幸壮汉身手也快，一个"铁板桥"让过，却被单刀一下斩去胸前对襟上的一排扣子，肚皮上见了血。壮汉胆怯了，不再恋战，拖起蜡木棍转身就跑。

农民们欢呼呐喊着向前冲去，工程处这边阵脚大乱，溃退进了办公用房内。这时有人高呼："到县政府找县长去。"于是，农民们加上看热闹的人们浩浩荡荡地转赴县城，包围了县政府。

这事惊动了四川省政府。省政府迅速派出督导员，会同夹江县县长紧急商议，决定立即如数发给农户青苗补偿费，征地费问题由县府官员和地方士绅组成调解委员会解决，对引发冲突的双方各打五十大板，再派国军驻夹江部队到工地维持秩序。这样，才保证工程正式开工。

那时民工修建机场使用的工具很是落后。运输工具只有极少数的卡车，用以载运沙石的大量是马车、架子车和鸡公车，一点机械设备都没有，全靠民工锄头、铁铲、十字镐和石碾等简单工具，把沙子、石头和黄泥土搅成黄泥浆，再用很大的桶盛装，以肩扛背驮，接力传递的方式运送材料，一层一层地铺设。平整跑道就全靠民工们拉动硕大的石碾反复碾压，要碾压十几个回合呢。

主跑道基础总共有三层，填加起来有近一米高。先是用人头大的石块整齐地码上一层，并在上面覆盖一层黄泥浆，然后又盖一层细沙，这样才只算完成了一层；在此基础上，再用人头石密密麻麻地码起，这层则要求人头石的大头统统朝下，头尖的一头朝上，因为这样它才能够稳固。人头石一个一个靠得很紧，砌石头的时候还要求即平又稳，如果高了一点还要锤平，没有铁锤就捡起同样大小的石头锤击，这些动作全都靠民工手工完成。排满这一层后又是一层黄泥浆，又是一层河沙覆盖，然后同样方法又再砌一层……总共需要重复三层，其艰、其难、其苦没法仔细描述，凭的是夹江民工朴实的爱国抗日热情。

就是这样日夜加班，开挖平整，夹江民众只用了不到一年光景，便一手一镐地建起了一条长约 1500 米、宽近 50 米的飞机主跑道，另有滑行跑道多条，当时作为大型机场的辅助机场，基本可以满足小型军用飞机使用。

话说华头修建大队是乡长刘子民带队来的，把陈麻糖匠夫妇俩和另外俩人编为一组，负责挑拣和搬运石头，这个活相对轻松些。

同组的妇女看到他很是诧异：“咦，你不是华头场卖麻糖的吗？怎么能干我们这样出劳力的活儿呢。”

陈麻糖匠没说话，夫人接话道：“我们是乡长派工来的，你们呢？”

发问的那个女民工说：“我家男人当壮丁走了，保长没有喊我，我听说修机场打日本人，自己就来了。”

另外一人接话道：“好多人都知道，这修机场是从天上打日本人，听说美国飞机将来在这些机场起飞，可以去轰炸日本人，也让小鬼子跑跑警报！”

陈麻糖匠想想道：“可不是吗，今年（民国二十八年）九月，日本鬼子还往咱夹江扔炸弹了，害得县城遍地设置警报信号，家家备置防火沙包。”

夫人接话说：“咱们夹江又没有国军大部队，炸的都是咱老百姓，遭殃的也是咱老百姓。快干吧，大家多凑一把力，快点把机场修好，早点把日本人打跑！”

说罢，四人融入民工如蚁的修建大军中，各自劳动去了。

可是没几天，陈麻糖匠就手起茧子、脚起水泡了，走路一瘸一拐的，同组的妇女都嫌他动作慢。刘子民听说以后，便叫人把他喊来，说：“手艺人，你看你个龟儿子，手不能提篮、肩不能挑担的样子，你还是做些麻糖来，在工地上卖吧。”

陈麻糖匠情知这比出苦力好多了，起码不用起早摸黑地劳作，就不无感激地回话道：“那可感情好，为了打日本，乡亲们都在辛苦地干活，我出不了力，那就出点技术吧。”

刘子民嘬了一口手中的盖碗茶，慢吞吞地说：“蒋委员长说了，抗日有钱出钱、有力出力，你给老子出点技术，也算是人尽其用啊。”

陈麻糖匠感激得真不知道如何是好了，搓着手道：“那我去找兴盛钱庄多支点钱，一次做多些麻糖。先说好啊，我不图多挣钱，只卖够我的本钱就行。”

刘子民再嘬了一口茶，嘴里一边嚼着茶叶一边道：“你龟儿子的倒是挺有觉悟的。你说的那家兴盛钱庄已经关门了，老板李兴盛也没了（死了），你就小本经营，能做多少算多少吧。”

陈麻糖匠惊诧地惋惜道："咦，怎么没听人说起呢？听说兴盛那人挺好的，还很年轻的吗，好像还没到知天命之年，怎么说没就没了呢。"

刘子民撇撇嘴角，道："黄泉路上无老幼，能不能见到明天的太阳，老天爷才说了算。"

陈麻糖匠"哦嗬"（夹江方言：失望的惊叹声）一声，说道："可惜了了，可惜了了。"

刘子民不耐烦地催促道："关你龟儿子什么事儿？快去办你自己的事去，今天老子们就得吃到麻糖！"

从此，机场工地上就时常回荡着切刀和小铁锤撞击的清脆声，叮叮当，叮叮当，"麻糖麻糖抿抿嘴，又香又甜不粘牙"！

陈麻糖匠的叫卖声很吸引人，因为，麻糖卖得真是便宜，比市面上便宜很多。

欲知李兴盛结局如何，且看下回分解。

正是：

抗日救国夹江人，肩挑背驮修机场。

第二十四回

富家子弟承家业　兴盛败光万担财

李家三代中最能干的当属正华之子李兴盛，可惜在抗战胜利前就病死了。

前面说了，李正华操持家族生意，落了一身的病痛，很早就想着让儿子接班，对独儿李兴盛寄予了莫大的希望。因此，让兴盛在何伯龄的私塾读了几年书，然后，再送他到嘉定府鼎鼎大名的震华中学读书。兴盛长了见识，言语中不知不觉流露走出歇马奔前程的想法。

正华的心思却是想让兴盛回乡接班，执掌家业。正华知道，只有让兴盛早早结婚，才能收回他躁动的心。思来想去，正华选中了也是歇马场大户的何家幺小姐何淑莲。

对于正华的这种安排，兴盛虽然心中十分不快，但是，他听说要娶的是何家幺小姐何淑莲，他二人本就青梅竹马，也就应了，安心跟随老汉儿做了几年生意，当父母相继去世以后，理所当然地接班打理生意，成了家中的顶梁柱。

兴盛毕竟是见过世面的人，很会识人用人，方方面面抹得平，用现在的话说就是情商很高。

兴盛对外有效借助家族力量，主要是堂哥兴文的袍哥势力和大爸正荣的一帮子徒弟关系，遇事有人帮助“捡脚子”（收拾烂摊子），对内则信任管家和优待长工、佃户，长工、佃户也全身心地办事做工，这样，将里里外外经营得不错，家资财产越来越大，没有几年便拥有近百亩良田和歇马场小半条街铺面的产业。

兴盛在李家子弟当中最为仁义，不仅将里里外外的家事放心大胆地让管家去做，而且对长工和佃农也很好，现在说来也就是压榨长工和佃户没那么厉害过分而已。比如，过年时，他会让长工多推几磨豆腐、多做些豆瓣酱分给佃户过年，将腊肉、腊肠送给不同的人。

还有就是佃户干活受伤了给点药，或者放一日休息，长工家里人生老病死给些小钱、吃食等等，本意是收买人心。放到现在角度说，也就是最最基本的员工福利而已。然而就这样，兴盛已经被称为小善人了。

客观地说，兴盛的道德水准在那个年代已经算是不低了。在那个年代，有不少富人自己都得干活才能填饱肚子，逢年过节才能吃肉喝酒，小病小疼一样得挺过去，能对佃户、长工这么善，也是难能可贵的了。

富贵生淫欲，饥寒起盗心，历朝历代概莫能外。

兴盛酷爱赌博，而且十赌九输，赌风倒是很好，从不赖账欠钱，这更使得人们喜欢约他对赌。兴盛夫人何淑莲无所事事地喜欢吃点鸦片大烟，不过那时有钱人都吃大烟，吸食大烟并不是什么犯法的事。

那时四川赌场大体分为明堂子和私窝子两类：公开的叫明堂子，最早在夹江县漹江镇北街有一家漹江大茶馆，独栋两层小楼，规模很大，一楼喝茶，也提供一些简单小吃食。二楼有若干个大大小小的包间，供客人玩麻将、推牌九和扯二七十（当地人称的桥牌，是川西地区民间非常普及的一种棋牌游戏），还有几个包间可以吃鸦片。这是兴盛经常光顾的明堂子。后来云吟镇东街也开有几家，但论规模大、生意火的还是漹江大茶馆。

这家明堂子的后台老板是夹江县鼎鼎有名的袍哥大爷“漹江公”王耀祖王大爷，因此敢于公开经营，不怕抓捕。赌资全用现金，老板靠百分之五的抽头赢利。这种赌场，十家十赢利，输的都是赌徒。当然，县城里还有些大大小小的私窝子赌场，分布在人口密集的乡镇，就是小打小闹地隐蔽经营，县警察大队时不时去打几家，由于后台不硬，经常被抓被罚。

现在，成都市锦江区华兴正街还有一家悦来茶馆，门口一副对联“戏窝子群星竞风流，茶窝子品茗香百年”。由此说来，四川人的茶文化和酷爱麻将娱乐是有其历史渊源的。

话说兴盛有钱了以后就经常光顾这些地方，其实他并不在意能赢多少钱，只是图娱乐。兴盛与夫人何淑莲关系好，赌博时兴盛还要时常带着夫人一同来。夫人来了没事，便被人领到二楼吸两口大烟。那时一般大点的赌场都附设鸦片烟馆，供有烟瘾的人过瘾，也就是一条龙服务。

像这样俩人一赌一吸的生活，便是“孔夫子搬家，净是书（输）”，任凭家里再有资财，也管不了几年的呀。

兴盛最终是被人赌博“做局”破产的。

那一次，与李氏家族结怨的浑水袍哥魏瘸子，明面上不再与歇马袍哥舵把子李兴文对着干，暗地里却找了几个麻将赌博高手，由一个经常跟兴盛玩麻将的“天棒”（无法无天的人，抢劫杀人的家伙）出面，“摆片”邀约兴盛聚赌。

“摆片”是指相熟的赌客既不去明堂子也不进私窝子，而是彼此相约，某人以请客方式在公馆内聚赌。

兴盛不知有诈，欣然前往。

赌局开始前两天，兴盛手风很顺，赢了几千块大洋，就认为自己牌技高，手气好，别人都不如他了。

一般来说，打牌的人心气都是不平的。赢了钱的当然还想多赢，鲜有见好就收的人；输钱的赌徒则如同输红了眼，一心想着翻本。因此，当这几个心怀鬼胎的人让兴盛继续玩时，他根本没有见好就收的意思，欣然答道：“来呀，还没过瘾呢，玩它个天昏地暗，赌它个热火朝天。”

但是，再后来的三四天，则风云突变了。对赌的这几位配合默契，股般“关照”，别人杠上花、十三幺、七小对、清一色和的都是大牌，而兴盛一般都是小番小和，赢小钱输大和，一场豪赌便输去三四万块大洋。

兴盛不服气，自我宽心地道：“开始都是我赢，只是后来手气差了点。风水轮流转，这次算你们赢，下次把钱乖乖地还转来。”

没过几天，兴盛竟然主动邀约对方，大赌一场，可是人家是做局的，结果肯定是兴盛输呀。

赌徒拿话激他道：“四哥，不再玩了，赢了你太多的钱，别人说起来也不好听，欠的钱以后再说吧。”

兴盛生性要强，很要面子，别人不说罢了，听了这话，昂起头来说：“你四哥还会差这点钱？还能让人说四哥我欠赌债不还吗？那我还有什么脸面在夹江混！”

为了还清赌债，兴盛从兴盛钱庄提了不少的现银，再变卖了部分房产才了结这一笔一笔的赌账。

虽然是做局，但是赌客们仍然到处说：“四哥真是玩得开心，输得漂亮。”

如此这般数次，家财败得差不多了。

兴盛赌博被人“做局”的缘由，终于被兴文知道了。兴文气得暴跳如雷，但他对魏瘸子却是没得办法，就怒气冲冲地找到兴盛，说一定要拿那几个赌徒撒气：“让那几个不知天高地厚的‘虾子’把钱吐出来。”

兴盛听了之后反倒劝说道：“二哥，算了吧，认赌服输。虽然那几个故意做局，但是毕竟是咱赌输了的，不是被人明抢了去。传出去，江湖上的人还不说咱不大气，不容人，输不起吗？”

兴文生气道：“四弟，咱是被魏瘸子‘烫毛子’（四川话，赌博场合以不正当手段把别人钱财弄光，叫整猪、剥狗皮、烫毛子，就是用开水将猪毛烫去）了呀，他们不是光明正大赢咱的，这口气不出，江湖上会说咱无能的。”

兴盛再劝道："当年魏瘸子可是被咱抢回'肥猪'，还死了个人，这个面子给他卷得够呛，歇马场的人都认为咱们不怕他。这次咱输点钱，人家又不是硬来的，你能怪人家什么呢。他明面上输一次，咱暗地里输一局，公平，也算两清了。"

兴文说："那不行，不打他们一顿我这口气出不来，不让这些龟儿子吐出钱来，我心有不甘呀。"

兴盛道："出口气好办得很嘛。二哥，你派人找碴打他们一顿，狠狠地打他们一顿，只是别说因为赌博的事儿，不说赌博的事，也就不让他们吐钱出来了。"

兴文不解恨地说："那他们黑了这么多的钱就这么算了？"

兴盛接着说："唉，二哥，世界上一是赌账，二是情债，总是说不清道不明的。千金散尽还复来，就当是遭'撬杆儿'（夹江方言：窃贼，小偷）偷了，我不想把这事儿闹得风风雨雨的。"

"既然四弟这样说，我就按你说的办，只是这口气实在难消。"兴文仍然愤愤不平地道。

果然没几天，那几个人被人打了，打得够呛。兴文事情做得隐蔽，打人的表面理由充分，没有人知道被打的真实原因。

兴盛夫人好那一口鸦片烟，也花去了兴盛大把的银子。

兴盛经常去赌的那家明堂子，卖的烟土都是上等的"云土"（云南产的高等级鸦片烟），就是"濡江公"王耀祖开的"夹江烟土行"供的货，是王大爷从西昌、雅安贩运来的。刘文辉部队偏居雅安一隅时，控制了当地烟土买卖，"云土"价格随他定价，当然贩来后的价格更加不菲。

饶是这样，兴盛仍然让人买来与夫人一起吸食，再加上有了三男两女的经济负担，慢慢家财就衰败了。

不知是不是受到被人"做局"的影响，李兴盛再也不是那个"温良恭俭让"的乡绅，对下人也没那么通情达理，变得性情古怪，得理不饶人，仗势要欺人，难免积下些许恩怨情仇。

抗战胜利前，兴盛得了重病，时常肚子莫名其妙的痛，当地的太医都没办法。兴盛本来是有条件请名医治疗的，甚至还可以到成都治疗，但是他不太相信医生的话，没把病当回事儿，稍有不适就狠命地吸“云土”止痛。吸食“云土”之后，果真精神头要好些，兴盛就以为病好了，就更不去医治。但是这样没拖多久，肚子反而胀得越来越大（现在知道应该是腹水），再吸多少“云土”也不济事了。

兴盛病死之时抗战已经接近胜利，李氏家族已经在走下坡路：大哥兴武成都府“打金章”变成残废后就不再抛头露面了；兴君、兴民和兴国三个堂兄弟又不成器，守定家财坐吃山空，自私自利不问家族诸事；家里只有二哥兴文一人独力支撑。

虽然兴文在当地较有势力，但有时有的事却需要相对温和的兴盛出面解决。兴盛明知这点，对家族之事十分惦记，也放不下家里，大张着嘴喘着粗气，咕咕噜噜地不知说些什么，似乎心有不甘。

兴盛弥留之际，连咕咕噜噜的模糊话也已经说不出来了，只见他伸出五根手指，“呜呜”的声音十分微弱，人们不知道他想表达什么意思，猜了老半天，兴盛都只是轻轻地摇头。

兴盛带着心中的疑虑与不舍，一手拉着夫人何淑莲的手、一手拉着李兴文的手离开了人世。

为兴盛办理完后事，人们就在猜想兴盛临死前张开五个指头的含义。

兴文说：“四弟是不是放心不下他的五个儿女呀，这他大可不必，只要我在，保证这五个孩子生活得好好的。”

管家却说：“说不定是说自己死时还不到 50 岁呢，心有不甘呀。”

兴盛夫人何淑莲猜测道：“哎呀，咱们先前猜的都不对，该不是心中惦念那个当兵出去的老五兴臣吧！”

人们恍然大悟道：“应该是了，二爸的四个儿子当中，兴臣与兴盛最为亲近，兴盛也最为关照这个五弟。”

人们信以为然。

欲知李兴臣如何就去当兵了，且看下回分解。

正是：

奢者狼藉俭者安，一凶一吉在眼前。

第二十五回

全国抵抗日本兵　正富四子逃壮丁

无川不成军，抗战期间四川是出兵最多、牺牲最大的省份之一。

民国二十六年（1937）“卢沟桥事变”后，日军全面侵略中国，中华民族处于危难之中。国民政府委员长蒋介石迫于国内形势，顺应民意，终于下定决心全面抗战，向全国发表了著名的《对卢沟桥事件之严正声明》，号召全国军民：战端一开，那就是地无分南北，年无分老幼，无论何人，皆有守土抗战之责，皆应抱定牺牲一切之决心。自此，全国人民同仇敌忾，点燃全面抗战烈火。

偏居西南地区的四川人民爱国抗日热情蓬勃高涨。向来对中央政府“听调不听宣”的四川省主席刘湘，在抗日大局面前，立即通电全国请缨抗日，主张全国总动员，与日军拼死一决。

在蒋介石主持的国民政府国防会议上，刘湘第一个站起来慷慨陈词近两个小时，表示：四川过去打了十多年内战，脸面上不甚光彩，今天为国效命，四川军人怎么可以在后方苟安！当场承诺：抗战四川可以出兵30万人，培训壮丁500万人，供给粮食若干万石！

回川后，刘湘命令川康各军整军备战，召集各路川军将领商议抗战事宜。

大敌当前，川军将领冰释前嫌，商定以川军十四个师为基础，编组为国民革命军第二十二、二十三共两个集团军，刘湘亲自担任第二十三集团军司令，并兼任国民革命军第七战区司令，抱病率领百万四川青年军人从成都市东门壮烈出川抗战，但是他不幸于民国二十七年（1938）一月病逝。

刘湘病逝前留下的遗嘱，语不及私，全是勉励川军将士的话：“抗战到底，始终不渝，即敌军一日不退出国境，川军则一日誓不还乡！”

在很长一段时间里，前线川军部队每天升旗时，官兵都要高声诵读这句话，掷地有声，豪气干云。

四川人民踊跃报名参军保家卫国，8 年全面抗战四川总计出征和补充兵员高达 300 万人，以死伤 60 余万的代价赢得赞誉，川军谱写了一曲又一曲抗战悲歌。

在抗日最为艰难的民国三十九年（1940）初，随着国军士兵的大量牺牲，军人数量出现极大缺口。那时当兵待遇较低，比不上以前当兵挣钱的时候，而且男丁往往又是农村主要劳动力，壮丁当兵去了，谁来干活养家呢？于是，并无太高觉悟的老百姓都不愿意让子弟当兵打仗，青壮年们开始有意逃避兵役，兵不是那么容易征了。这种情况下，国民党基层政府为了完成征兵任务，开始使用强制手段，强行绑架青壮年男子入伍参加战争，即所谓的“抓壮丁”。

国民政府抓壮丁，其实是战争条件下不得已而为之，与中华民国实行的“兵役制度改革”有关。

晚清、北洋政府和民国初期军队实行的都是“募兵制”，军队募兵需要依靠金钱待遇来吸引人。也就是说，募兵制下的清军、北洋军以及国民政府初期的国民革命军，都是用金钱来招兵买马的，这就好比一家“公司”向社会公开招聘，以金钱报酬来吸引老百姓吃粮当兵，当兵就是一份工作，一种职业。据资料信息：民国初年，一个二等兵每月七元，一等兵每月七元五角，上等兵每月八元，上士每月十五元。而在当时物价水平下，每个家庭每月三至四元足可满足基本生活，也就是说一个二等兵养活一家人绰绰有余，因此，募兵制下兵源基本是不用愁的。

但在民国初年军阀混战之时，天下不太平，天天不是你打我，就是我打你的，当兵死人的事儿经常发生，这时人们趋利避害的本性就显现出来了，吃粮当兵让位于保命的思想，兵员就越来越少。针对这种情况，民国二十二年（1933）六月，国民政府出台了《中华民国兵役法》，规定“中华民国男子，服兵役之义务……战时以国民政府之命令征集之”。就是说当兵是义务，一旦打起仗来，不管是外战还是内战，中华民国所有 18 岁至 45 岁的男子，只要政府一声令下，就得统统上战场。

话说民国二十八年（1939）底抗战最为艰难之际，夹江县率先组建了一支“抗日志愿兵团”，准备编入建南师管区建制，直接开赴抗日战场最前线。

师管区是国民政府兵役制度改革的产物。

国民政府把募兵制改为征兵制，按照一个地区的人口比例确定设立师管区或者团管区，大致相当于现在的军分区、武装部。师管区对应一个正规师，师管区司令由正规师副师长兼任，团管区对应一个正规团，团管区司令由正规团副团长兼任。一般来讲，征来的兵由团管区或者师管区经过极为简单的基础训练，就给该正规团或正规师补充兵员。

建南师管区下辖乐山、眉山和邛崃三个师管团，夹江县“抗日志愿兵团”就属于乐山师管团。

国民政府《兵役法实施办法》规定：三丁抽一，五丁抽二，独子不抽。李正富家里四个男儿依法得有一人当兵，歇马乡公所已经张榜公布了《夹江县政府民国二十八年（1939）预征拨壮丁分户清册（歇马乡）》，上面就有兴臣、兴民的名字，就等补充部队的长官接兵带走了。

建南师管区司令部颁布《布告》，发布的壮丁征集办法是这样的：

四川省军管区建南师管区司令部布告

川军管字第 壹拾 号

一、民国二十八年征集壮丁，系年满二十一岁至二十三岁三个年次，如三个年次不足征额时，得延伸至二十五岁为止。

二、办理役政人员，如有不遵法令违法舞弊者，准由人民公开检举事实向所隶师团管区或本部控告定予严惩。

三、壮丁入营后，由乡保就地筹给优待款，其办法即将公布。

四、壮丁中签后，应征入营时，不得逃避，如敢故违，按逃避兵役罪从重判刑，刑满后仍需应征入营服役。

五、招募壮丁，虚年在二十六岁以上者，一律禁止招募。

兼司令 王冬生

副司令 廖伏森

中华民国二十八年九月

李正富四个子女中的兴君、兴臣、兴民和兴国，老大兴君年近25周岁，虽然也在征集范围内（实际征集年龄竟然达到35周岁），但是已经成家，有了家室肯定是不便上战场的；兴臣年满21岁，是个成年人了，属于招募范围；兴民还是中学生，穿着麻灰色学生服，头上还戴有青天白日徽章的帽子，脚穿白底青布鞋，在军情吃紧之时，这也是可以招募来顶壮丁的；兴国还在读小学，穿的是草绿色的童子军装，当然不可以入营服役。

前文说到，正富是个小富即安的山区小富人，思想狭隘，地域观念浓厚，当乡里张贴出预征兵员名单时，正富着急了，一百个不情愿，给孩子们出主意："快快找你们二哥、四哥，他们一个是团练，一个是歇马最有钱的人，怎么着也能摆平这事儿的。"

然后摆着长辈架子央着兴盛说：“二爸这个要求，你一定要让他们滑脱了，该花的钱当花不惜。”

兴君因为早有家室按政府规定可以免除兵役，他不太关心这事儿。这人是个“闷头虫”（夹江方言：没心计，只知道干活的人），当兴民让他一起去找二哥、四哥说这事时，他竟然瓮声瓮气地道：“管我球事，两头一老一少（指自己老、兴国少），怎么也轮不到我这儿。”

兴君与兴民哥俩平时就互相看不惯，兴民埋怨哥哥“闷头虫”的性格，担当不起家庭责任。兴君则说弟弟是个“颤灵子”（夹江方言：爱出风头的人），俩人如同“狗见羊”（夹江方言：相处不睦，见面就吵嘴，甚至打架的人）。因此，对于兴民的提议，兴君直接给顶了回去。

兴君这句话“杵”得兴民够呛，只得喊到兴臣、兴国一起，去找家族主事的兴文和兴盛。

听说兴盛往兴文家里去了，兄弟仨想这正好，便一溜小跑来到兴文家。

兴盛思想倒是开明，开导道：“当兵有啥子不好的，出去混几年只要不死，总有出头之日，比一生困在歇马场这个巴掌大点的地方好。”

兴民连忙说：“我的四哥呀，当兵可是真的要死人的。听说去年夹江当兵的已经死了一大半了，政府送《死亡证明书》的人都搞不赢。”

兴盛再劝道：“还记得民国二十年大爸被日本人害死的事儿吗？往大些说，当兵是保国卫民，往小处讲，还是为大爸报仇雪恨呢。”

兴盛说的是大爸正荣与日本人比武而死的事。

兴民是个“夹舌头儿”（夹江方言：口吃的人），平时说话就有点结巴，着急之时尤其严重，当下急切地说：“日本鬼子太……太能打仗了，现……现……现在村民都不愿意当兵，你没听说华头老……老张家为了逃兵役，都把老大的右手二拇指砍掉了，对外说砍柴伤的，其实是老张头给砍的，因为这样才不符合征兵体检标准。”

兴国接话道："对头，对头，四哥没听人家传说的呀。天上乌云撵乌云，乡长保长来抓丁；女人听得狗儿咬，男人躲进红苕坑。"

兴盛说："这倒是听到过。可我也听人说当兵有很多福利呢。你们没见到乡公所印的那个《出征军人家属优抚条例》吗，政府对参军的优抚政策很多呢。抗战期间政府免征税赋，打不死回家还给安家费，家家张贴《荣誉奖状》，到时咱家还能成抗日军属呢。"

最小的兴国却说："那要是被打死了呢，你俩不是少了个兄弟。"

兴文听了半天，不以为然地拉着脸道："男子汉当兵出去闯闯也有好处，也不是一定就会死掉的。有枪便是草头王。我虽然没当兵，但手下也有支团丁兵马呀。"

兴民连忙说道："哟喂（夹江方言：呻吟声，惊叹声），我们宁可在咱民团听二哥的，也不想出去担惊受怕。"

兴文只得说："得，得，我这民团可容不下你们，你们来了我怎么带队伍。"

兴民咧嘴笑笑。

兴文问道："二爸（兴文叫正富为二爸）是啥子意见呢？"

兴民赶紧回话道："老汉儿让我们兄弟来找你和四哥的，还跟四哥说，只要不当兵，该花的钱当花不惜，对吧，四哥？"

兴盛点点头。

兴文听到这儿，只得说："真不想去吃粮当兵，那我就跟保长说说，这怕是要花点银子的呀，这个钱得你们自己去找二爸要。"

顿了顿，兴文用手中的文明棍使劲敲打地面，接着说："我说，老六、老七你们哥俩都快长大了，别整天就知道吃喝玩乐，你们老汉儿挣的那点辛苦钱，早晚得让你们败光。"

兴民、兴国乐不得地道："要得，要得。"

兴臣一直没有说话，直到兴民拉了他一下，才跟在兴民、兴国后面，前脚跟后脚地走了。

兄弟仨走出院子没多远，远远地看到幺爸正贵慢悠悠地迎面走过来。兄弟仨本想绕过去，可是只有一条路，路面又窄，只得硬起头皮往前走。

正贵也看到了，迟疑了一下，好像想起来什么，竟然对直走了过来。

虽然兄弟仨知道老汉儿已经与幺爸闹僵，很长时间没有往来了，但是，他们作为子侄辈分，面子上还是要说得过去的，便小声招呼道："幺爸，走耍哇？"

正贵眉头都没有抬一下，鼻子低低"哼"了一声，算是回答。

对面走过的四人将要错开时，突然，正贵说道："喂，你们四个谁去当丘八（兵）啊？"

兴国尚小，没得那么多的心思，快言快语道："没得事儿了，二哥、四哥都已经答应了，给我们想办法，都不用去，顶多交点钱了事。"

正贵正色道："你们家四个男娃一个都不去？这要得啥子，当真有钱能使鬼推磨嗦。国家征兵政策明摆着的，你们几个不去，别说别人会向政府反映，连我这儿都有意见。"

回过头来，正贵紧盯着低头不语的兴臣道："长的有老婆娃娃，小的还在上学，我看老五最该去。"

没等兴臣回话，正贵阴冷地说道："反正老五喜欢动枪动炮的，打死人已经不在话下了。现在为国家上战场，打鬼子或者为国捐躯，得其所愿呀。"

不等兄弟仨说话，正贵便摇头晃脑地径自去了，留下不知所措的兄弟三人。

兴民看到兴臣站在那儿发愣，便道："五哥，别听他胡说八道，神经兮兮的，咱们走。"

兴臣低着头想了一会儿，甩开兴民的手，说："你们先回家，我出去有点事要办。"说罢，返身而去。

兴民、兴国没办法，俩人只有回家去了。

兴臣要去办什么事儿，且看下回分解。

正是：

古有木兰守边关，今日壮丁打日寇。

第二十六回

袍哥决定地方事　兴臣决意抗战去

话说兴文听到这兄弟仨都不想当兵，与兴盛嘀咕几句，兴文喊管家进来："去把乡长、保长请来，就说我哥俩找他们有事。"

在确定壮丁名单的关键时期，听到兴文来邀约，这俩人就知道肯定是为壮丁的事儿。俩人不敢怠慢，气喘吁吁地来了。

兴文让管家给每人端来一杯盖碗茶，让满头是汗的二人喝了几口，便开门见山地道："二爸的那几个兄弟刚刚离开这儿，跟我哥俩说壮丁的事儿，现在歇马壮丁名单定下来了吧？"

乡长回话道："没得哟，眼下前线吃紧，战死的壮丁一个接着一个，个个都不想去呀。"

兴盛拱拱手道："两位哥哥，我哥俩找你们就是商量今年壮丁征召的事，直说了吧，还请高抬贵手，就别让我二爸家那几个娃娃当兵去吧。"

乡长面露难色："我的四哥呀，兴武大公子残废了，我们已经遵照兴文的意见，把正荣大爷与日本人比武死亡一事以抗日军属给足了优待，但是不抽正富二爷家的丁，怕是有违政府规定呀。"

兴文说："蒋委员长说，抗日有钱出钱，有人出人，有力出力，让我二爸家出点血（钱）算了，人就不用出了。"

保长说："团练哥子哟，咱这儿的情况你比我都晓得，政府明文规定'三丁抽一，五丁抽二，独子不抽'，正富二爷四个男娃娃，还有两个在招募年龄段之内，如果一个人也不出，怕是搁不平的哟。"

兴文瞪圆了眼睛，站立起来刚想说话，兴盛赶紧走到二人跟前，拍拍他们肩膀，拱手笑着说："不是还有个体检合格问题吗，听说兴臣、兴民跟着吃过鸦片，这就不可以当兵的呀。"

回过头来，兴盛对管家说："快去，给两位老爷准备两份上好的礼物。"

乡长回话道："民国二十二年（1933）国家实行抽兵制，开始时还好说，管它几丁抽几的，我们都能够控制谁被抽中、谁没被抽中，就说他们哥几个没得中签罢了。可是现在战事紧，早就改成'二丁抽一，独子也抽'了，而且壮丁条件、抽丁政策都已经明文公示，小小的歇马场哪家人，有多少男丁都是明摆着的，乡公所、保公所表面上应该公平、公正议定，实在不好操作呀。"

停了一会儿，乡长又说道："抗战当前，兵员吃紧，谁还管壮丁吃没吃过鸦片烟哟。"

保长对兴文小声道："好歹给出个人，中途偷偷地溜回来，你我晓得就行，未必我们还会追究他家不成？"

兴文回答说："溜个锤子？劳神费力做啥子。哎，那个不出丁出缓服兵役费的政策还有没得？"

"政策是有的，"乡长接话道，"那个缓服兵役费太高了，没得几家交得起。"

兴文放下手中的盖碗茶，拿定主意说："那他家今年就算缓服兵役，让我那二爸全额交缓服兵役费用，每人要交200个大洋吧，让交不起钱的人家出个丁不就了了。"

兴盛说："歇马场有几家交得起缓服兵役费呀，我二爸承诺要交全额的哟。"

乡长又说："全额费倒真没几家交得起的。"

兴盛想了想接着道："咱家先前也是穷人，都是土地里刨食一点一点地富起来的。这样，如果哪家为我二爸家出丁，除了政府给的奖励，我们再奖他家 800 斤稻谷。手续办妥当了，我负责兑现。”

兴文接着道：“歇马那么多家穷得揭不开锅，连饭都吃不饱的，吃粮当兵肯定有人愿意的。兴盛心肠好，这事就劳烦你们去办，还必须办好。”

说完这话，兴文重重地道：“这件事办不好，歇马场其他事情可是不好办的哟。”

二人提起管家备好的礼品，诺诺而去。

刚刚出门，看到兴臣低头走来了。

保长拍拍兴臣的肩膀，不无讨好似的说：“老五，回去吧，今年壮丁没你们家的人了。”

兴臣没接话，转身进门。

兴盛神情惊诧地问：“五弟，有事儿吗？怎么这么快就回来了呢。”

兴臣低声说：“二哥、四哥，我想来想去，还是我去吧，免得在家不受人待见，还能打日本人为大爸报仇。”

兴臣心中有本账：正是由于他试枪走火惊吓到了银凤，才导致小兴旺意外死亡。虽然表面上村民们指责银凤，但是家里人都知道个中缘由。幺爸正贵见到他就指桑骂槐，兴臣背负了极大的心理负担。

刚才，幺爸的几句话深深地刺痛了他。“这分明是希望我充替壮丁，在外面被人打死，给银凤还命的呀。”他想，与其这样，还不如就真的当兵去，离开歇马场这个是非之地，解脱烦恼。

兴臣决然地要去当兵。

兴盛拉起兴臣的手，道：“咦，这么快就变了，刚刚咱二哥还跟乡长、保长说了许多话呢。告诉我，遇到什么事儿了？”

兴臣支支吾吾地把遇到幺爸的经过，说了个大概。

兴文把手中的茶杯重重地扔在桌子上，愤愤不平地说：“这个幺爸呀，真是没得怪的了，那要是真要怪的话，还该怪我买枪回来的呢。”

兴臣嘟囔着小声说："他哪儿敢怪你呀，只敢怪我们家，骂我，也怪我们兄弟几个没得啥出息。"

兴盛与兴文对对眼色，想了一会儿说："也好，五弟。乱世出英雄，出去开开眼界，或许还能像大爸似的闯出一番事业来呢。"

兴臣决然地说："我下定决心了，就是出去闯闯又怕啥子？那么多中国人未必都会死在战场上？我也没得那么霉，就一定会被打死。"

兴盛则说："好男要当兵。上一代大爸当兵不是很好吗？！咱这一代兴臣出去肯定不会差，那么多的壮丁，死的还是少数。咱五弟，一定会平安归来的。"

兴文则说："要是早这么说，我何必跟那俩人那么客气呢。"

兴文沉思一会儿，诵读起那首著名的《木兰诗》：

万里赴戎机，关山度若飞。朔气传金柝，寒光照铁衣。将军百战死，壮士十年归。

兴盛笑着说："我给改改，应该说'壮丁百战死，五弟十年归'。"然后拉住兴臣的手道："五弟，咱们以十年为期，等待你功成名就回到歇马。"

兴文说："争到功名何必再回咱这小小的歇马场！省城成都不说，起码也要到乐山立业安家呀，桂英妹妹不也嫁到乐山了吗。我现在还一门心思往县城奔呢。"

兴臣默默地点点头，转身走了。

兴盛让管家把乡长、保长喊回家里来了，重新说壮丁的事儿。

最后，李老五李兴臣当兵去了，没有战死，却奔出了歇马那个小山区，还应了兴文的话，在成都终老一生。

这是后话。

正富家四个孩子必须出一个壮丁的事，虽然迫于兴文和兴盛的压力，乡里已经答应他们家可以缓役了。但是，由于兴臣执着，还是被抽了壮丁。

有权有势的李家都被抽丁，乡里借此大肆宣传了一阵子，壮丁名单也很快就确定了，乡里面已经张榜公布，就等送丁的那一天了。

李兴臣当真被抽丁了，这让正富很不安逸（四川话：不高兴，不满意），一股急火攻心竟然病倒了，以后就病病恹恹的了。

正富逢人便数落兴文和兴盛这俩侄儿，说："兴文是个团练，兴盛那么有钱，都没把这事摆平，我家不是仍然出了一个吗？五娃子是咱家最明事明理的哟，是把好手啊，他这一下走了，我还能靠谁去哟。"

旁人劝他道："二爷眼界放开些，老五那么聪明的人，出去闯闯，兴许还可能像正荣大爷那样有大出息呢。"

正富回道："外面世界有啥子好的，五娃子走了，以后不说，眼下可怎么办呢？我家子女宁可在家饿死，也不再离开歇马场半步。"

末了，他又自言自语地小声道："也好，少交那200大洋缓役费了。"

兴文、兴盛肯定是听到二爸这些牢骚话了，他们虽然知道这是兴臣坚持的结果，也知道个中缘由，但他俩不能向二爸明讲的呀。

经过这个事儿，兴文、兴盛立下规矩：好男不当兵，好铁不打钉，李家子弟凡是能够读书的就不当丘八（兵），实在不济的就在家里收租吃粮。

不知道是不是受此影响，自此以后，李家后代还真的没人当兵。

缓役费是很昂贵的。

举民国三十年（1941）春夹江县征丁为例。当年全县应有798人免服兵役，共有21416可以缓服兵役，当年规定，缓服兵役者应该交纳缓服兵役费。这21416人中，缴纳全费的仅15人，缴纳半费的仅6人，总计仅仅收到缓役费3600大洋。单人缓役费全额达到200大洋，对于普通家庭来说，这在当时确实是天价，没有几家能够交纳得起全额款的。

欲知李兴臣如何出川抗日的，且看下回分解。

正是：

少小虽非投笔吏，论功还欲请长缨。

第二十七回

国军壮丁李老五　苦难出川打日本

李兴臣李老五当兵那天可是荣耀许多的。

那天，乡长、保长和三青团乡党部的人把歇马场的九个壮丁聚集在歇马中心小学（何氏私塾）的操场内，壮丁家属和围观的人们挤满了操场的角角落落。会场周边张贴着一幅幅大字标语，大致有“好铁要打钉，好男要当兵”“扫荡倭寇，保国卫民”“一人当兵，全家荣光”等等。

乡长宣读应征壮丁名单后，何伯龄引领歇马中心小学的九个学生，给九个壮丁逐个献花，李兴臣代表壮丁表态发言，再由三青团夹江歇马乡党部书记致辞，这些形式一个没少。壮丁家属接过“家有壮丁，抗日出征，光宗耀祖，保国卫民”的“荣誉奖状”，就已经有人落泪，人们心中念叨的是这批壮丁能有几人再回到家里来。

简单仪式过后，乡长、保长和三青团乡党部的人带着李老五这批九个壮丁，步行几十里山路到县城与大部队集合，把他们交给了县政府，拿到夹江县政府“验收壮丁正式收据”以后就算交差了。正富内心很是不舍，在他心中，兴臣可是他家光宗耀祖的唯一希望。

自打确定兴臣当壮丁以来，正富急火攻心，病越来越重，很长时间没有下地干活，家中农活很多都是兴君干的。

到了兴臣要走的那几天，正富已经病得躺在床上了。

兴臣走的那天，他本来是去送了的，远远地看到兴臣戴着红花、慷慨激昂讲话的样子，手里拿着“荣誉奖状”，心中可是悲得不行，没等仪式完毕，便让兴民、兴国搀回了家，继续躺回床上。

兴臣走的当年临近年关时，正富就一命呜呼了，手中一直攥着那张“验收壮丁正式收据”。

那张“验收壮丁正式收据”是这样的：

夹江县政府为 兹验收 **歇马** 乡（镇）征送第 **一** 保 **五** 甲户丁 **李兴臣** 一名当于二十 **八** 年 **十一** 月 **二十五** 日拨交 **建南师管区乐山第一团** 接收入营服役此据 县长：齐国富（印章） 军事科长：刘向财（印章） 承办员：杨开峰（印章） 中华民国 **二十八** 年 **十一** 月 **二十五** 日验

话说第二天，李兴臣这批壮丁拿到补充部队长官发的一套军服和两个银圆的津贴，胸戴大红花，热血沸腾地上了敞篷汽车，沿着颠簸的公路去了成都，一路上李老五踌躇满志的，一心想着报效国家，奔个前程。

李老五进到成都，就好似《红楼梦》里的刘姥姥进入大观园一样，东张西望，看什么都稀奇。

咦，成都马路上的杆杆上挂的路灯怎么会这么亮呢？李老五瞪大双眼，怎么看也找不到填灯油的地方，他怎么也想不明白，那是他头一次看见电灯。

那时，夹江小县城哪里有电灯啊，夜间能看到一点生气的就是东街和北街这两条街道的几盏路灯，那是灌满煤油的六边玻璃风灯，天黑尽了才用长竿子撑着挂上去，不足200米长的街道，间隔几十米才能挂上一盏，就只挂了七盏风灯，老百姓称作“七星灯”，屁亮屁亮的。

李老五这批抗日志愿兵被编入建南师管区补充兵乐山第一团，直接被送到成都北较场的新兵训练队以后，就失去了自由。

建南师管区怕壮丁逃跑，无处可找，给每个壮丁进行了简单的体检后，随即编成班排，换上军服，每个壮丁军服上都有一个臂章。

李老五左臂缝的臂章是这样的：

四 川 省 夹 江 县	
壮丁队第二区队第四乡队第三九小队	
李兴臣	队　兵

李老五这批壮丁整天被关在北较场兵营里，不许与外界接触，连白天解大便都由持枪的老兵跟随，晚间则紧闭门窗防止潜逃。也是，这批壮丁情况各异，有的才二十岁出头，如李老五少年不知愁滋味，基本是自愿当兵的，有的则近乎 40 岁，是无可奈何被抓来凑数的，各有各的思想，难免有人想逃跑。

成都北较场训练，虽然都是些简单的军事基础训练，出操列队、打枪投弹和拼刺刀等科目一个不少，但训练量很大，壮丁大多吃不消。

那时新兵每天饮食定额才二十四两糙米饭（民国时期一斤为十六两），副食费两角钱，开饭时每班十人围坐一圈，中间一大茶盘青菜泡菜，一大铝盆盐开水为汤，一点油荤都没有，限定十五分钟吃完，很多时候新兵都是吃个半饱，营养不敷消耗。

新兵的规矩是很多的。

每顿饭前，新兵连长都要来例行训话，然后让值星排长带领新兵呼喊口号，“天下兴亡，匹夫有责”“挺起胸膛，保家卫国”“拥护蒋委员长抗战”等口号喊得震天响。当然，每天早晨起床、晚上睡觉还要完成例行的升降旗仪式，就是升、降青天白日旗，背诵“革命尚未成功，同志仍须努力”语录。那阵势，就跟现在咱们升五星红旗、唱《国歌》差不多的。

如果与训练苦累、吃不饱、长官打骂和繁杂规矩相比，那么由成都到前线参战的艰苦过程才是最为辛苦难耐的。

建南师管区对应的主力部队是国民革命军第二战区第二军第九师。这个师当时正在湖北鄂西地区与日军进行长江防御作战，战事紧急，第九师既不能派官兵到师管区进行战前集训，也派不出兵来川接丁，建南师管区只得自行组织了数天的战前训练，教官大多是在后方疗伤康复的老兵，就是有一定作战经验的荣誉军人，训练质量也是有保障的。训练完毕，师管区就要护送新兵出川到湖北省巴东地区。

话说民国二十九年（1940）初春的一天，天刚麻麻亮，成都北较场一阵急促的哨子响，带队的长官把这些新兵从睡梦中喊醒，一个挨着一个站好队，用棕绳套把每个新兵的手脚相互串联，既怕走丢更是怕逃跑，每连编成三路纵队行进，连长、排长和班长们则持枪在队伍前后巡查、左右监视，怪声怪气地喊着：“走，快点走，走快点！”

这支壮丁队伍从成都东门出发向着重庆方向慢慢步行，连绵数百公里。沿途一般不会碰到行人，因为老百姓都躲得远远的，人们知道，碰上即将上前线的队伍，就有被拉走顶替壮丁的危险。

虽然正富家里生活十分节俭，但是家人大致是能吃饱饭了的。李兴臣李老五既没有像哥哥兴君那般，从小便被老汉儿带着干农活，是个大字不识的纯农民，可也没能像兴民、兴国那样完整地读过私塾，成为手无缚鸡之力的公子哥。兴臣介于两者之间，即认识几个字，也干过许多农活，因此，兴臣与其他壮丁相比看起来身体稍微好点，头脑也相对灵活得多。他被挑出来当苦力，给补充团各级别长官担货物。

那阵子，补充团长官会利用送新兵的机会做生意，贩运当地土特产品和鸦片烟土。因为贩运这些货物，既不用纳税，又不花运费，还不怕盘查，因而成本低廉，可大发横财。因此，补充团行军时，每个连都有二三十担货物。这些货物，既有各级官员交代下属代运的，也有补充团长官与驻在地的商人勾结起来长途贩运的。

商人贩运货物，又要付运费又要纳赋税，成本相对较高。一些有门路的商贩，就想方设法花钱买通补充团长官，穿上副官或司务长军服，混在部队里随着一起行军。

连续几天的急行军下来，别说衣服，就连李老五穿的草鞋都被磨得不成形了。而且，这些天，一路上既得不到很好的休息，饭又吃不饱，怎么还能有气力。

李老五情急之下，找连长苦苦哀求，甚至送给两个大洋，央求长官换个岗位。

连长骂他道："你看看这队伍里，龟儿子哪儿有什么轻松的活儿，你说说看。不挑担子，就只有去抬滑竿，你只能二选一，空手行军是绝对不行的。"

李老五想想，说："一人挑担，累死也没个人换，还不如俩人抬轿，可以五里一歇肩、十里一歇脚呢。"

连长允许了，道："那你就去给老子抬轿子吧，营长太太体形娇小，两个人抬或许能轻松点吧。"

李老五还是很满意的呢，因为营长太太个子小，俩人抬起也许能轻松些。

补充团营长以上军官，都是可以带家眷的，家眷们都坐上由两个新兵抬的滑竿（即轿子，西南地区特有的一种供人乘坐的传统交通工具），夹杂在队伍中，像跟着旅游一般。有时，家眷坐累了，还主动下来走上一会儿，所以，相对无人替换的挑货担，抬滑竿当然要轻松些。

本来是出川作战的队伍，就好像一支运输队，既有抬家眷的滑竿，也有背负装满各类货物的担子，奇形怪状，应有尽有，不一而足。

抗战时期国民党征兵机构腐化，逐级克扣经费，跋山涉水徒步出川的四川壮丁，乃至全国各地送出来的壮丁，很大一部分都受到非人待遇，吃不饱穿不暖，训练不足仓促上场，很多人由壮丁变弱丁，由弱丁变病丁，由弱丁变死丁，比起作战伤亡甚过百倍。

虽然国民政府发现并一度想纠正这个问题，民国三十三年（1944），当时的《成都晚报》就以一篇《改善士兵生活，严禁虐待壮丁》的文章，规定若干种情况分别课以何种处分的情形，但是，在国民政府全面腐败的局势下，彻底改变这一状况，谈何容易。

当然，这不是川军出川抗战的全部，川军出川抗战主流还真是感天动地、激动人心的。

国民革命军第二十九集团军（由川军王缵绪部队组建）第四十四军，在四川绵阳安县（安州区）誓师出征时，川军战士王建堂扛着一面父亲王者诚亲手制作的“死字旗”，旗面写有“不愿你在我近前尽孝，只愿你在民族分上尽忠”等一大段慷慨激昂的文字，现场人员无不动容，极大地感动和震撼了全国人民，激励川军将士保国卫民，慷慨赴死。

“死字旗”原件失于战火，复制品现存于成都大邑县安仁镇的“建川博物馆”，就在刘文彩庄园旁边。

八年全面抗战时期，四川是抗战期间全国重要的兵员供给大省之一，总共出征和补充兵员高达 340 万人，征兵数量占全国 20% 以上，平均每 17 个四川人就有 1 人上前线，前线每 5 个战士就有一个四川兵，伤亡和失踪兵员高达 64 万余人。

川军是当时全国人数最多的杂牌军部队。

李老五就是这 300 万人当中的一个。

抗战胜利后，他好歹保住一条命，本以为可以回家了，却被辗转编制在国军第六战区部队，在西北地区与人民解放军第一野战军打仗。后来，成了人民解放军的俘虏。

欲知李老五后事如何，且看下回分解。

正是：

一片山河一片血，十万青年十万军。

第二十八回

兴臣抗日四五载　解放战场投降了

李兴臣李老五出川抗日之初，被编在国军第二军第九师第一团二营五连，第二军军长是黄埔军校第三期生李延年，抗战期间率部与日军作战，也算是抗日名将之一。

李老五跟随五连打的第一个大仗是在湖北巴东地区抗击日军，坚守一座山头，连续顽强作战三个昼夜，五连死守不退，伤亡惨重，最后是李老五背着他的排长赵黑子下的战场，从此与赵黑子结下牢固友情。

李老五经过数年抗战，好不容易盼到抗战胜利，满心想着早点回家，可是国共两军又打起来了。

开始国军还打了几个胜仗，可是打着打着却败多胜少，不得不向西南地区节节败退。1949 年秋天，被打散的国军部队历经数次整编，他与已经是连长的赵黑子一道被编入国军第七十六军参加成都会战。

李老五所在的国军第七十六军二十师本来是在西北地区作战，但被人民解放军第一野战军打得一路败退，逃向成都地区。

当时国共两军大致情势是：第一野战军翻越秦岭入川，从四川广元向成都攻击前进；第四野战军在广西境内全歼了白崇禧集团，对西南地区形成重重压力；第二野战军一部自川鄂交界向重庆攻击，拿下重庆后即向成都攻击前进；二野另外一部主力则由川南经乐山向成都以南挺进，解放邛崃县，阻断了国军部队向川西地区逃窜之路。

人民解放军三路大军对成都形成围攻之势。

在此情势之下，国民党西南军政长官公署副长官、国军上将胡宗南奉蒋介石命令，把从各地一路溃退到成都地区的残兵败将，东拼西凑地组织起了大约有30万人之众，重新编组，进行所谓的“成都会战”，亦即“川西决战”，企图阻止人民解放军解放成都。

按照胡宗南“成都会战”部署，国军第七十六军二十师在第十六兵团编成后南下作战，奉命阻击从川东打过来的人民解放军第四野战军主力第五十军。

李老五所在的连队在连长赵黑子的率领下，奉命赶赴成都金堂县淮口地区构筑阵地，可是刚刚赶到金堂县福兴场附近，就与人民解放军第五十军第一四九师第四四七团前卫连遭遇了，两支部队对攻了一阵，赵黑子战斗意志不强，指挥连队胡乱打了几枪，似乎顶不住，对面人民解放军战士就一声声齐吼：“缴枪不杀！人民解放军优待俘虏！”

赵黑子当兵只为打日本鬼子，本就对国共内战有些抵触，更重要的是他早已看到了国军败局已定的大势，这时就对身边的李老五说：“小四川，告诉弟兄们，别打了，他奶奶的，咱们投降。”

李老五连忙丢下枪，高举双手走到明处，高喊：“弟兄们，别打了，别打了，连长说了，我们向人民解放军投降！”

国军七十六军二十师的投降打乱了十六兵团部署，被团团围困的十六兵团副司令曾元走投无路之下只得宣布战场起义，成为四川境内国军被围部队土崩瓦解的开始，这完全动摇了胡宗南“成都会战”的根本，也使“川西决战”胎死腹中。

在解放战争后期，人民解放军士气更加高昂，战场经验更为丰富，武器装备与国军相比也不算落后，两军对垒，人民解放军已经不落下风。

国军部队派系林立，成分复杂，大体可以分为蒋介石嫡系（中央军）以及东北军、西北军、晋绥军、桂军、马家军、粤军、湘军、滇军、黔军和川军等十大杂牌军部队。中央军与杂牌军的区别体现在兵员、装备和经费等方方面面。打起仗来杂牌军承担的是“工兵”“蓝领”角色，冲在第一线，守在险要处，很快就会被削弱、打垮。另外，国军部队在正面战场与日军八年对抗，精锐部队被打得差不多了，临时抓来的一批又一批壮丁，经过草草训练有的甚至没训练就急着被派上前线充数，军事技术和战术素养直线下降，特别是打内战以来，士兵普遍士气不振，一门心思开小差，怕死不经打。

从政治角度上分析，解放战争后期的 1948 年下半年以来，人民解放军在解放区实行的土地改革政策深得人心。例如，1949 年 6 月，人民解放军有个文件的条款是这样说的，“在分土地的时候，如果本村有在国民党军队服役、现役的官兵家人，一视同仁，一样分地”，这个政策直接打击了国军士气。

解放战争后期，国共两军部队对峙中常常出现这样的情况：国民党军队被重重包围，国军只能依靠空军投送供给食物，时间长了如果供给不上，或者说投递到国军防区之外，国军官兵就要挨饿，手中无粮心中就发慌。包围圈里国军士兵没吃没喝，对面阵地里的人民解放军战士就拿起大喇叭喊话，其中两个内容最吸引人：一个是“对面的国军兄弟赶紧过来吧，这边有肉包子吃”。人民解放军这边确实有肉包子，它是解放区人民政府组织战地民工送上来的，这香味动摇了对面饥肠辘辘的国军士兵顽抗思想。另外一个政治攻势威力更大，这便是“国军 ××× 兄弟赶快回家吧，政府也分给你们家土地了”。就这样，国民党部队士兵哪儿还有心思作战，战斗意志缺失又怎么可能打胜仗！

赵黑子所在连队是被人民解放军第五十军俘虏的。对于做国民党俘虏兵的思想工作，五十军可谓是轻车熟路，颇有心得。因为五十军就是一支被中国共产党人民解放军改造过来的原国民党部队。

话说 1937 年“卢沟桥事变”以后，日军全面侵略中国，全国人民同仇敌忾，各地军阀也纷纷抛弃旧的恩怨共同抗日。一直把云南当成独立王国的云南省主席龙云，在外敌侵略面前觉悟了，拥护南京国民政府抗战主张，顺应民意，迅速整合云南境内各类地方武装，据说彝族、白族等少数民族官兵占 60% 以上，被国民政府授予“国民革命军第六十军”番号，率先开赴抗战最前线。

这支滇军部队不论从军服、武器还是编制，都是仿照法国军队，武器装备与川军、桂军和晋绥军等杂牌军，甚至与中央军相比，都是不错的，为中国境内稀有的“法械师”。

这支滇军部队先后参加了徐州会战和台儿庄战役，特别是在江苏邳县禹王山阻击战中，以命搏命，一战成名，留下了“彝人打起仗来真是在玩命”的美名。此后，国民政府将其编入国民党远征军，在缅甸战场对日作战。

解放战争时期，国军第六十军被调入东北战场与人民解放军打仗。一向无所畏惧的这支部队这时却是节节败退，胜少败多。辽沈战役发起后，六十军被人民解放军四野几支主力纵队紧紧围困在长春市城区，缺衣少食，固守不可能守住，撤走也难免被歼，六十军很是为难。

就在左右为难之际，中共地下党组织积极策反，六十军果断战场光荣起义。后来，中共中央对这支部队进行“脱胎换骨”式的政治整训，补入人民解放军干部和大量解放区青年新兵，授予中国人民解放军第五十军的番号，直属第四野战军司令部指挥。几经磨砺，五十军已经成为第四野战军司令员林彪麾下的一支劲旅。

五十军就像当年人民解放军整训国军六十军官兵一样，对赵黑子们的政治整训，并非从正面大讲国民党反动派“卖国独裁”“发动内战”等大道理，而是“倒过来讲”，先从国军士兵亲身感受乡镇保长、甲长和恶霸地主对民众的剥削压迫讲起，从士兵所遭受长官的欺压讲起，再来讲蒋介石统治集团维护阶级压迫制度的本质。

具体来讲就是组织一台“泪血大控诉”，帮助降兵忆苦思甜，声讨国民党队伍当官的对士兵的盘剥，宣传国管区人民生活困苦、解放区同等优待国军士兵家庭，引起降兵们一阵一阵的共鸣。

诉苦会上，先是老战士上台诉苦，说地主恶霸、土豪劣绅怎么怎么欺压我和我家的，再引申到国民党政权是为这些地主恶霸、土豪劣绅撑腰服务的，说明共产党打天下是为穷人翻身谋解放，启发俘虏兵的阶级觉悟。

当台上控诉到激烈之时，台下降兵们自然而然地喊起口号：“彻底摧毁黑暗的封建军阀统治！”“向万恶的旧社会旧军队讨还血债！”“坚决跟着共产党革命到底！”

那口号喊得“嗷嗷”的，掀天揭地。

诉苦会一结束，再搞“内部官兵团结教育”，化解个人矛盾。然后就把俘虏兵分散下放到班排。这个班里的老战士占绝大多数，俘虏兵新战士肯定是少数，班里也不歧视虐待俘虏兵，行军的时候老兵替他们扛枪，宿营的时候班长给他们烧水洗脚，从人的情感方面来说特别容易感动俘虏兵。那时，国民党部队大都是官大一级压死人，怎么可能官兵一致呀，这一动作就把俘虏兵的心给争取过来了。

会后，部队首长讲话宣布政策：愿意留下的欢迎，想走的欢送，发给两个大洋路费，来去自愿。

李老五当了几年兵了，不再想回去种田，想投诚当人民解放军，因为他是大兵一个，正好充当人民解放军战士兵源，但是人民解放军却不想要赵黑子这样的国军连长，准备发两个大洋遣散。

赵黑子一万个不愿意，领着李老五一起找人民解放军一四九师四四七团首长，陈述自己当年当兵原委。

正所谓“男儿有泪不轻弹，只是未到伤心处”。高高大大的赵黑子叙述起身世，不禁悲从心来，说到伤心处大哭不止，说：“俺当国民党兵纯属是为了给俺武哥和美姑妹子报仇，而且老家已经无人可以投靠，只有在部队才能活命。”

团首长听了赵黑子的述说，也被打动了，再了解到赵黑子确实没有盘剥国军士兵，还是个好官，便把他留了下来，但只能是普通一兵。

这样，赵黑子和李老五都成了一名“人民解放战士”。

欲知赵黑子身世如何，且看下回分解。

正是：

大字不识一箩筐，老五只把老兵当。

第二十九回

武矮子外弱内刚　赵黑子知耻后勇

连长赵黑子是个有故事的国军抗日老兵，是河北省正定县赵家庄人。

我国太行山脉像一堵石墙把华北平原与黄土高原隔开，分成河北省和山西省。太行山东麓山前冲洪积扇形成了一座古老县城，正是河北省正定县，古称常山、真定，历史上曾与北京、保定并称“北方三雄镇”，这里是百岁帝王赵佗、三国时期蜀国大将赵云赵子龙的故乡。

赵家庄背靠太行山东麓，前面是一条入西北出东南的滹沱河，有山见水，吸引了各地避战、逃荒来的人们。这里的村民主要来自山西，大多数姓赵，而且，宗族认同感很强，自称是赵子龙的后代，外姓人逃荒到这里，他们会给你一些食物后便赶你走，因此庄子里保留了清一色的赵姓人家。

唯一例外的是村西头一箭之地的那户人家，姓武，因个子矮，人们叫其“武矮子”。

武矮子逃荒来到赵家庄，开始时也被人赶了出来，但是他实在走不动了，也不想走，就栖身在村后的一座破庙里，开荒种地，勉强填饱肚子。

过了几年苦日子，武矮子利用村庄与山区交界的地理条件，把山货卖给村民，再给山里运进洋油、洋布，实际上就是小本经商，慢慢地日子过出了人样，人们也就默认了他的存在。

赵黑子有个宗亲赵美姑，寡母失明，家里很穷，赵黑子本是有意娶美姑的，但也是因为穷，尚未提亲。

美姑经常到村子后山砍柴，来去累了就在破庙里歇歇脚、喝口水。武矮子嘴甜，帮美姑或搭把力，或捧杯水，或帮助砍伐，一来二去俩人就熟了，武矮子心里有了念想，时不时地大胆向美姑送礼物，无非就是些吃的、喝的、用的，多送几次美姑也就认可了，最后武矮子终就花大礼娶了美姑，这让赵黑子心生怨气。

武矮子虽然其貌不扬，但却很是健谈，每有村民到他这儿买卖，或是农闲之时，他就与村里的后生们围炉夜话，侃天南海北，聊帝王将相，还特爱讲武松，常常“话说景岗山打虎英雄武松武二爷……”慷慨激昂后还炫耀道：“咱是武二爷第四十九代子孙哩。”

但赵家后生并不以为然，戏谑道：“别他妈的寒碜武松了，武松的子孙岂是矮子？岂是做小买卖的？你祖上怕是武大郎的私生子吧！”

武矮子嘟囔着嘴小声说：“人不可貌相，雄心不可外露，是不是武二爷后人咱在事上看。”

每每这时，美姑便扯他的衣襟，红了脸退进屋内。

民国二十七年（1938），日本鬼子占领了正定县，正定县成为沦陷区，冀东八路军只得上山进行游击作战，时不时地下山袭击日军，打得日军很是头疼。

日军企图用囚笼策略，在群山四周修筑碉堡，封锁山上八路军下山通道，这些修筑碉堡的任务就征用当地村民义务承担。可是，刚烈耿直的赵姓村长绝不出头组织村民为鬼子修碉堡。鬼子怒了，前后杀了两任村长，这更引起赵氏家族的愤怒，人们发誓再也不给鬼子做事，便没人敢当这个村长，修碉堡的事儿就一直没有办成。

伪县政府传鬼子的话：如果村子再不选出维持会长，修好碉堡，那就烧了村子，杀光村民。

抗日战争时期沦陷区的维持会是日本侵略者在我国沦陷区利用汉奸建立的一种临时性的地方傀儡政权，是日本侵略者实现“以华治华”“分而治之”的一种策略。维持会主要负责给日伪统治者筹集钱粮，为日伪军队提供粮秣、民夫，向日伪军汇报中国抗日军队活动情报等任务，是日本侵略者奴役中国人民的工具和帮凶。因此，对于这个职位，赵姓人家从开始就没人出面当这个维持会长。

就在这时，武矮子跑出来，说：“你们赵家人不当，我来当（维持会长）。”从此，他经常咣、咣、咣地敲着铜锣从村东头吆喝到村西尾，低声下气地请村民出工。终于碉堡大致成形，而且大致能够准时、保量地给鬼子送米纳粮，有时还从山货店中给鬼子送点山货野味，哄得鬼子很高兴：“武的，良民的，大大的好。”

鬼子就很少来到村里了。

村里虽然少了人祸，但赵家子弟不解个中缘由，仍然恨得咬牙，或当面或背地里骂武矮子：“矮子汉奸，怎比得我赵家子弟有骨气。”也有的村民把怒气转到了美姑身上，便有人骂美姑：“一朵鲜花插到了‘矮子汉奸’炕头里。”

美姑容得下人们对武矮子身世的蔑视，却看不得赵家一朵鲜花插在“矮子汉奸”炕头里的白眼，于是，武矮子那间殷实的山货店渐渐传出了吵骂声，终于一天，美姑携包哭着跑回了娘家。

本来就对美姑有意的石匠赵黑子旧情复燃，常往美姑家里跑，殷勤地帮助她翻地、锄草、种菜，再后来，赵黑子就搬到美姑家，二人住在一处，过起了日子。

赵黑子俨然成为这家的男主人。

后来，武矮子气也消了，就跑去美姑家，想把美姑接回来。

可是那天美姑没在家，只有赵黑子在院子里锄地呢。赵黑子一见武矮子来了，情知这是为了美姑来的，停下手中的活儿，双手倚定锄头，偏起头来，不屑地道：“武村长？你来干啥，是来收粮啊，还是派工啊？”

武矮子低头说道："我来接美姑回家的，夫妻吵架，哪有隔夜仇的，何况这已经好些日子了。"

赵黑子哼了一声，回话道："美姑没在家，你怕是接不回去了呀。你也没有大办婚事，就把美姑接你那儿了，我们赵家人不认你俩是夫妻，更何况你还把人打回了娘家。"

武矮子说道："夫妻不夫妻的，只要美姑和娘认可就得，我可是只认这个妻，天下哪儿有不吵架的夫妻呀，我今后还要保护她一辈子呢。"

赵黑子嘴角一咧，更加不屑地说："保护美姑一辈子？凭你，凭你这小矮子？别他妈的逗了。"

武矮子哼了一声，不再理会赵黑子，径直往院里走。

刚刚回到院子的美姑听到这二人对话，就说："武村长，你就别再来找我了，你个没骨气的，给鬼子做事，害得别人见我就吐口水。"

武矮子赔着笑脸回答道："美姑，美姑，我为村子做事儿，当村长，还不是为村民好，你没见鬼子已经很少来村里了吗？快跟我回家去吧。"

赵黑子说道："鬼子不再来我们村子，是怕后山的八路军，与你有啥关系？"

武矮子不理他，一把拉住美姑衣襟说："美姑，别听他的，跟我回家去。"

赵黑子提着锄头跑过来，挥手扯开武矮子的手，蛮横地说："和你这小矮子过能得到什么，美姑，就在家待着，哪儿也不去。"

美姑左右为难。

武矮子说："美姑，跟我回家吧，我会好好保护你的，绝对不会打你了。"

赵黑子一把推开武矮子，举手作势要打的样子，凶巴巴地说："看你那小矮子样，还能保护美姑？美姑不会跟你回去的，你快滚回你家，要不的话，老子就揍你。"

武矮子打量一眼赵黑子，大声说："谁能保护，谁不能保护，现在还说不定呢。"然后对美姑问道："美姑，你到底跟我回家不？"

美姑刚张开嘴，赵黑子接话道："不回，不回，你就死了心吧。"

武矮子道："美姑你倒是说句话，到底跟我回去不？"

赵黑子眼睛紧盯着美姑，大声说："美姑，你说，不回去，就不回去。"

美姑忍住眼泪，点点头，转身几步跑进屋里。

赵黑子又是一把推开武矮子，说："走……走你的吧，美姑不会再和你过了。"

武矮子不得不往院外走，边走边嘟囔道："那你们别后悔。"然后，他大声朝屋里说："美姑，有事来找我哈。"

武矮子在赵黑子的催促下只得离开美姑家。

之后，武矮子还来过两次，但都与这次相同，再往后，武矮子也就死心了。

"美姑不和矮子汉奸过了"，村民看明白了，见到武矮子就故意说，"武会长，赵黑子在美姑家里哩。"

武矮子扶扶那顶破旧的毡绒帽子，咧咧嘴角："随她吧，谁让三百年前他们就是一家呢。"

一天，武矮子正在村公所为鬼子"斗粮"，门"咣"地一下开了，赵黑子一步踏进来，蹲在地下呜呜地哭："操他娘的鬼子，鬼子要糟蹋美姑。"

武矮子一惊，扔掉手中的家什，说："啥，在哪里？"

"在，在美姑家。"

原来那天，鬼子曹长带了几个伪军来到村里要粮，交代伪军在村公所收粮，自己则到处转。刚好走到美姑家门前，只见美姑傍着赵黑子在院子里说话，曹长见了，"花姑娘，花姑娘"地奔进院子，要抓美姑。

美姑吓呆了，赵黑子猛地推她一把：“快！快进屋！”

美姑转身就往屋里跑，曹长在后面追了上来，伸手扯住前脚已跨进门槛的美姑。赵黑子见了，一把抓起地上的石斧，却是拉住曹长的衣角：“太……太君，行行好，她有了身子。”

曹长见有人阻挡，勃然大怒，松了美姑，“唰”的一声抽出军刀，回手一刀，赵黑子的胸膛便渗出了一条血印：“八格牙路，死了死了的。”又作势举刀砍来。

赵黑子吓坏了，松了手中的石斧，撒开腿就跑，冲出院子愣了一下，便向村公所去了。

等到武矮子冲进美姑家院子里时，木门已经闭了，屋里传出美姑的惨叫。武矮子推门不开，便后退两步侧身狠命撞开木门。

武矮子进去一看，只见鬼子曹长压在美姑身上，衣服凌乱了一地。武矮子的头“嗡”地一下炸了，血涌上脑门，大脑一片空白，人却杵在那儿。

曹长听见后面有响声，回转身来见是武矮子，不屑地说：“武的，出去。”

武矮子转瞬脸上便绽出了笑，弓着腰后退两步，突然操起赵黑子扔下的那把石斧，一步跨上去，对准刚转过身去的曹长脑袋就是一斧，顿时曹长歪在一旁。

武矮子再一斧接着一斧……一直砍到手没了力。

美姑惊惧万分，使劲推开压在身上的曹长尸体，雪白的胸溅满了红的鲜血，白的脑浆，斑斑点点，那双杏眼睁得老大。

武矮子倚住门喘着粗气，抹去溅在脸上的血，说：“你快走，找石匠去，他在我屋里。”

美姑“哇”的一声哭了，光着身子扑过来，浑身颤抖，哭泣道：“他不是汉子，你才真正是我的男人。”

俩人抱头痛哭。

占领区老百姓把日军曹长杀掉了，这还了得。第二天一早，鬼子出动大队人马围困了村子，把村民们强行赶到村口，一时间，村子里枪声四起，鸡飞狗跳，哭声阵阵。

鬼子进村的消息一来，武矮子便把美姑连拉带推地送到后山当年他寄居的破庙，反复叮咛美姑绝对不准出来，自已抹了一把泪水，毅然走回了村子，他知道鬼子不会善罢甘休。

武矮子被五花大绑地吊在那棵大槐树下，三条狼犬冲着悬空的武矮子狂吠。

武矮子大骂："狗日的鬼子，老子是武二爷武松的种，二十年后老子又是一条好汉。"鬼子指挥官挥动手中的指挥刀："八格牙路，死啦死啦的。"

狼犬一齐扑了上去，顺着武矮子蹬来的腿就是一口，"嘶"的一声扯下一块肉，顿时，武矮子的惨叫声、村民的哭骂声、狼犬的狺狺声交织在一起。渐渐地，武矮子的惨叫，变成了呻唤，继而又全无了声息。

武矮子被鬼子的狼犬撕碎了，尸体已经不成形了，人们仍可见那颗红润的心在顽强地跳动……

当美姑从山上跌跌撞撞跑回来的时候，鬼子已经撤走了，现场一片狼藉。她扑过去一把捧起武矮子那已成血葫芦的头颅，泣不成声，昏死过去……

美姑醒来时，却没了泪水，呆痴痴地收拢了散了架的武矮子的白骨，和村民葬了武矮子后，怀中紧抱武矮子那颗心，便跳进村前的滹沱河。

经过这两天的变故，赵家庄村民好像第一次认识了逃荒来的武矮子，敬佩之意油然而生，议论着："这个人还真有种！武哥怕真是武二爷的后代子孙哩。"

村民们把美姑尸体从滹沱河里捞出来，帮助赵黑子重新把武矮子和美姑合葬一处，还破例将武矮子牌位请进赵氏祠堂，上书：武松第四十九代孙之位。

赵黑子与村民把美姑和武矮子合葬以后，心头羞愧、仇恨交织在一起，一心想报仇，便参加国军在正面战场打日本鬼子，后来当上了李老五的连长，再后来就与李老五一样，被解放过来参加了人民解放军，走上革命道路。

李老五与赵黑子又成了人民解放军战友，在抗美援朝战争中，俩人结成了生死之交。

欲知李老五参加人民解放军后如何，且看下回分解。

正是：

其貌不扬武矮子，弘毅壮举杀鬼子。

第三十回

抗日英雄又抗美　生死之交俩老兵

话说李老五参加人民解放军时，编造说自己是个孤儿，是被川军部队上前线途中“抓飞丁”抓来的，从不说家庭情况，填写的个人简历极为简单，并把名字改成了李解放。

深知李解放身世的赵黑子便问这是为什么？李解放答道：“我这一生都在为老幺弟兴旺的死而内疚，如果不是因为这件事儿，我可能还在歇马场刨食吃呢。”

赵黑子劝说道：“我也是因为武哥和美姑的事儿，心存愧疚才当兵的呀。人的出身是更改不了的，革命胜利了，咱们还要回家乡养老呢。”

李解放摇摇头坚决地说：“我不同于你呀。旧社会，我家在当地富甲一方，非常风光，现在人民翻身做了主人，我也要跟旧的一切决裂。”

赵黑子假装生气地道：“你个小四川，鬼心眼子真多，未必这样就查不到你的历史吗？”

李解放回话道：“国民党兵的历史可以查到，也隐瞒不了。但是，我的家世嘛，只要你不说，就没有人能够知道。”说罢，他睁着期待的目光央求赵黑子：“坚守秘密直至我死。”

李解放如此坚决，赵黑子哪有不允之理呢。

从此，李解放与家里彻底断了联系，家里人也以为他抗战死了呢。

李解放在成都北较场训练期间打下了很好的军事基础，历经东征西战的实战磨难，还有峨眉武术功底，因此，步枪射击、徒手肉搏都有过人之处，还会操作小口径炮兵武器，那个时候炮兵算是特殊兵种的，而且在政治整训中表现还好，就被调入五十军炮兵团，成为一名炮兵瞄准手。

赵黑子也在炮兵团，是李解放的班长。

解放初期，部队仍然调动频繁，李解放随部队东征西战，之后又返回东北驻防，被编入中国人民解放军东北边防军，抗美援朝战争爆发以后，东北边防军改称中国人民志愿军（后文简称为志愿军），准备入朝参战。

中国人民志愿军第五十军跨过鸭绿江大桥，作为首批六个野战军之一，入朝参战。

首批志愿军部队是仓促入朝作战的。

李解放从天府之国的四川赶赴朝鲜时，连冬装和棉鞋都没有来得及换上，虽然嘴上唱着“雄赳赳气昂昂，跨过鸭绿江”，但朝鲜的严寒冬季，温度最低时达到零下四十几度，寒冷之极。

五十军炮兵团在四川时征了一批兵，这些兵虽然满腔热血，但是这样的高寒高冷，是他们必须克服的一道难关。

“吃”是另一道关口。

抗美援朝初期后勤运输是志愿军的一个短板，前线志愿军战士的主食基本是炒面。这种炒面可不是我们现在说的炒面，有油有盐，而是 20 世纪中国北方地区乡村很普遍的炒制面粉，大约为 70% 的小麦，混合 30% 的玉米粉或者大豆粉或者高粱粉，炒熟后加入 0.5% 的食盐。

这种炒面十分干燥，没有水是很难直接咽下去的。但是为了生存，吃惯了米饭的李解放只好在窝棚前的雪地上和着冰雪送炒面下肚，这种状况是常态，不少人因此患了胃病，或导致痢疾。

这只是吃和穿的困难问题。李解放参加第三次战役时，还没到战场，就在一次行军途中差点遭“洗白”（四川话，死了），幸亏赵黑子拉了他一把。

那是 1952 年 5 月的一天凌晨，急于向前进军的五十军炮兵团强渡朝鲜清川江大桥时，美军 B52 轰炸机就呼啸着飞了过来，一枚一枚的航空炸弹接二连三地爆炸，一时间，清川江波涛汹涌，江水中到处是炮弹炸起的水柱，爆炸声、呐喊声和马鸣声乱成一团。

那时，五十军炮兵团的火炮还是靠骡马牵引，遇到美军轰炸，部队就不能上桥行军，骡马牵引着火炮在河中行进，而战士们只能分三路攀着三条铁丝在齐胸深的湍急水流里渡河。

怕精贵的炮弹受潮，李解放和战友们肩扛炮弹箱渡河。

炮兵团卫生队也在这支行军队伍里，两个卫生兵抬着绑缚了伤员的担架，前面的卫生兵拉住炮兵团骡马车，一匹骡马尾巴上还拽着一位小个子女卫生兵。

看得出来，正在渡江的志愿军战士已经疲惫不堪了。

就在离岸边只有十几米远的时候，美军飞机就俯冲下来轰炸了。保护青川江大桥的是志愿军铁道兵独立舟桥团，这个团的一些兵就是夹江县 1951 年 4 月动员参军的战士，文老板的儿子就在其中，这时是营部文书，正在岸边的队伍当中。

岸边的铁道兵战士早已听见渡江队伍中的战友大声喊："嚷各儿，莫要'怯火'（夹江方言：恐惧，害怕），'架已是'走，一搂气（夹江方言：快捷、迅速，耗时短）就到岸边了。"这正是夹江地区特有的方言土语，是李解放喊出的。

铁道兵战士听到这久违的四川乡音，急切地盼望渡江战士上岸。

就在这时，美军 B52 轰炸机扔下的炸弹接二连三地爆炸，情况紧急，三名铁道兵战士赶紧下水帮助搬运担架。

铁道兵战士刚刚下水接近担架时，两枚航弹就在担架附近爆炸了，带着浑浊血污的江水向战士们喷洒而下，等大家使劲摇头吐出脏水睁开眼睛时，那个担架没了，骡子也倒在江里挣扎着，牵骡马的战士也不见了，只有那个女卫生兵还在随波浮动着，江面上漂浮着几顶棉军帽，那是三个铁道兵战友的。

浪头下来时，李解放被巨浪猛地冲倒，肩上的弹药箱也不知哪里去了，就在李解放即将没入水中的时刻，身旁的战友赵黑子伸出大手一把抓住了他的衣角，俩人同时倒下，然后又挣扎站起来，这才没被江水吞没。

上岸后，李解放不知道是后怕还是感激，拉住赵黑子半晌没有说出话来。赵黑子用手轻轻拍拍李解放，轻描淡写地说："没事了，小四川，当年你背我下抗日战场，今天我把你从江中拉上来，咱哥俩两清了。"

获得新生的李解放作战格外勇敢。

渡江而来的志愿军第五十军，一举突破美韩联军临津江防线，从正面向汉城推进，先是击溃美第二十五师一个营的阻击，后又击退了英军第二十九旅皇家来复枪团第一营，这样一来，英军第二十九旅皇家重坦克营就脱离主力暴露在第五十军面前。

骁勇善战的第五十军怎能放过这个难得的战机，军炮兵团拿出全部弹药，集中射向皇家重坦克营，掩护第一四九师乘夜色向皇家重坦克营发动猛攻。第一四九师官兵真是勇猛，提着爆破筒、扛着炸药包扑向英军皇家第二十七旅重坦克营的谢尔曼坦克。英军面对到处都是不要命的中国士兵，任凭火力再猛烈，也顾此失彼，防线最终被突破，志愿军漫山遍野地追杀英军，皇家重坦克营被全部歼灭了。

抗美援朝期间，按照志愿军一个野战军当时的力量，要想一战消灭美英军队一个整营甚至一个整连都是比较难的。

可能是刚刚从江水中捡了条命，这次战斗李解放豁出命了，瞄得又准、打得又快，全然不顾自己耳朵震出了鲜血，火炮后坐力把眼眶撞得青紫。

李解放是团炮兵群的基准炮。

基准炮直接接受炮兵群指挥员指挥，装上火炮射击的标尺、方向、高低等射击诸元，进行校对射击，是其余火炮操作和射击的依据。李解放在第一次试射中，就直接命中了一辆坦克。在间接瞄准射击中，这可是极其少见的。

战斗胜利后，赵黑子从阵地指挥所跑过来，轻轻地擂了李解放好几拳，还与其他战友们一道，把他抛得老高老高的。

李解放在抗美援朝战争中表现英勇，得到部队首长的高度赞扬，战争结束以后，提干成为一名排级干部，并获得军功勋章。《立功证明书》是用朝鲜语写的，翻译成中文大意是：

立功证明书

NO：823825

在保卫祖国与敌人斗争方面，做出了巨大的贡献。因此于 1953 年 10 月 23 日，以朝鲜人民民主主义人民共和国最高人民会议常任委员会的名义，授予 李解放 同志以该奖章，特此证明。

朝鲜人民民主主义人民共和国最高人民会议常任委员会

书记长（康良煜）印

这时，赵黑子已经是炮兵团二营的副营长了，一直比较关照李解放这个生死战友。

抗美援朝战争结束以后，李解放随部队驻防辽宁省丹东市，随时准备应对朝鲜局势。20 世纪 60 年代末期，奉中央军委命令，第五十军才从辽宁省丹东地区换防到四川成都，组建成都警备司令部，自此长驻成都。

李解放终于随部队回到四川老家。

由于有过国民党士兵的经历，每一轮政治运动，李解放就被拿来说事，交代历史问题，因此受人歧视，终生未娶，作为一名排级干部早早转业，在成都军区北较场当职工，孤身一人地生活。

直到20世纪70年代末，李解放临死前，给他保密半辈子的赵黑子才向组织坦白了一切，成都军区这才赶紧派人外调，终于证实李解放的身世，名字也改回李兴臣了。可是这时早已物是人非，李家人什么忙都帮不上了。

赵黑子打日本鬼子不含糊，参加人民解放军后又赴朝鲜打击美国侵略者，凭借战功成长为一名人民解放军干部，后来享受副团职离休待遇，住进成都军区第五十军干休所。

虽然赵黑子档案中也有在国民党部队当连长的记录，本来也会成为各种政治运动的“运动员”，但是，赵黑子平日里为人朴实大气，处事低调平和，从不与人结怨，因此，政治运动很少被波及。

欲知后事如何，且看下回分解。

正是：

轻生本为国，重气不关私。

第三十一回

强龙不压地头蛇　军爷袍哥起冲突

现在我们回过头再来说夹江的事儿。

抗战期间，由于国军部队伤亡过大，有大量的伤兵需要医治休养，而战时国民政府又没有能力修建足够的荣军营区，便把一些伤兵寄托在国统区普通老百姓家里，政府按照官兵原来级别，按月发放工资和伤残金。对于收留伤兵的人家，政府也给予了一定的经济补助金。伤兵养好伤以后，师管区根据需要再次把他们派上战场。

这些“伤兵老爷”些，都是在抗日前线英勇杀敌负伤的国军老兵，打了几年生死恶仗，没被“洗白”还捡了一条命，又不知道哪一天还得上前线，就有活一天赚一天的思想。而且，这些伤兵外省人居多，生活习惯与相对安逸的四川后方生活格格不入，横挑鼻子竖挑眼，与当地老百姓处得并不太好，官民冲突时有发生。

抗战后期，国民政府各种宣传常常把“五强”挂在嘴边，嵌在报纸的大字标题里。称：美英苏中法这五个国家，必定能够打败日本鬼子。但是，当荣军入驻以后，“五强”这个词变味了，老百姓讽刺荣军是“强买、强卖、强借、强住和强娶”这“五强”。老百姓惹不起，平时都喊这些荣军是“军爷”。

1945 年初春，乐山师管区把原本长驻峨边的荣军生产团移防到乐山苏稽场，以便随时可以调用。这个团均由国军伤兵组成，有近千人的规模。苏稽老百姓善良，争相接待这些打日本鬼子负伤致残的伤兵，有的人家接一个，有的人家接两个，很快就分配完了。

当抗战即将胜利的消息传来时，生产团派了一个连长带了四个兵高高兴兴地开辆吉普，直接到夹江纸厂买纸，用于抗战胜利宣传。

相比较当地老百姓而言，这些军爷都算有钱的。五个军爷办完正事就找地方娱乐，偏偏就选定夹江最大的潙江大茶馆，这是个吃饭、喝茶、玩牌的一条龙场所。

军爷们你请我敬，酒过三巡，菜过五味，不长时间，就喝光了三瓶华头老白干，有人似乎喝“飘了”（醉酒），开始胡说八道，几个军爷你搀我扶，晃晃悠悠地往外走。

店小二伸手拦住，怯生生地说：“军爷，钱还没给呢，你们谁来结账哟。”

一个军爷张口骂道：“什么他妈的钱。老子们在前线卖命，好不容易保住了性命，吃你点饭还要钱吗！”

店小二坚持道：“可是吃饭给钱，欠债还钱，这都是天经地义的事，你们凭啥子不给。”

另外一个军爷不耐烦地说：“少给老子们啰唆。军人为国抗战，脑袋捆在裤腰带上玩命，这就是功劳，这就该吃大户。”说罢，又补充说道：“大爷们向来如此。”

这时又一个跑堂的过来，看到这一幕，生气地说：“晴朗乾坤之下，还有没有王法。你们也不看看这家店是谁开的，潙江公王耀祖王大爷的。”

从峨边移防乐山的军爷怎么能知道夹江县的江湖民情，并不清楚夹江县袍哥老大王大爷的能量，更对潙江大茶馆是谁“罩”着的一无所知。听跑堂的这样说，蛮横地骂道：“管他妈的王大爷还是汪大爷，我们军爷才是这儿的大爷。”

店小二也“雄起”（硬起）了，一把扯住一个军爷衣襟，顺势坐在地上，倔强地说："不给钱就不准走，反正不给钱就不准走，谁来白吃都不行。"

走在前面的连长可能听错话了，回过头来说："敢骂老子们白痴，教育教育他该如何服从长官的命令。"

一个军爷道声领命，立即"唰"的一声抽出腰间挂的三八刺刀，一把抓住店小二的手，另外一个军爷心领神会，十分利索地抓住店小二的胳膊，店小二动弹不得。

店小二以为这是要他的命，吓慌了哆哆嗦嗦地说："饶命，饶命，小的不敢了，小的不要钱了。"

连长鄙视地看了一眼店小二，恨恨地说："不要你的命，只是教育教育你该如何对待军爷。"

原来，这些军爷是要拿刺刀当戒尺打店小二的手心。

三八刺刀本就有点长，而且分量很重，军爷愤怒之下对店小二下手颇重，才打三五下，店小二就挺不住了，"哎呀"喊痛，痛哭不止。

军爷一边用力打一边说："看你还想倔强，看你还想充好汉，看你还要不要酒钱。"

没打人的另外两个军爷也没闲着，顺手操起长板凳，把店里头的玻璃柜以及其他能破坏的物品打得稀烂。

用刺刀当戒尺打人手心，是国民党部队教训新兵的独特方法。如果新兵被打得哭了，老兵打得更凶，说："一定要打到你笑。"如果新兵硬挺着不哭不闹，虽然很有形象，但却会激怒老兵，一边用力打一边骂着说："你他娘的是好汉，你他娘的是英雄，老子也一定要打到你哭。"

反正哭与不哭都不对。

这就是国民党部队对待和训诫新兵的方法之一，每一个国民党兵都有这样刻骨铭心的经历。今天遇到不知"好歹"的店小二，军爷自然而然地使出这般手段。

门外站满了看热闹的群众。

正打得热闹的时候，另外一个店小二从后门连滚带爬地往王大爷家里跑，报信去了。

这时王大爷正与木城国民兵大队长熊平安喝茶呢，熊平安是王大爷的铁心兄弟。

俩人有说有笑间，店小二就跑来上气不接下气地把事情大概描述一番。

王大爷听得这般报告，那还得了，大庭广众之下竟敢在老子的店“臊皮”，简直不想活了，只见他向熊平安挥挥手，道：“喊上些兄弟伙，抓到这些人，往死里整（打）。”

自从王大爷力主把熊平安从木城国民兵大队副大队长提为大队长以后，熊平安就一直对王大爷感恩戴德，言听计从，正想报答王大爷的知遇之恩呢。这时听了吩咐，答声“好”，就带领自己的兄弟伙，还有王大爷身边的保镖，将近二十人吧，急匆匆地往沔江大茶馆跑。

平日里这些主，手都是痒痒的，整天想着打人，找人“角逆”（读gó nié，吵嘴，打架），现在老大发话，有了发泄的机会，动作飞快，冲到店里话都不说，就与这五个军爷打作一团。

虽然这些军爷也是老兵油子，胆大有力，并无惧怕，敢与袍哥弟兄比画比画。但是，毕竟喝酒了的人肢体动作不灵便，好虎架不住群狼，没几个回合，四个军爷就被制服，只有招架之功而无还手之力。

也是赶巧了，正好一个苏稽农民在夹江卖了甘蔗路过这里，看到几个军爷正被人围着拳打脚踢，可能平日里他与军爷处得并不融洽，受过军爷的气，对军爷没啥好感，见到军爷还有反击动作，就打“帮拳”，摸出划甘蔗皮用的小刀，本想对其中一个军爷的屁股来上一刀，混乱当中却不偏不倚刚好杀到一个军爷的股动脉，血一下子喷将出来……

混乱中那辆吉普也被推翻了，夹江土纸左一捆右一堆地滚落一地。如果不是熊平安担心燃烧会殃及民房而多次喝止，愤怒的人们早就连车带纸一块儿给烧掉了。

那个连长还算机灵，看情况不对，稍做抵抗便趁乱跑了。

那几个军爷被打得呼爹喊娘，躺在地上动弹不得，然后被胡乱捆了起来，有意丢到路边的藿麻丛中。

四川地区有种草名曰藿麻，多生长在墙角、林边、瓦砾场中和垃圾堆旁。这种藿麻草蔓茎和叶片有螫毛，触之痛楚不堪，立即红肿。对于毒虫刺痛肌肤，四川人不说螫（同蜇 zhē），而是说藿（音 huō，被动物、植物毛针所刺的意思）。

本就被殴伤的军爷被丢在藿麻草中，更加疼痛难忍，惨叫声不绝于耳。

最可怜的是那个被刀伤了的军爷，血一直在流，最后竟失血而亡。

这边争执的场子扯起开打，那边消息就传出去了。

趁乱逃出去的连长一溜烟跑到县政府警卫队，立即报警，又用军用电话把消息传回苏稽荣军。

不管什么时期，曾经共同对敌作战的士兵们都很抱团。苏稽生产团的这些军爷正值壮年，荷尔蒙分泌正旺，听得这等消息，一时群情激奋，纷纷表示要打转来。于是，这些有组织和打斗能力的军爷，能走的徒步，不能走的乘车，还有的坐船，陆陆续续地带上武器就往夹江漹江大茶馆赶。

听到线报，王大爷并不“虚火”（畏惧，害怕），立即让师爷通过袍哥系统鸡毛文书，通知全县的袍哥弟兄，要他们带上一切可能伤人的家伙，速来“扎场子”。

这时漹江大茶馆里，已经聚集了王大爷和熊平安的六七十名袍哥兄弟伙，军爷们团团围在漹江大茶馆门外的街道上，而街道两端，则是听闻王大爷召令而来的各色人等，当然也有不少是看热闹的。

军爷一方是强龙，每人清一色的美式汤姆式冲锋枪，甚至还有十来挺机关枪，但是人数有限，只来了不到 200 人。王大爷一方则是地头蛇，虽然都是些汉阳造步枪、美军“左轮”、日本“王八盒子”手枪、德国造“盒子炮”等乱七八糟的武器，甚至还有鸟铳、大刀，但是人数少说也有上千人。而且，袍哥弟兄和看热闹的老百姓越聚越多，军爷分不清该打哪些人，不该打哪些人，一时间不知如何是好。

双方对峙不动。

冲突惊动了夹江县政府、乐山师管区、生产团等方方面面。夹江县政府警卫队被紧急部署在对峙的双方之间，背靠背地站了两排，阻断怒火中烧的两边人马。

溤江大茶馆最大的一间屋子里，则坐满了方方面面的头头脑脑，商议着如何了断此事。

县教育界来的代表是何督学，轮到他发言时，他便说：“国军伤兵的军纪怕是也有些问题的哟，有了军爷吃饭不付钱的前因，才有百姓伤人致死的恶果。军民感情的隔膜，竟然闹到为着一顿饭钱，而舞刀弄枪。国民革命军原以为是以爱国教民为目的，而今天的表现，不仅不能爱民，而是处处扰民、害民。”

王大爷在一旁微笑不语，不断点头称是。

熊平安对那个负轻伤的连长说：“你看你看，你们在谁家吃饭不好，偏偏到王大爷的店里头，闹出这等大事出来。”

生产团团长则不以为然，反驳道：“放屁，这些伤兵都是打日本人受的伤，有些人甚至致残了，在后方理应受到尊敬、厚待。吃饭‘扯筋’(四川话，争吵，吵嘴，含闹别扭、关系不和的意思）固然不对，但被人刀伤，丢了性命，就不仅仅是‘扯筋’的问题了，生产团不得不予干预。”

生产团团长转过身怒容满面地对熊平安说：“熊大队长，荣军在这家店吃饭不可以吗？溤江大茶馆不应该拥军爱军的吗？夹江还号称模范县呢，这他妈的是怎么进行拥军爱军教育的！”

熊平安低头不语。

一时间会场也没人搭话。

倒是何督学会说：“荣军可以在夹江任何一家饭店吃茶喝酒，我们也欢迎荣军到夹江县来。但是，拥军爱军并不等同于免费供应荣军吃喝用度，荣军也应该按理付钱。国军官兵与民众冲突，无关乎夹江拥军爱军教育结果。”

师管区长官是这些人中官职最大的，阴沉着脸一直没有讲话，听到这儿再也忍不住了，勃然大怒道：“管他有没有因果，如果夹江政府处理不当，乐山师管区就把这件事儿通电全国师管区系统，通告夹江政府纵容不法分子，杀伤国军伤兵。”

师管区长官是外地人，一字一顿地接着说道：“四川这个地方真他娘的厉害，连草都要‘咬’人。打伤了人还把人扔到蕁麻草里面，整得雪上加霜。”

没人敢接话。

会场气氛一下子紧张起来。

师管区长官转身紧盯着夹江县长李向林，口气略微和缓地道：“夹江是模范县哟。先前我来的时候，在县长大人办公室看到一幅‘少造卷宗多做事，不问缘由只责成’对联，应该是处事、论理和履职的原则。我今天倒要看看县长大人该当如何责成这件事儿！”

李向林听到这样说话，生怕把事情闹大，影响夹江县名声，赶紧把师管区长官、生产团团长和王大爷引到旁边一间包房，关起门来谈了两个小时，最后县里“让步”，双方达成四点意见：一是双方即刻休兵和解，各自回归原来驻地。无论谁是谁非，谁吃亏谁占便宜，各自抚恤伤者，不再秋后算账，从此握手言和。二是追认因伤致死的军爷为“烈士”，由夹江县政府予以厚葬，负责一切善后事宜。三是即刻将持刀伤人致死的那个农民抓捕归案，以杀人罪追究责任。四是夹江县加强拥军爱军教育，在大型娱乐场所设立荣军优抚座席，不得再次发生此类事件。

没有哪方想把事情再闹大，事情总算“煞搁”（四川话：完结，没有了）了。但是，这么大的兵民冲突怎么可能很快就烟消云散呢，乐山生产团的军爷很长时间都不到夹江县来了。

这件事情，熊平安在王大爷心里得分甚高，成为王大爷不二的心腹弟兄，很多事儿都指派他去做。

不久后，王大爷老幺儿强奸女大学生惹出祸事，熊平安虽然跑前跑后地做了很多事儿，但是结果没能如愿。

欲知老幺儿惹出何种事儿，且看下回分解。

正是：

国民党兵民对立，解放军军民鱼水。

第三十二回

石刻造像千佛岩　偷香窃玉老幺哥

夹江县袍哥大爷王耀祖育有两儿两女，其中一儿两女都很好，唯有这个老幺儿让他不省心。

生老幺儿时，王大爷刚刚从嘉定府回到夹江创业，家里生活条件很一般，以致老幺儿早年因营养不足而发育不全，显得比同龄人骨骼略小，还有点鸡胸。王大爷感觉有所亏欠这个儿子，也可能是“百姓爱幺儿”心理作怪，王大爷对这个老幺儿过分溺爱，一味任其我行我素，老幺儿并无正经营生可做，平日里就是与一班有钱人家子弟吃喝玩乐，乡邻们印象中是“善会偷香窃玉，惯的卖俏行奸”的公子哥，人们唤其为“老幺哥”。

抗战胜利那阵子，大概是 9 月下旬，四川官立高等学校（即何伯龄当年就读的四川省城高等学堂，民国后改称四川官立高等学校）的一个女学生，因为父母包办婚姻而负气离家，出走散心，游玩乐山大佛后又来到夹江，来看著名的夹江千佛岩别具一格的佛像。

夹江县出城向西大概十公里，就是千佛岩风景区。

夹江千佛岩依山而建，临江而凿，在紧靠青衣江左岸石壁上，排列了 162 窟开凿于隋、兴盛于唐、延及明清的 2400 余尊石刻造像，七彩斑斓，形态各异，栩栩如生。这些造像排列错落有致，少则一尊独占一窟，多则上百尊集于一洞，很是引人驻足欣赏，只是后来被人为破坏了，大多数佛头不在，非常非常可惜。

千佛岩脚下自然形成的暗河川流不息，几十条不足一丈长的条石，规则地排列在河上，桥石之间有十公分左右的间隙，隐隐可见桥下清澈碧水，流水哗哗作响，人们行走在条石上，观摩崖壁千尊佛像很是有趣。

如果能在千佛岩下的青衣江中泛舟钓鱼品茶，观佛听水，那真像神仙过的日子。

这天，无所事事的老幺哥嘴里叼根狗尾巴草，吊儿郎当地斜倚在千佛岩聚贤街的一家食坊柱子旁，等候与同伴相约泛舟青衣江吃茶，却远远地看见这个从省城来的女学生，举手投足间婀娜多姿，身材凹凸有致，正在朝他这方向袅袅娜娜、妖妖娆娆地走过来，绝不同于本地风月女人。

老幺哥完全被这女生的知性气质吸引住了，年轻男人的荷尔蒙急速膨胀，眼睛一直无法离开女生身影。“呸”他吐掉嘴里的狗尾巴草，急急切切地快步迎上去。

老幺哥走过来时，刚好听见女生向旁边人发问：“那青衣江中露出一块不小的奇石怎么会自动喷出水来呢？”

路人回答不出。

老幺哥读过私塾，喝过几天墨水，连忙“搭白”（指与不认识的人搭话），道：“小妹儿，这块靠岩石头，在急流江水之中已经岿然不动几千年了。我们这儿的人说是龙脑石，也叫象鼻岩。现在正是涨水旺季，这块奇石就会喷出一股水柱，长流不息，就好比大象鼻子吐水一般。”

女生看看穿着打扮并不同于普通农民的老幺哥，未生反感，再发问道：“上面好像还有字吧，是江头一块石，独立不能……”

老幺哥赶紧回答道：“那是明代嘉定府知州郭卫宸写的‘江头一块石，独立不能移；相彼波流者，谁将砥柱之’，另外还写的十个字是‘而渔纲竞急，以济舟难迟’，那得坐上船靠近些才能看得到。”

这一搭上话，单纯的女生便与老幺哥他们一道泛舟青衣江，喝茶吃鱼玩得不亦乐乎。

时间过得飞快，不知不觉间已是傍晚时分，女生说时间已晚要走，老幺哥心中有鬼百般挽留，三人连哄带拉地带女生到华头场捉鱼。

青衣江流经华头场的支流叫稚川溪，平时水很浅，由一座清朝道光年间修建的铁制悬索桥连通两岸，桥头处的石碑有“道光拾叁年夏”的题刻，名曰“兴隆桥”。

兴隆桥由八根铁索连接，约两米长的横木密集地铺设在缆绳上，上面再竖着铺设七排木板用作桥面，两侧各有铁棒护栏扶手，桥离水面约十米，人走在桥上摇摇晃晃，胆小者都不敢迈大步走。站在桥上，即可见深水里成群结队的鱼儿游来游去，华头当地人叫白鱼子赶滩，运气好时一网撒下去就能网住十条八条的鱼儿。

老幺哥叫人买来几十斤巴豆子，用石磨磨成浆（起麻醉作用），挑到桥中央，“哗”的一声倾倒而下，那河里大大小小石头下面藏着的黄辣丁、鲶鱼、红鱼、白鱼和钢鳅鱼等各种小鱼小蟹，一会儿便被麻醉了，轻者还能动一下，重的就鱼肚朝上漂浮起来了。老幺哥等人兴趣盎然地跳入河中，很容易就抓了一大筐鱼儿。

女生站在桥上一直拍手叫好。

捕完鱼，天就麻麻黑了。老幺哥又领女生打着火把、提个小木桶到田里捉黄鳝。

黄鳝在四川叫鳝鱼，四川饭馆里各种鳝肴做法都有。一到晚间，水田里的黄鳝都要钻出来透气，捉鳝人只需要用火把照亮，黄鳝就会蜷缩着一动不动，这时，只需用特制的竹夹子利落地夹住鳝头提起来放在木桶里便是，一会儿工夫便有小半桶了。

这一系列活动下来天就真的全黑了。老幺哥等三人带着疲惫不堪的女生到了县城一家吃、住和玩一条龙的客栈，这家客栈老板是王大爷势力罩着的，几个心怀鬼胎的人，三劝两劝就把女生灌醉了，然后送她到二楼客房休息。

老幺哥在女生房间隔壁也开了间房，与两个同伴扯二七十。待到夜半时分，老幺哥心里一直想着那个女生，哪儿有心思打牌呀，这时只见他把牌一甩，说："你们先耍到，我去去就来。"

老幺哥三步并做两步下楼找到店主人，"估倒"（四川话，强逼的意思）店主人给他女生房间钥匙，悄悄打开房间。

老幺哥推门就进，映入眼帘的是那个醉酒女生衣衫不整地仰身躺在木床上，屋内四处散落着脱下来的衣物，被子也被踢落地上，夜光映照那雪白的胴体，格外诱人。

老幺哥按捺不住，三下两下脱衣扑了上去。

女生被惊醒后拼命挣扎，胡蹬乱踢，嘴咬手挠，老幺哥按住胳膊但是被女生膝盖顶到一边，刚刚爬了上去却被女生踹了下来，始终没能得逞。万分急切之间，看到闻声而来的两个同伙进屋，老幺哥便从同伙手中抢过一把匕首，比着女生的鼻子厉声道："敢再闹、再喊，老子就划了你的'盘子'（毁人容貌），叫你不能见人。"

女人最怕的就是毁容，绝望地闭上眼睛再也不敢动作，老幺哥三人二话不说轮奸了她。

哪知这女生家里面也是有权有势的，她的父亲在中华民国农民银行四川行工作（农民银行是民国时期四大银行之一），母亲是四川省会警察局下属华西坝分局的一个警察。女生回到成都就由母亲带去告官，直接告到了民国四川省会警察局，这是四川省最大的警察部门。

省会警察局倾向于女生母亲的诉说，一纸公文下来，直接指令夹江县限期拿人，严惩不贷。夹江县政府不敢不从，县警察大队不得不派人抓捕，抓捕未果便下发《通缉令》，全县通缉。

王大爷开始并没把它当回事，以为还可以像以往那样花钱了事呢，就派师爷专程到成都试图说服女生给她一笔钱私了。可是女方家不要钱，家长放话非要出口恶气法办老幺哥不可，王大爷只好把老幺儿送到洪雅县三宝场一个亲戚家里躲住几日，等风头过去再说。

王大爷有个冤家对头，就是李兴文提到过的“大石桥的谷子”的姜家，在夹江也是跺一脚震天响的人物。

凡事要与王大爷争短长的姜家，这下可找到了整治王大爷的绝好机会。姜派头面老大姜建功亲自赶到成都，主动找到女生家为他们出谋划策，表面看来好像是在主持正义似的，其实是专为王大爷制造麻烦，也是在成都更广泛地网罗关系。

姜建功更为厉害的一招，是通过他们在新闻界广泛的记者关系，把当时成都著名的《新民报》《华西晚报》《新蜀报》《商务日报》等几家报纸的记者请来，以他的视角，解读事件原委，大打舆论战。

在记者招待会上，姜建功痛述王家在夹江的恶劣行径，给每人散发一份《夹江恶少轮奸成都花季大学生》的新闻通稿，当然每份“新闻通稿”都夹送了500元法币，名曰“车马费”，让他们在各自报纸上发些老幺哥轮奸女生负案在逃的新闻专稿，把一个普通的强奸案搞得沸沸扬扬的，倒逼政府不得不加紧拿人法办。

夹江县警察大队并没有下功夫抓人，本来还想像以往那样，抓不到人就不了了之的，可是姜家通过各个方面的眼线，获知老幺哥已经逃往洪雅县三宝场，就把这一消息“点水”（指出卖同伙，也指通风报信）告官了，逼迫县警察大队有所动作。

县警察大队耍个花招，想要两面不得罪，一边告诉王大爷我们要到三宝场抓人归案，请王大爷派人跟随，王大爷自然是不会派人的，其实这是叫王大爷早做打算。一边却要求姜家线人带路，提供车马开支，否则以谎报线索治罪。

木城是三宝到夹江的必经之路。

王大爷知道这事不可能轻松解决得了，就与手下军师们商量对策，决定在县警察大队到三宝场抓人之时，先派熊平安带领袍哥弟兄早早埋伏在木城场偏僻之处，试图强行抢回老幺儿。如果抢人不成功就来个苦肉计，甚至开枪打伤老幺儿，嫁祸姜派，就说姜派为了泄私愤而黑办老幺儿，以引起人们同情，进而挽回社会舆论的不利影响。

商量决定之后，王大爷令人把熊平安引入内室，小声地嘱咐道："木城是三宝到夹江的必经之地，你马上带人找个地界埋伏好，把幺儿给我抢回来，整'毛了'（袍哥把杀死人称"毛了"）都没球事。"又一字一句地叮嘱道："不是叫你当真向幺儿开枪的哟，顶多致伤，绝不能致死，这个分寸你可得把握好。"

熊平安惴惴不安地不断点头："这个我晓得，这个我晓得，大爷对我这样信任，我岂不尽心竭力。"

谁知阴错阳差。

熊平安虽然守对了蹲守路线，但是左等右等不见人，那时也没有电话等快捷联络方式，他以为错过时间便带队先行撤回了，根本就没能堵住县警察大队和姜派弟兄组成的押运队。

其实，因为各种因素所致，姜派的押运队没能按计划出行，而是迟了两天。这种阴差阳错，不经意间却打了熊平安一个时间差。

熊平安不知所以然地回来复命，王大爷很生气，大骂熊平安道："你龟儿子就不能给老子多蹲守几天哟，害得幺儿被他们活活抓回来了，气得老子真想甩你两'耳矢'（四川话，耳光）。"

熊平安哪儿敢回话，从此失宠。

老幺哥被抓回夹江归案后不久，就被枪毙了。

老幺哥被抓住枪毙的内情慢慢地传开以后，人们这才知道姜家势力的强大。王大爷不仅失去了老幺儿，而且明面上看就是斗不过姜家，因此，与姜家结怨更深，总想扳回面子，两家势如水火。

欲知姜、王两派如何争斗，且看下回分解。

正是：

不作死就不会死，作恶人必人恶之。

第三十三回

夹江选国大代表　姜王争社会一哥

民国时期，左右夹江县政治、经济和社会的两派较大的势力：一派是王家，就是前文所述的县商会会长、义字总舵把子“溤江公”王耀祖，依仗江湖袍哥势力和乐山驻军靠山，控制着夹江县以云吟镇为中心的东半城整个区域，在夹江城公开贩运与出售鸦片烟土，与江姓地方势力分庭抗礼。

另外一派则是自晚清以来家族人才辈出的姜家，经过若干辈人的艰辛奋斗，逐渐成为夹江县首富。夹江人俗话“大石桥的谷子”，指的就是姜家田沃地广。

姜家有四个儿子，姜家老太爷给四个儿子分别取名建功、建勋、建伟、建业，可见姜家对儿子们寄托的深切期望和内心最深处的雄心。

四兄弟都很杰出能干，除了老四姜成业在外打拼以外，其他三兄弟都在夹江发展，人称“姜门四杰”。尤其是老大姜建功，雄心、智慧和情商都可以，依仗雄厚的经济实力，依靠多年形成的亲戚关系、师生之谊和商业联系，身边一直有一帮兄弟，逐渐形成了一股强大的家族势力，掌控夹江县以溤江镇为中心的西半城整个区域，而且，在县政府里一直有人脉，成为当时夹江县无人撼动的一股政商势力。

两派势力不知为什么一直以来就少有合作，明争暗斗。

长期以来民间就有潘杨不婚、岳秦不亲、虞吴不合、施郑家仇、姬嬴世仇、李朱国恨等等说法，这其实是与某个历史事件相关，现在当然不兴这种说法了。

姜姓和王姓在历史上找不到任何纠葛，夹江人实在无法理解两派为啥子这么水火不容，最终牵强附会地说："姜字属木，王字属土，五行之中木克土，那一定是姜家与王家姓氏相克。"

王耀祖老幺儿事件以后，两家更是争斗不断，把暗斗转入明争。

话说民国三十四年（1945）抗战胜利后，夹江县设立县参议会，姜、王两派为争夺夹江县参议员席位进行了一番较量，最终结果，县参议会大部分参议员都是姜派人物，县参议会议长也是姜派成员，就连乡镇政权半数偏多的席位也是姜派的。

政府官场上，姜派占据上风。

王耀祖王大爷对这一选举结果十分恼火，怎能甘心自己被边缘化，便召集手下商量翻盘的办法。商议的结果是要在第二年乡镇自治会选举中大干一场，争取获得基层乡镇议员更多席位挽回败局。

乡镇自治会选举开始后的某天，有人密告王大爷："姜派头子姜建功明天要到迎江乡坐镇选举，抢王派的传统地盘。"王大爷听后震怒，马上想到找些偏远地方的生面孔袍哥兄弟去搅局，思来想去派人通知李兴文："组织人马帮我办事，报恩的时候到了。"

兴文因为在与魏老摇争斗中受过王大爷的鼎力支持，曾经表过忠心，现在接到王大爷召唤哪敢怠慢，立即选了五个信得着的精干兄弟，每人提支"汉阳造"，连夜跑去王大爷家去听候号令。

王大爷把兴文喊进客厅，没有客套几句话，就叫管家拿出一把崭新的"盒子炮"（德制毛瑟军用 C96 手枪，也有 20 响驳壳枪、快慢机和大肚匣子等等称谓），说："兴文兄弟，这可是刚从德国进来的硬家伙，比你那把破'左轮'好多了，今天就给我用上。"

兴文高兴地接过"盒子炮"，诚惶诚恐地道："王大爷当年给兄弟我'扎起''捡脚子'（处理难题），帮我在魏瘸子一事上'判公道'（袍哥大爷处理纠纷），现在让我做事是王大爷瞧得起兄弟我，我的弟兄们一切听从大爷的吩咐，绝对不会‘拉稀摆带’（拉稀指遇到危险不负责任、中途逃脱或招供；摆带指说话不算话、欺骗兄弟伙。两个词合在一起指不讲义气）。”

王大爷拍拍兴文的肩膀说：“这事处理完了以后，我不会亏待你的，我想办法让你进城来跟我一起做事。”

兴文正巴不得从山区进城来呢，遂应着道：“还仰仗王大爷‘搭手’（相助）提携。”

没说几句话，兴文就被管家带到大院的中庭。这时，院子里已经聚集起了二十余人。

可能也是为了激发大家对姜家的仇恨吧，现在叫战前动员，王大爷的首席军师蔡圭章开口就说起闹得沸沸扬扬的“漹江公”老幺儿被政府枪毙的事件原委。

蔡军师撩起黄马褂，扎在黑色腰带上，不停地转动三角小眼，抑扬顿挫地道：“老幺儿在城里边睡了个住客栈的女人，这是多大点事啊，本来可以赔点钱了事的。可是，狗日的姜家却‘鼓捣’（鼓动，逼迫，挑拨）她告官，不仅跑到成都召开记者会大肆宣传这个事，影响社会舆论和民众思想，干扰案件审理，还到县警察大队‘点水’，更可恨的是派人带路抓住了老幺儿，最终才导致了罪不该死的老幺儿被枪毙。”

蔡军师看了看底下有所骚动的人群，接着说道：“现在姜家三兄弟已经带领手下跑到我们的地盘用武力手段控制选举，如果我们再不奋起反抗，以后全县城都是他们姜家的天下了，到那时我们连汤都喝不到。”

蔡军师和薛良利是王大爷一文一武哼哈二将，蔡军师言毕，薛良利扬起手中的“盒子炮”，赶紧接话道：“老姜家这仨龟儿子在老子眼里算个锤子，弟兄们跟我过去，老子一梭子就叫他们上西天。”

王派另外一个军师王伯韬是县参议会的参议员，思想中庸，并不赞同武力解决问题，此时格外冷静，不紧不慢地说：“现在姜建功、姜建勋、姜建伟这仨龟儿子就在迎江乡拉选票，龟儿子是想左右选举局面，我们这次过去，一定要搅扰他，踢场子，不让他正常进行选举，就是绝对不能让他抢走咱们的地盘。”

李兴文想到王大爷对自己的恩惠，急于表现，麻（壮）起胆子大声喊道：“我们与姜家不共戴天，跟他们干到底，拼他个鱼死网破。王大爷，你就说怎么干吧，袍哥弟兄绝不拉稀摆带。”

本来王大爷是想让薛良利带队去的，可能是受到这般场景感染，改变了主意。只见他那双又黑又亮的三角眼闪着凶光，习惯性地捋了捋颌下那一缕山羊胡子，撇脱（四川话：干脆，随便）地直接吩咐手下：“不说那些个了，兄弟伙现在就跟我去迎江乡，只要看见带枪的姜派人员就开‘整’（打），整‘毛’了‘蛋屁腾’（夹江方言：没关系，无所谓的意思），大不了多花点银子，兄弟伙尽管放手去干。”

听王大爷这么说，王伯韬心中不免捏了一把汗。他一直认为两家相争是可以的，但是不要闹出人命，以免激起更大的仇恨，不好收场。

李兴文自从与魏老摇结怨以来，虽然表面赢得风光，其实内心深处始终有个怕字，无意间乱枪打死“赶猪手”一事，也一直让他心存遗憾，深居简出了很长一段时间。当时听了王大爷的吩咐，感到今天出去不仅仅是踢场子，可能凶多吉少，要死人的，而且他早就听人说过姜家在省城成都的关系网，老幺哥事件足以证明了姜家的势力。

李兴文并不想再伤人结怨，祸及家族，这个表态也仅仅是场面上的话。于是，他把带来的几个弟兄喊到一边，挥手阻止住摩拳擦掌的手下，压低声音说：“看我的眼色行事，枪口抬高一寸，不危及自己绝对不能伤人，咱小地方的人不能替人强出头。”

第二天，当杀气腾腾的王耀祖带领二三十个兄弟伙赶到迎江乡时，姜建功带领手下，刚刚主持完迎江乡选举，看得出姜建功很满意，从黄祠村选举点志得意满、有说有笑地往城里走。

村路并不宽大，村口前有个小山坡，转过去即可见。两边人马都刚刚走近小山坡，相距还有七八十米呢，听声音就知道是对方。仇人相见分外眼红，两边人都没说二话，也不知道是哪方谁先开的枪，就噼里啪啦地交起火来，竟然把姜家老三姜建伟乱枪打成重伤，急急抬到医院也没能抢救回来。

王大爷这边也有一人中枪当场死亡。

那是兴文第一次使用可以连续击发的驳壳枪，枪口朝向对面空中一阵乱射，肯定是打不到人了，反倒震得胳膊生疼。

这件事更加深了两派间的仇恨。

决定两派胜负的是民国三十六年（1947）全国国民大会代表选举。

国民政府规定，全国各地直选日为民国三十六年（1947）年十一月二十一日至二十三日，夹江县只分得一个“国大”代表名额。姜、王两派都意识到这次竞选将决定自己在夹江县政坛的地位，因此都十分重视，王大爷经过与军师商议，抢先推出一个曾经有军方背景的候选人，以国民党党员身份参选，在全县四处张贴宣传标语，发布宣传广告。

王大爷还不放心，吩咐他的袍哥弟兄，不得选旁人，只能选咱自己人。那时，袍哥组织的触角深入社会方方面面，即使别人有心参选，也经不住袍哥组织的武力恐吓、金钱买通，一些候选人纷纷退选，打起退堂鼓。

王大爷自以为成竹在胸。

夹江县只有姜派还在努力对抗，候选人是姜家骨干姜建功。

姜派另辟蹊径。

姜建功、姜建勋两兄弟带了一箱子的钱，立马跑到成都疏通关系。

姜派的后台是省政府参议会的一个参议员，恰好负责省内各市县的国民代表选举。这个参议员告诉他：现在四川全省党政两条线的代表已经足够多了，夹江县国民党党部、县政府和三青团等方面均不会再批准候选人，现如今只能以无党派人士参选，胜选的可能性还要大些。

原来，在11月选举前夕，蒋介石发表了一个讲话，大意是说国民党党员代表和政府官员代表比例过高，以后各地要多留些代表名额给予党外人士（即国民党以外的党派和无党派人士）。那时合法的在野党只有青年党和民社党，言外之意就是要增加青年党、民社党和无党派人士的名额。当时夹江并无完整的青年党组织，也没有成系统的民社党组织，只有极少数的青年党党员和民社党成员。

姜建功是何等聪明的人物呀，听了这话马上醒悟过来，当即在《蜀报》登报宣布脱离国民党，准备以夹江县无党派人士身份参加竞选活动。

回到夹江后，姜建功把他的军师们找来详细商议，逐个分析有表决权的人，图财的安排可靠人员用“银弹”贿赂收买，怕死的就派人武力威胁，同时，也仿照王派，在各乡镇张贴宣传单。

这个时期，凡是姜派人员在王派地盘上张贴的宣传单，无一例外地都是白天贴上，夜晚就被王派兄弟撕掉了。同样，凡是王派人员在姜派地盘上张贴的东西，也是白天可见，第二天肯定不会再见到，两派在各自的地盘上绝不允许出现对方的宣传单。而且，两派都组织手下弟兄夜间到对方地盘撕毁宣传广告，这其间，双方人员围绕张贴与撕毁宣传单多次发生冲突，成了第二天人们茶余饭后的谈资。

兴文相当卖力，他始终记着与魏老摇争斗中受过王耀祖恩惠的这个情，也幻想着他出人、出枪参与了王派与姜派在迎江乡火并，王大爷很满意，承诺想办法给他在县政府谋个一官半职。走出山区吃官饭对兴文来说是个巨大诱惑。因此，兴文联合了木城、华头两地的袍哥兄弟，在进出当地交通要道的大旗山分水岭布置岗哨，24小时日夜守护，严加盘查人员出入，姜派人员很难进入歇马、华头两地，这两个地方都只有王派的宣传标语。

兴文不知道是听从了谁的意见，派人到兴盛那儿，买了一大批夹江土纸，印刷了几百份《安民告示》，连夜张贴在木城、华头和歇马，明面是保境安民，实则是为了控制姜派人员进入这三地。

《安民告示》写着：华头、歇马和木城地处防患土匪进城要冲，是夹江县纸业槽户重地，为国民政府提供抗战宣传纸张，还是军饷军粮的主要生产来源地。非常之时、非常之地不允许任何人不经许可前来骚扰，否则后果自负，保安队概不负责。

告示一出还真是管用，连续几天，姜派人员还真的不敢来了。

如果说王家更擅长动武用粗的话，那么玩政治还得是姜家道行高。

姜家动员了一些能说会道之人，剑走偏锋，利用县内各种集会，或者在人员密集的市场进行演讲，竟然宣传起了鸦片烟对人的危害，披露当时县里发生的吸食鸦片烟导致家破人亡的案例，言外之意直指王大爷早年所开的烟馆，直接影响了王大爷的声誉。

由于大选规则临时改变，就是不允许再选国民党员，而是在无党派人士中产生，这样，任凭王大爷提名的国民党候选人再有多少选票支持也没得办法，因此，最终选举结果是姜建功以无党派人士身份当选，成为夹江县“国大”代表。姜建功志得意满地赴南京参加“中国国民党国民代表大会”去了，政治生涯到了顶峰。

这是一个莫大的荣誉，姜派成为夹江县首屈一指的社会势力。

经此一役，王派深受打击，作为王派势力范围的兴文大失所望，一度断了进城吃官饭的念想。可是不久以后，夹江县组建民众自卫队，这是个好机会，王大爷为争取这支队伍的领导权费尽苦心，与师爷密谋队伍组建人选，并许诺李兴文：“给你个民众自卫总队常备大队长当当。”

常备大队由政府供养，当常备大队长即是进城端上铁饭碗了，这是十分诱人的。

李兴文重新燃起希望。

欲知李兴文能不能如愿进城，且看下回分解。

正是：

有风方起浪，无湖水自平。

第三十四回

组建民众自卫队　专任队长众人争

兴文一直想走出山区，在县城谋个职位，并得到王大爷的多次许诺。

前面说到，王、姜两派地方势力势均力敌，谁也吃不掉谁，达到一定平衡，两派都继续争夺夹江县党政军权，寻找打败对方的时机。

1948 年秋，争夺兵权的机会来了。

解放战争后期的民国三十七年（1948），国共军事斗争的天秤已经倾向于人民解放军，人民解放军处于攻势，国军明显落入下风，国民党政权已有江山破碎、风声鹤唳之势。南京国民政府责令四川省国民政府把全省各地的武装力量统一起来组建“应变武装”，称作民众自卫总队，归省保安司令部调遣，作为国民党正规军的补充力量，辅助对抗人民解放军进军大西南。

按照四川省政府组建民众自卫总队的规定，不同等级的县组建不同数量的民众自卫常备大队，以乡（镇）为班底组建民众自卫大队，以保为基础组成民众自卫分队，每甲为一个班。常备大队设置原则是：一等县为十二个，二等县为九个，三等县不低于七个，四、五和六等县均不得少于五个。

夹江县为四等县，应该组建不少于五个常备大队。

民众自卫总队其实就是整合各个乡镇现有的民团、保安队、家丁等各类武装，统一称谓而已。除常备大队为全脱产训练战备以外，所谓的民众自卫大队、民众自卫分队都是兼职队伍，队员平时在家各做各事，军事操练和执行任务时再行集合，即“门户练”。

夹江县自 1929 年起就直辖于四川省国民政府，很长一个时期都是四川省的模范县，对省政府明文规定说一不二，现在说就是政令畅通。省政府文件下来以后，夹江县立即把县政府守卫队和两个警察中队分别改编为第一、第二和第三常备大队，再从各乡镇民团队伍中抽调精干人员组建两个常备大队：东半城乡镇（王派）为第四常备大队，西半城乡镇（姜派）为第五常备大队。

第四、第五两个常备大队也由政府供养，全脱产集中吃住，驻防夹江县政府。当然，常备大队大队长也纳入县政府正式人员，吃皇粮了。

那时，国民党政府为着反共，除了把各地的民团、保安团统一编组为民众自卫队之外，还搞了个“匪运”动作，即把各地的土匪招安出来，委以各种军职，官帽四处飞，如游击军司令、某边区司令、独立旅旅长、军务督察专员和作战高参等。

当时，四川南部地区有“川南人民救国军司令部”“川南游击总司令部”“民众自卫救国军川南游击总队”和“叙永县川南游击总司令部”等四支较大的匪帮。这些匪帮横霸一方，伺机破坏新生共产党基层政权，专门给人民解放军制造麻烦。

正可谓“司令满山走，高参不如狗”。

四川省国民政府还有一条规定：民众自卫总队总队长由县长兼任，另外设置一个专任副总队长、一个副总队长，实权掌握在专任副总队长身上，专任就是现在我们说的常务。

王大爷深知，要抓住民众自卫总队这支武装队伍的领导权，最为重要的是谁来当专任副总队长。经过与手下商量，他推荐曾经在刘文辉二十四军当过兵的手下徐良力充当县民众自卫总队专任副总队长，同时还给李兴文“肘起”（帮忙举荐），想让兴文当县民众自卫总队第四常备大队大队长。

这是王大爷的如意算盘。

兴文异常高兴，信心爆棚，满打满算以为可以进城吃官饭了，带上1000个大洋，与王大爷一道拜访县长李向林。

李向林接过王大爷递上来的大洋，顺手放在办公桌下，一脸得意地说："专任副总队长这个职位我需要与参议会研究研究，其他的职位好说，我也不能一个人把事都做完了哟。"

王大爷说："研究个啥子，那个议长王择栖就是他们姜家的人，他怎么能同意我推荐的人呢？"

县长李向林在袍哥面前是端起官架子的："这个敬请王大爷放心，政府会从最适合这个职位的人选中择优选拔任命的。你晓得，我是没搞过军事的，必须要有一个懂军事作战的人来当这个专任副总。"

王大爷赶紧说："徐良力当过刘文辉二十四军的团附，在与刘湘部队打仗时受伤后回到家乡来的。虽然是跟着我混了多年的弟兄，但带兵打仗肯定是一把好手，举贤不避亲嘛！"

跟着王大爷的师爷装作不懂事似的说："我们王大爷可是一直看好县太爷您的呀，想当年，我们也出过不少力的呢。"

师爷说的是李向林当年竞选县长的时候，王大爷非常看好从外地来的李向林，主动送去了2000大洋。

1940年以后，四川省国民政府实行的是省辖市和县两级行政管理模式，除重庆市为国民政府中央直辖市以外，四川省政府直管成都市和自贡市两个市，再根据区位、人口、面积和赋税的不同，把全省139个县分成六个等级：一等县25个，二等县36个，三等县36个，四等县28个，五等县11个，六等县3个。其中，书中所表的乐山县为二等县，峨眉县为三等县，夹江县和洪雅县均为四等县，而丹棱县则为五等县。

当时四川各县县长的产生，全都由省政府民政厅举荐提名，一个县长可以有两至三名候选人，再经相关规定转请任命，同时规定县长不得在原籍地任职。

这就意味着民政厅长掌握着举荐县长的权力，里面难免滋生腐败交易。

抗战期间，据说四川省曾流传一份县长职位的“明码标价”：六等县和五等县县长 2000 大洋，四等县县长 3000 大洋，三等县县长 4000 大洋，二等县县长 5000 大洋，而一等县县长则高达 6000 大洋，就是“按缺的肥瘦、回报的多少，论价出售”。

王大爷听师爷这么说，心里暗喜，嘴上却说：“乱说乱说，以党国为重，以适合为要，那点破事算得了啥子。”

师爷这么一说李向林面子上还真的有点挂不住了，李向林沉思片刻，便说：“王大爷，不是兄弟我不答应你，前两天王择栖已经向我推荐张宏杰当专任副总，你们现在又推荐一个，两个方面都要平衡，我实在不好办呀。”

王大爷说：“徐良力当这个专任副总是非常合适的，也必须当上。姜家推荐的那人可以让他当副总嘛，再让李兴文担当常备大队大队长。”

李向林暗示道：“我这方面肯定没啥子说的，只是专任副总这个职位是需要省保安司令部任命的，如果省上《委任状》下来了，任他是谁都不敢胡说八道的。王大爷神通广大，听说在省上都有些兄弟伙，不妨去通融通融吧。”

转过头来，李向林问兴文道：“何伯龄老先生是你的什么人，他还跟我提起你来了呢。”

兴文赶紧答道：“伯龄大哥是我堂弟媳妇的亲哥哥，在我们那片声望可高了。”

李向林笑笑说：“噢，何老先生有才华，是个好人。常备大队长的职位由我任命，你当大队长倒是问题不大的。”

兴文在旁不停地拱手、笑脸。

王大爷关心的是谁能当县民众自卫总队专任副总，相当于常务副总队长，这才是有实权的副总职位，另外一个副总他都不在意。王大爷从李向林县长那里出来后，师爷点拨着说道："大爷你怎么记不得了呢？现任四川省主席也是省保安司令的王陵基是咱乐山走出去的大官，大爷在乐山时不是认识很多人的吗，何不找找乐山的兄弟伙，看看能不能攀上王主席这根高枝呢。"

王大爷眼睛一亮，一拍大腿说："就是，我怎么把这条线忘了呢。乐山明道堂会长就是王主席的亲哥哥呀，我早年在乐山工作时就认识他，算是布衣朋友，对，就去找他。"

于是，王大爷专程跑了一趟乐山，花钱疏通关系，才好歹让他的手下徐良力当上了专任副总队长。

说来国民政府真是乱。徐良力的《委任状》竟然是王大爷派人从省保安司令部自己拿回来的，可见王大爷的能耐有多大。

《委任状》竖版、硬纸、绢面，是这样的：

四川省保安司令部委令

省保安字 第五二〇号

中华民国三十七年二月

令 徐良力

兹委任该员充任本省夹江县民众自卫总队副总队长专任已经省保安司令部核备外仰克勤克俭勤奋工作为要

此令

四川省政府主席

兼四川省保安司令 王陵基

省保安司令部的一纸《委任状》，任他是谁也更改不了的。姜派虽说没选上自己人当专任副总，但是好歹自己举荐的张宏杰当了副总，可以制约王派的徐良力，只得妥协。

姜派因为李兴文曾经参加了姜、王两派在迎江乡的枪战而痛恨他，姜派执掌权力的县参议会找了个冠冕堂皇的理由拒绝授予兴文职务：李兴文没有军队工作经历，在国共军事斗争非常时期，不适合担当常备大队大队长职位。

这个理由还真让人无法拒绝。

不管怎样说，王大爷举荐的徐良力当上专任副总，这是这支队伍除县长以外权力最大的职位。虽然举荐的李兴文没能如愿，但是，他把对他更为忠心、敢做敢当的熊平安推上了第四常备大队大队长，这样的结果王大爷心中暗喜，哪儿还会为李兴文的前途而去理论呢。

在争任常备大队长职位一事上，兴文虽然得到了县教育界名望很高的何伯龄支持，但是也没能实现走出山区在县里谋个一官半职的愿望，还是继续做他的歇马大队大队长。

兴文有点失意，沉闷了好几天，手下人为他打抱不平，说：“咱们花了多少钱，又有那么多人帮咱说好话，连李县长都同意了，就是那龟儿子姜家可恨。”

有人帮腔道：“姜家就是可恨，上次在迎江乡，李哥子还让咱枪口抬高一寸，不让朝人打枪呢。以后再遇到这种事儿，老子一定瞄准了狠命地打。”

兴盛夫人却在一直劝说：“没当上就没当上，祸福相倚，否极泰来，谁能说得清以后的事儿呢。”

看到兴文还是闷闷不乐的样子，她又劝说道：“宁愿在歇马当鸡头，不能到县里做牛后。”言罢，硬是拽着失意中的兴文吃了一顿“烧腊”，以示安慰。

可是不久，何伯龄竟然出了意外，这让“熊李何余”四家逐渐走向末路。

到底何伯龄怎会发生意外，且看下回分解。

正是：

有钱能使鬼推磨，有权换来鬼把门。

第三十五回

人民觉醒迎解放　伯龄不幸意外亡

从革命精神角度来看，虽然李家人并不反动，但是也没有人顺应时代进步，参加到革命队伍中来。

只有与李家结亲的何伯龄算是一位革命者。

前面说过，早年的何伯龄曾经短暂地参加了“四川保路运动”，但是中途早早退学回乡办了间私塾，很受乡邻尊敬。

在四川军阀刘文辉主政夹江县的十来年间，除了征收税赋扩充部队之外，他是比较重视教育事业的，夹江私塾教育一直较为发达。夹江县的土豪士绅迎合教育潮流，纷纷办起了私塾，后期甚至还把几间私塾合并起来升级为小学，歇马中心小学校就是在这种氛围下以何氏学堂为基础改建的。那时，歇马中心小学的校舍要比旁边的民居好得多，宽敞明亮，学生衣着基本整齐，令人耳目一新。

刘文辉败退西康省后，痛定思痛，认为国民教育还是不足，部队人才力量不够而导致失败。因此，在执政西康省时期，说了一句著名的话语：“如果县政府的房子比学校好，县长就地正法！”这在军阀混战和国民党反动派统治下的四川，是有其进步意义的。

何伯龄是歇马中心小学的首任校长，在当地影响非常大。

民国二十二年（1933），刘文辉被刘湘部队打败跑路，刘湘统一四川军政大权。两年后的1935年，国民政府党政军触角才深入到四川，共产党革命的燎原之火也在夹江点燃，次年中共洪雅县委在夹江组织了一场

“西山农民暴动”，虽然在国民党军警围剿下暴动失败了，但是，革命火种保留了下来。

何伯龄早年在成都读书，思想本就进步，看到国民党军政官员贪污腐败日益猖獗，对国民党政权失望至极，从而对共产党充满希望，内心同情革命，他的一些学生甚至参加了地下共产党组织的“西山农民暴动”，学生们的思想也间接影响了他。

尊师重教的刘文辉被打跑后，先前备受尊重和支持的夹江教育事业，因连年不断的战争影响，货币贬值，物价飞涨，县政府财政不足，曾一度拖欠全县教师工资，这引起广大教师不满，夹江县地下党借机组织反对国民政府的行动。

何伯龄在夹江中共地下党的劝说下，支持歇马中心小学的教师们参加共产党组织的“学运”活动，还亲自参加罢课游行，迫使县政府补发了拖欠教师数月的工资。

这次斗争，中共夹江县支部（1940年改称夹江县委）认识到争取地方士绅的现实作用，便有意无意地对已经是县政府教育科督学的何伯龄灌输共产党思想，何伯龄渐渐地授受了进步思想，成为中共地下党外围组织——夹江“读书会”重要人物之一。

1949年6月，中共夹江县地下党组织已经秘密地为人民解放军解放夹江做准备，以何督学同意参观歇马中心小学为名，召集地下党员，在偏僻的学校内召开秘密会议，确定了“多搞些调查材料，尽可能发展统战关系，积极开展农运、学运、统战和策反工作，分化瓦解敌人，迎接解放”的方针。

中共夹江县地下党组织想掌握一支属于自己的武装队伍，逐一分析几个关键人物：县民众自卫总队执掌兵权的专任副总队长徐良力是个兵痞，是不可能投身革命的，县长李向林更是不可能的，倒是地处偏远的歇马大队有一定的可能。于是，党组织造势支持李兴文当第四常备大队大队长，让与李家有亲属关系的何督学暗地里做李兴文的工作。

何伯龄才思敏捷，能说会道，写得一手好字，著得一手好文，不仅是何家顶梁柱，拿主意，在李氏家族中话语权也很重，很容易就说服李兴文加紧扩编民众自卫中队，以非常时期保乡护民、防止散兵劫掠为名，在大旗山设岗盘查过往行人，何伯龄俨然成了歇马大队的军师。

李兴文虽然没能如愿当上县民众自卫总队常备大队长，有点失落，但非常认可何伯龄的说辞，就利用冬防训练的机会，接收了何伯龄推荐的武装骨干入队。

成都解放后，人民解放军第二野战军第十六军第四十八师自成都沿成乐公路向南攻击前进，当前锋一四二团打到夹江思蒙河，夹江县城已经隐约可以听到枪炮声时，何伯龄按照党组织交给的迎接夹江解放的标语样稿，让歇马中心小学字写得好的几位教师连夜赶写张贴宣传单。

第二天一早，歇马场的街头巷尾就出现了“天快亮了，农民要翻身了”“人人有饭吃，个个有衣穿”“团结起来，阻击胡宗南匪军西窜”等标语，一时间，歇马的人们心理复杂，议论纷纷。

那时夹江并没有解放，这种进步标语似乎写得早了点。尽管歇马乡偏远，但是国民政府政权的触角还在，有人便把情况报告给了县上。

县国民总队副总队长张宏杰（姜派重要成员之一）本就在找机会打压王派力量，得到这个消息，立即带领第五常备大队，乘坐一辆卡车赶来兴师问罪。

张宏杰的小轿车开得快，把国民兵的卡车远远地甩在后面。小轿车很快抵达歇马大队在大旗山分水岭设的路卡，只见几个背着“汉阳造”步枪、歪戴帽子斜穿衣的汉子，个个都是一副凶狠嘴脸，站在路障后，一窝蜂地拥到路中央挥手吼叫停车。

张宏杰与副官都是一身便服，副官下车呵斥：“干什么，干什么，不知道谁在里面吗！县国民自卫总队张宏杰副总队长。”

谁知那伙大爷根本就不虚，其中一个腰挎“盒子炮”的黑大汉骂骂咧咧道："啥子杂种副总队长，就是李向林李县长来了，没有《通关文牒》，也要叫他龟儿子把买路钱拿出来。"

《通关文牒》是旧时通过关戍时拿的通行证，早在民初时就已经废止不用。黑大汉以这种方式守关护卡，实则是故意刁难。

张宏杰听了心中生气，强忍住怒气，推开车门站在车门边，瞪大双眼盯着黑大汉，严厉地问："喂，你们是啥块？凭啥子设卡拦车？"

黑大汉歪起脑袋睨视一眼张宏杰，大拇指指了指自己的鼻尖，不屑地道："怎么，没听说过吗，老子们是夹江县国民自卫总队歇马大队，奉兴文哥哥命令，在这儿盘查共产党可疑分子。"

张宏杰听罢哈哈一笑，发问道："国民自卫总队歇马大队？县政府管不了吗？县国民自卫总队管不了吗？还他妈的敢拦大爷我的车。"

黑大汉哈哈大笑，露出一口黑黑的牙齿，说："老子们的大爷是成都刘文彩刘会长，是夹江县王耀祖王会长。歇马乡这一亩三分地，我们只听李兴文李哥子的。"

张宏杰听明白了，眼睛直盯着黑大汉道："那你们想做啥子？是不是要钱呀。"

黑大汉冷笑了两声道："说对了，就是奉李哥子将令，收取买路钱，不论官绅平民，一律得交钱，不然休想过这大旗山。"

张宏杰也冷笑两声道："哼哼，说了半天，原来你还是个土匪呀。"

黑大汉愣了一下，鼓圆眼睛正色道："不兴乱说哟！你以为我还是野仙儿吗，哥子我虽然蹚过几天浑水，但是，如今我归正神了嘛。我们这个民众自卫总队是蒋委员长给的番号，南京来的康泽少将还兼任省民众自卫总队参谋长呢，你咋个乱开黄腔说我们是土匪呢？"

张宏杰似乎恍然大悟地道："哟喂，这么说你还是正规军了呗，正规军就不应该拦路抢钱的呀！"

黑大汉斩钉截铁地道："你说那么'一抹多'（夹江方言：许多的，

很多的）的没得用，要么就是有李大队长一句话，要么就是给我一笔钱，我才放你过去，否则，任他是谁也过不去我这大旗山。”

张宏杰心头这个恨呀，但是身边只有他们两个人，发作不得，咬牙切齿地一字一字地狠狠地道：“那你就等着，马上有人给你钱，给你大钱。”

不一会儿，后面的卡车赶到，没等那些队员问清停车原因，张宏杰大手一挥，一声令下：“把这些设岗拦路的歇马大队的龟儿子统统给我拿下。”

第五常备大队由姜派势力控制，平常就与王派力量钩心斗角，这次就是来找歇马大队晦气的，有了张副总命令，仗着人多势众，动起手来对王派的歇马大队丝毫不留情，没得几个回合，就把歇马大队大旗山分水岭的哨兵打得哭爹喊娘，四处飞跑，黑大汉被五花大绑地捆了起来，押到歇马乡乡公所。

消息传到李兴文那儿，他知道闯祸了。

那个黑大汉早年曾在魏瘸子的队伍干过浑水袍哥，是当年跟随魏瘸子在华头场与李兴文谈判的四个兄弟伙之一，对李兴文印象较好，后来不知什么缘故，不当土匪从良了。

歇马乡扩编民众自卫大队时，兴文接收了他，算是给了他一条生路。由于黑大汉胆子大、枪法好、敢担当，就被兴文派个小队长，专守大旗山岗哨。谁知这小子死脑筋，死忠兴文，对姜派打压兴文愤愤不平，才惹出这个事儿来。

国民党歇马乡乡长认定歇马街上出现的进步标语背后一定与歇马大队支持有关，加上歇马大队与第五常备大队的这一场架，当张宏杰来了以后，二人商量以后决心要用武力镇压歇马大队，解除这支队伍武装。

两边即将兵戎相见的消息被何伯龄知道了。

何伯龄还是县政府官员，并没有率队武力反抗的魄力，既害怕“门户练”的歇马大队打不过装备齐全、脱产训练的第五常备大队，也害怕打烂歇马乡的坛坛罐罐，连忙让李兴文把歇马大队全员带进歇马中心小学，暂避锋芒，自己则赶紧跑去找张宏杰，想和平调解这一事件。

何伯龄不仅在歇马乡德高望重，在县里也是有良好声望的，况且并没有歇马中队反对政府的直接证据，因此，张宏杰同意接受调解。

张宏杰命令常备大队守在歇马中心小学校院外，自己则与歇马乡长进入院中，与早已等候的李兴文谈话。

就在李兴文老老实实地被张宏杰严厉训斥时，歇马自卫队员忍受不了第五常备大队不停谩骂，双方隔着校门对骂起来，火气越来越盛，骂声越来越大，常备大队有人想冲进校内，情急之下，一个歇马自卫队员对空打了一枪示警。

就在双方对峙的紧张关头，在校长办公室协调的何伯龄听到外边喧闹不止，担心节外生枝，赶紧跑出来喝问：“谁在打枪，马上有结果了。”

谁知学校院子外有一个乡政府的乡丁，因为早与歇马乡长约定好了：“如果谈判破裂，以一声枪响为号，即行进攻。”

这个乡丁以为这声枪响是乡长所发，还把何伯龄说“结果”的话，理解为谈判结束。于是，就按照事前约定，立刻朝院子里人声鼎沸处扔了一枚手榴弹，不巧手榴弹正好落在已近 60 岁、反应迟缓的何伯龄身边，何伯龄没做任何动作就被当场炸死，很是窝囊。

另外两个围在他身边的自卫队员，一个被炸断腿，一个被炸断手。

何伯龄死了，死无对证，自然什么事都推在他身上，革命标语的事就不了了之了。夹江县党组织也断了与兴文联络的这根线儿，李家唯一的一次可能参加革命的机会就这样失掉了。

何伯龄是“熊、李、何、余”四大家族的军师，最核心的人物。他一死，不仅李兴文少了重要帮手，而且李兴文也镇服不了胆大的熊平安了，这四大家族也就真正垮了。

欲知李兴文与熊平安怎么闹掰的，且看下回分解。

正是：

自古枪打出头鸟，官府打压地头蛇。

第三十六回

反动派垂死挣扎　俩老表分道扬镳

1949年12月成都解放后，国民党残兵败将和旧政权残存势力同流合污，蠢蠢欲动，妄图破坏新生共产党政权，对基层人民政府进行滋扰、破坏甚至暗杀共产党军政人员等。

成都解放前的1949年12月10日，蒋介石从成都凤凰山机场仓皇逃离大陆。登机前，蒋介石把从全国各地溃逃到四川的残兵败将收拢在一起，交由西南军政长官公署副长官兼参谋长胡宗南统一指挥，企图以云南、贵州和四川三省作为反共救国基地，进行所谓的“川西决战”。四川省政府王陵基把全省县市长紧急召集到成都开会，着手实施所谓的“安川应变”计划，动员国民党政府官员、警察宪兵特务组织、国民党和三青团组织等潜伏下来，暗中进行破坏活动，等待第三次世界大战发生，伺机与帮会和袍哥力量结合反对新生共产党政权。

国民党军统特务毛人凤奉命拟定了《关于大陆失陷后组织全国性游击武装的应变计划》，布置潜伏组织和武装特务，策划反攻大陆的还乡计划，准备在西南地区打游击、当流寇。

四川省国民政府通知各市、县政府主官，到成都参加会议，部署反动势力隐藏潜伏计划。

县长李向林参加完省里这个会议回到夹江之后，按照省里命令，准备把县民众自卫总队改称夹江县反共救国军，自任司令，专任副总队长徐良力为副司令，副总队长张宏杰为参谋长。虽然这支队伍军事上归王派的徐良力直接指挥，但是县参议会议长仍然由姜家头号人物王择栖担任，政治决策上还是姜派说了算数。

李向林感到分而治之固然很好，但是王、姜两派如此激烈地对抗，怎么能够听命于他完成潜伏计划，共同“抗匪”阻挡人民解放军解放夹江呢，他要想方设法把这两派联合起来直接听命于他。

李向林让人把姜、王两家在政府做事的头面人物请到他的办公室，姜派代表是县参议会议长王择栖、县国民自卫总队副总队长张宏杰，王派参会的是县参议员王伯韬和县国民自卫总队专任副总队长徐良力。

四个人正襟端坐，听候县长指令。

李向林一改往日长袍马褂的习惯，卡其色夹克军服，腰别一把乌黑铮亮的左轮手枪，站在一幅巨大的蒋介石画像面前，左手举起一份《四川省反共救国潜伏计划》，威风凛凛地说：“现在是反共救国非常时期，按照蒋总裁命令，胡宗南长官正在布置川西反共大决战。王（陵基）主席亲自部署全省反共救国潜伏计划，号召全省党、政、三青团组织与士绅阶层等反共人士团结一致，利用川西地区山高水险、林密谷深、农户散居、便于隐蔽的地理优势，迅速转入地下斗争，不要与共军硬打硬拼，以避实就虚的战略战术，保存现有实力，等待第三次世界大战爆发，内应反共。”

李向林又说：“李某才疏学浅，一人杯水车薪，但是，只要我们团结一切反共力量，动员一切武装组织，弟兄们‘爱国忠党、精诚团结’，天时、地利、人和，打败共军不是不可能，不是不可以，不是痴人说话。”

四人都只倾听，默不作声。

李向林接着说：“大敌当前，各位要忘掉先前许许多多的误会，精诚团结，共赴国难，否则，共军打过来，我们都是共军的盘中餐、板上肉，都没有好果子吃。

“咱们夹江是模范县，模范县应该有模范县的榜样，要把夹江建成反攻还乡的模范基地，依高山、傍恶水的夹江县一定能够做到。”

说罢，李向林坐定，期待别人表态。等了许久，看到还是没人应答，便指定王择栖道："你说是不是呢，择栖？"

县长点名发问，王择栖赶紧站起来道："大局当前，个人恩怨其次。仗青衣江之水险，尖峰山之林密，量共军也不敢越我夹江半步。"

王伯韬也赶紧站起来表忠心："谋事在人，成事在天。大敌当前，王大爷定当带领我们，服从李司令指挥，战胜共军围剿，保存有生力量，誓与共军周旋到底。"

李向林大喜道："时乃党国多事之秋，戡乱反共为了救国。现在是党国考验你我兄弟们的时刻，还要仰仗弟兄们精诚团结。"

看到几位都已经表态，李向林好像打了鸡血一般，"一发式"（夹江方言：很快，一下子）从座位上猛地站起来，严肃地说道："我宣布，凡是给共军带路者，杀；凡是胆敢反霸批斗地主者，杀；凡是协助农会征粮纳税者，杀。"

王择栖阴沉地接话道："对，还是暗杀，行刑式地暗杀，要杀一儆百。"

末了，四人在李向林带领下，高呼"坚决奉行三民主义""坚决忠诚职守严守秘密""坚决服从蒋总裁命令""不成功便成仁"等口号。

民国三十八年（1949），夹江县县长李向林终于如期把县民众自卫总队改名为县反共救国军。

王大爷凭借长期与军方交好的关系，紧急在国军一〇四师弄回 50 支步枪，全部交给熊平安的四大队。在县反共救国军全部五个常备大队中，熊平安的队伍兵强马壮，好不得意。

虽然李向林组织了一帮兵匪，企图抵抗人民解放军二野第十六军第四十八师第一四二团解放夹江，可是一群乌合之众怎么能与乘胜前进的人民解放军对抗，人民解放军第一四二团前锋营刚到离县城不远的思蒙场，李向林深知大势已去，就想着把人马带往尖峰山上，与魏老摇汇聚一处，妄图打游击。

李向林把县反共救国军全体中层干部召集到会议室，紧急部署“应变计划”，动员他们跟着他一起上尖峰山。

会场座次分为两部分：左侧几列是五个常备大队的干部，右侧几列则是其他大队的骨干。熊平安笔直地端坐在左侧的长条凳子上，远远地看到李兴文快步走进来，目送兴文在右侧长条凳上落座，点了一下头，然后仍旧紧盯着台上的李县长。

李向林大概说了下当前军事态势，说出打算，甚至有些嘶喊地道：“我带弟兄们上尖峰山，那里山高水长，竹林莽莽，是个凭险据守的好去处啊。”

底下是一片寂静。

李向林见没人呼应，便又说：“尖峰山古石寨踞险而居，想当年，蒙古兵拿那些踞险防守的老百姓都没有办法。现在，我们各种火器齐全，共军能奈何我‘锤子’。”

这时，会场内有人小声议论：“一个小小的尖峰山能阻挡得了人民解放军？秦岭、夔门关、剑门关都没奈何人民解放军呢。”

更有见多识广的人说：“号称天险的长江都没能阻止住人民解放军，人民解放军百万雄师一涌而过，固若金汤的南京、上海没打几天就被他们占领了，兵败如山倒，谁也挡不住。”

李向林可能是听到了底下嘈杂的议论，接着大声道：“实在不济，我们就去黑竹沟与胡宗南长官的部队会合，那里是原始森林，共军绝对攻不进去的。”

会场右侧又有人说话，声音很大：“峨边黑竹沟原始森林，人烟稀少，终年雾气腾腾，当地的人和牛羊牲畜进去就出不来，号称陆地‘百慕大’。人民解放军攻不进去，怕是我们进去也走不出来的呀。”

还有人道：“你与胡长官会合还有得官做，我们去了官不是官，兵不是兵的，算个‘锤子’呀。”

参加会议的官兵议论纷纷，各有各的心思，各打各的小九九，总之是“鸭子下田坎，各奔前程”了。

李向林见到军心已散，只得宣布散会，只把五个常备大队大队长单独留下，个个封官，人人许愿，这五个人都准备跟他上山打游击。

熊平安被李向林的一番话弄得头脑发热，回家后就立即把能带走的细软整理整理，交给一个兵背上先走了，准备上尖峰山打游击。

就在这时，也是刚刚参加完会议的李兴文，回歇马的途中，专门先来木城，想找熊表哥商量立场和协调行动。

李兴文满头大汗地刚跑进熊表哥家院子，就与急匆匆快步出来的熊平安撞个满怀。

没等兴文说话，熊平安便说：“兴文兄弟，你怎么还不准备准备，快点走哇，晚了就来不及了。”

兴文看到这一场景，知道熊表哥这是决定上山了，便一把把熊平安拉进屋子，没等坐定，便劝说道：“慌啥子吗？大表哥，咱们还是商量商量再说。”

熊平安说：“李县长都要上山，还说让我当反共救国军参谋长。咱不上山，未必等着人民解放军来收拾吗？”

兴文端过一碗茶水，咕咚咕咚喝光，一抹嘴巴道：“李县长、李司令是政府的官，他到哪里都有官做，咱们土包子，跟着人家能混出啥子名堂呢？”

熊平安回话道：“家贫出孝子，国难显忠臣。这个时候，正是你我向国民党表忠心的机会。”

兴文着急地说道：“表啥子忠心哟，天要变了，还是认清形势，静观其变为好。”

熊平安不以为然，说道：“从大清朝倒台到如今已经有几十年了，当年的刘湘、刘文辉都被蒋总裁收拾得服服帖帖的，现在偌大的国民政府难道能就这么垮了？”

兴文说：“先不说国民政府垮不垮的。大孃不幸‘走了’，你再自顾自地离家上山打游击，怕是你们熊家现在就要垮了呀。”

谁知不说这话倒还罢了，提起妈妈亚梅的死，熊平安气不打一处来，抽出手枪，“啪”的一声拍在桌子上，恨恨地说：“就是因为人民解放军征粮队，跑到咱木城，还钻进咱家碉堡，我妈才死于非命，这笔账要算在共产党头上。”

兴文可不这么认为，劝说道：“子弹不长眼睛，谁知道是哪粒子弹打死大孃的呢。再说，你们不下山打县城，也根本不会发生交火的事儿，大孃就更不会发生意外哟。”

“我才不管是哪个打的那一枪，我只知道我妈是那次枪战死去的。”熊平安态度坚决，立场明确，说，“你要是不跟我们走，那你向共产党投降好了，看看有没有好果子吃，还不如跟我上山打游击。混好了，等第三次世界大战爆发，国军胜利，咱们是功臣。混不好，占山为王，也可以了却余生。”

兴文又提起一件事，劝说道：“大表哥，你没听人说，前不久老蒋检阅成都部队时，升到半空中的国旗竟然掉了下来，连升旗的绳子也断了，这就是不祥之兆呀。国民党气数已定，天下早晚都是共产党的。大表哥，顺应潮流，改弦更张，识时务者为俊杰哟。”

1949 年 11 月 30 日，蒋介石从陪都重庆乘坐“美龄号”专机逃到成都后，12 月 3 日，在成都北较场检阅黄埔军校成都分校官兵。检阅之中，几个兵刚刚把旗升到半空中，中华民国国旗突然掉了下来，把升旗官兵急得够呛。这个事儿从成都慢慢传开以后，人们解读这是国民党政权即将垮台的先期兆头。

李兴文指的就是这个事儿。

熊平安不以为然，高大的身躯微微颤抖，指定李兴文道：“这是听哪个‘日白匠’（四川话，编造不真实故事的人）道听途说的。你亲眼看到了吗？你这是上不忠于国、下不忠于人。”然后，一把甩开李兴文的手，伸手从桌子上抓起手枪，插入枪套，眼睛睁得老大，决绝地说：“莫再说了。大路朝天，各走一边。今后，你我战场上见。”

表兄弟俩不欢而散。

这也应了那句“姑死了，舅埋了，表兄表弟不来了”的俗话。

带头的熊平安这么一走，“熊李何（河）中有余（鱼）”就只剩下李兴文一人了。

兴文这个歇马乡大队大队长，直接听命于王派徐良力副总队长指挥。当李向林在会场上声色俱烈地动员他们上尖峰山时，他考虑到多年前与魏老摇结下的梁子，这个时候上尖峰山，指不定受多少气呢。再加上堂兄弟几个或残或死或痴，再也没有帮手了，李氏家族第三代全靠他支撑着，就不想跟着薛副总闹腾，遂称病躲在家中，没上尖峰山。

熊平安是上了尖峰山的，后来跟随李向林攻打木城场失败，不得不钻进峨边黑竹沟原始森林。

欲知熊平安如何发迹，且看下回分解。

正是：

识时务者为俊杰，通机变者为英雄。

第三十七回

筑木为城南安场　混世魔王熊平安

木城场历史悠久，紧邻青衣江而居，是夹江西部山区与城区之间的交通要道，原名南安场。

明末崇祯元年，崇祯皇帝朱由检接过的大明可谓是风雨飘摇、内忧外患。

大明王朝统治后期，全国各地纷纷兴起各种各样的农民起义军，反抗大明王朝。其中，明朝末年两股势力最大的农民起义军，席卷天下，直接撼动了大明王朝统治。

“闯王”李自成以“均田免赋”号令天下，队伍逐渐壮大，他率领义军，主攻黄河流域，最终攻破北京城，逼得崇祯皇帝朱由检逃到皇宫后面的煤山，众叛亲离中，在一棵歪脖树上上吊身亡，李闯王全面控制北京城，自命为“大顺国”皇帝。

正当大明王朝对李闯王这支农民起义军束手无策之际，雄踞东北多年、对中原大地虎视眈眈的清摄政王多尔衮，率领清军趁乱进攻山海关，图霸中原。

当时镇守山海关的明军辽东总兵吴三桂，面临左右为难的境地：是做大明忠臣，兴兵回京勤王，誓死捍卫大明国；还是附和李自成的义军，归顺“大顺国”；抑或是继续坚守山海关，抵抗清军。就在这当口，吴三桂得报：李闯王的义军攻破北京城之后，不仅没有善待他们吴家人，还把他最最喜爱的小妾陈圆圆给霸占了。

吴三桂冲冠一怒为红颜，投降多尔衮，引清军入关，联合清八旗军一起与李闯王的义军作战。这样，爱新觉罗·努尔哈赤不仅打败了“大顺军”，把李自成赶出北京城，还彻底推翻了近300年的明朝政权，入主中原，建立起了一统中国的清王朝。

明朝末年另外一支农民起义军，则以张献忠为首，自崇祯年间从陕西起兵，逐步壮大，沿长江流域发展，在与明军战斗中有胜有负，最后跑到地处西南、四面环山、交通不便的四川，在成都建立“大西国”，张献忠自命为皇帝。

这是清朝顺治元年（1644）的事，这一年，也是明清交替的重要一年。

长期以来，传说张献忠率领大西军初到四川便残酷镇压反抗意志坚决的四川军民，横征暴敛，烧杀抢掠，横扫四川全境，史称“张献忠屠川”。

清朝时期编纂了一部《明史》，记载有张献忠的《七杀碑》，碑上刻有“天生万物养于人，人无一物回于天。杀杀杀杀杀杀杀！”等文字，以佐证“张献忠屠川”和突显张献忠残暴。但是，1934年，有一个英国传教士在四川广汉一个公共墓地偶得一块张献忠立下的“圣谕碑”，碑文却是“天生万物与人，人无一物与天。鬼神明明，自思自量”。这个碑文是说：慈悲的上天赐万物于人类，而人却没有一物可以报答上天，所以人需要反思，劝人畏天行善，根本就没有一点杀气的意思。

“张献忠屠川”是清政府刻意抹黑农民起义领袖张献忠，还是张献忠真就是如此残暴的人？那就交由学术界考究去吧。

无论真假，历经明末清初那几年的战乱，四川人口大幅度急剧减少却是不争的事实，也就有了湖广填四川的历史。

话说1646年，张献忠的手下大将抚南将军刘文秀领兵十万，占领了雅安、丹棱、洪雅等县城，组成船队顺流而下直逼夹江，欲“西山诸路，并剿峨眉”。史书上说：烽火相望，势甚危急，离县城仅一望矣（一望，指目力所及的距离）。

崇祯皇帝朱由检自杀以后，明朝宗室不得已在南方各省组织力量抵抗，史称南明，先后建立了弘光、隆武、绍武和永历四帝以及鲁王监国政权，与“大顺军”和“大西军”的残余力量时分时合，共同抵抗清八旗军，意图反清复明。

获知刘文秀即将进攻夹江、峨眉的消息后，南明永明王（即后来的永历帝）朱由榔，紧急召见夹江县南安籍的明军千总周鼎昌，把他提升为副将军，令他率领千余士兵抄近路回援家乡。

将军周鼎昌赶到夹江南安场时，刘文秀部队已经在青衣江上游构筑好浮桥，连营 30 里，即将渡江攻打过来了。南安场民众被“大西军”屠川传言吓怕了，人心惶惶，富家子弟都在准备逃亡了。

久经阵仗的周鼎昌首先想到的就是紧急建立起防御圈，立即做了三项应战准备。首先便是紧急动员南安场军民全部上阵，军民同仇敌忾，众志成城，集中收缴百姓家中现有木料，突击砍伐尖峰山林木，把个南安场用圆木竖栅做了一圈城墙，方圆数里，足足两丈余高，外人入内不得。同时，周鼎昌还动员能工巧匠“刳大树、填火药”（刳音 kū，剖凿大木，使其中空）制成土炮，隔岸打击敌营，对方人马死伤众多。另外，选择百名水性好的士兵组成“敢死队”，个个佩带铁钩、镰刀，潜入水中躲在形如蓑笠的草筏之下，乘夜游到刘文秀部队建造的浮桥下面，割断捆扎浮桥的绳索，再用铁钩拉开浮桥，破坏了浮桥，使敌军始终不得过河。仅用这三种手段，周鼎昌将军便生生打败了“大西军”近一个月的强攻猛冲，迫使刘文秀退回成都府。

此后人们为了纪念这个事，将南安场改名为木城场。

话说木城场的熊家一直都是较为富有的，也时常在纸火街做买卖，熊家往来纸火街中途，有时就在李家停歇一会儿，与歇马李老太爷较为熟识。

熊家老二与李家长女李亚梅年龄相当，在跟随父母买卖时俩人也就认识了，时间长了，两情相悦，两家有意，熊李两家水到渠成地成了儿女亲家。

熊老二还真是个本分人，满足于夫唱妇随的平淡生活，对亚梅很好，李老太爷在世时从没有为亚梅夫妻操过任何心。

熊老二夫妻相敬如宾地过了很多年，老大熊平安长到 16 岁时，熊老二过世了。

儿大不由爷。

熊老二去世以后，亚梅管不住熊平安，说话他根本不听，气恼了很长时间，后来管不住了也就随他去了，任其发展。好在熊平安也有了一番作为，亚梅才少了许多忧虑。

熊平安是李家年龄最大的大表哥。

在有枪就是草头王的混乱年代，长大后的熊平安有些逆反，好动不好静，好武不好文，自小就跟着大舅李正荣学武。

除了李兴武之外，正荣毫无保留地悉心教授这个外甥。

熊平安身高接近一米八，浓眉大眼，身形粗壮，这在四川省绝对算是彪形大汉。

熊平安练武不同于别人，除了必练基本功，并不看重套路练习，而是喜欢练对打，长期的摔跤练习以至于耳朵都变形了，俗称“饺子耳”，徒手搏斗技术优于其他师兄弟，周边的人没人能够摔倒他。

正所谓“身大力不亏”。

如果与李兴武相比，熊平安是“一力降十会”的十足武夫。而李兴武的武术基本功扎实，武术套路娴熟，搏击技术全面。如果俩人擂台比试，兴武一定胜出；但如果是街头斗殴，玩命相斗，那基本上熊平安笑在最后。

真正的街头斗殴，讲究的是“一胆二力三技”。

熊平安练过武功，身大力不亏，更重要的是胆子大，打起架来不要命。这三条他都具备，因此，经过几次斗殴，木城场的半大小子很佩服他，身边聚集了一大帮“散眼子”，在外面“操”（拉帮结派），成为木城场一霸。

熊平安行事讲义气，虽然称霸木城场，但是绝不在本地胡作非为，有时还帮助基层政府做些不方便出面的事儿，现在说来就是黑白通吃的意思。

如果这么发展下去，熊平安也就是木城场的一个“散眼子”，改变熊平安命运的是，他终于傍上了王大爷。

有一次，王大爷的两个手下，带了一大笔贩烟钱，路过木城场，在酒楼吃饭。谁知尖峰山的几个土匪也在酒楼喝酒，双方不知什么原因吵了起来。

土匪们下手狠，三下两下就把王大爷的人打倒在地，看到还有一个钱袋子，喜出过望，抢了就往外走。

这时王大爷已经很有名气了，只是土匪不知道那两个人是王大爷手下。

熊平安正愁没有机会攀上王大爷呢，听说王大爷的人与土匪干架，便带了一帮人快步冲了过来，打帮拳。

土匪装扮很好认，熊平安冲过去照直给那个土匪头子就是“一锭子”（夹江方言：打人一拳头），大骂道：“木城是老子的地盘，谁让你们到这儿抢人的。”

土匪都是些把脑袋别在腰间混生活的，土匪头子“一突坐”（夹江方言：屁股着地式地跌倒）后，立即起身还击，两伙人喊打喊杀大打出手。

熊平安下手更狠，不管别个小土匪，瞅准那土匪头子的脑袋就是一板凳，土匪头子回身给了他一刀，熊平安忍住胳膊剧痛，紧追不舍，又是一板凳，土匪头子被打倒在地，呻吟不止。熊平安手不容情，还是一下紧接一下地狠命打，直打得土匪头子大喊饶命。

熊平安把王大爷的人救了，钱袋子也抢回来了。

熊平安就是这样攀上了夹江袍哥大爷王耀祖，并由王大爷引荐，“海”起了袍哥。

民国二十四年（1935），国民党政权进入四川以后，明令全省各县都要建国民兵义务总队，木城乡也要组建国民兵义务大队，其实就是个民兵组织。

在王大爷运作下，木城场政府就以熊平安这伙袍哥兄弟为骨干，补充些军阀队伍中的退役士兵，组建了木城国民兵义务大队。第二年，改名为木城国民兵大队，熊平安还当了副大队长。

熊平安终于混出了模样。

“熊李何（河）中有余（鱼）”的熊家，主要就是指熊平安在这一带的影响和势力。

熊平安有着别人比不上的优点：行事“木毒”（夹江方言：胆大而又莽撞，不计后果）；胆子大，说干就干；忠于人，死心塌地，绝对听命于王大爷。这点很让夹江袍哥老大王大爷受用，不久之后，就把熊平安副大队长的“副”字去掉，成为木城国民兵大队大队长，熊平安视王大爷有知遇之恩，言听计从。

在夹江县组建民众自卫总队时，姜、王两派私底下达成交易：第四常备大队由王家做主，第五常备大队归姜家筹建。

王大爷本来提名李兴文为第四常备大队大队长，但被姜派给否决了，王大爷顺水推舟地让熊平安当上了第四常备大队大队长，熊平安由此再进一步，进城端上了铁饭碗。

本来这样发展下去也就罢了，可是后来，人民解放军解放成都的枪声传来，国民党政权几近垮台，熊平安的队伍改编为反共救国军，铁心跟随李向林上了尖峰山。

成都龙潭寺惨案发生以后，熊平安跟随队伍又回到木城场，还在自己家里面与人民解放军打了一仗，这是他最后一次见到家乡的山山水水。

欲知熊平安怎么与人民解放军对抗起来的，且看下回分解。

正是：

明清更替知兴衰，魔王发迹明得失。

第三十八回

龙潭惨案惊世人　残匪作乱攻县城

话说距离农历1950年春节只有12天的2月5日，夜幕降临下的成都市北郊龙潭寺，寂静的夜空突然传来一阵爆裂的枪声和喊杀声，数百名土匪乘着夜色，偷袭了人民解放军第六十军第一七九师政治部主任朱向离带领的一支小队。

那时成都地区道路是十分难走的，很多都是驿站小路。朱向离主任带领一个加强班从成都市新都县石板滩镇驻地前往成都城区开会，其实路途并不遥远，但在当时交通不便的情况下，途中却不得不在成都远郊的龙潭寺镇夜宿。

龙潭寺匪患严重，可以说是十足的土匪窝。当朱向离带队驻足龙潭寺后，得到消息的国民党散兵和袍哥土匪立即麇集在一起，主要有“挺进军东山纵队”和“反共救国军金简华总队”等匪帮，在军统特务的指挥下，乘着夜色冲击人民解放军借住的旅馆。

朱向离这个小队只有数个机关干部和一个警卫班，人数不足20人，不得不顽强抵抗数百敌军的冲击，最终寡不敌众，弹药耗尽，除了一名战士逃出通风报信外，朱主任等近20名人民解放军官兵全部遭到匪徒杀害，甚至辱尸，制造了震惊全国全军的龙潭寺惨案。

龙潭寺土匪暴乱的枪声一响，原本表面平静的川西坝顿时枪声四起。很短的时间内，成都周边11个县的土匪武装叛乱同时发生，有6个县城被土匪包围，35座城镇被土匪围攻。

夹江木城镇也是被土匪攻打的乡镇之一。

话说成都龙潭寺土匪暴乱的消息传来后，李向林错误地判断形势，以为机会来了，带领国民党残兵败将、土匪袍哥冲下山来，攻打夹江县城。

攻打县城，首先要拿下木城。

这时，木城只有一个人民解放军征粮队。

新中国成立初期，夹江迫切需要解决人民解放军部队、党政干部等各类人员的粮食供应问题，因为从国民党田粮管理机构接收过来的粮食远远不能满足需要，因此，征集粮食便成了巩固人民政权的首要任务。

自 1950 年 1 月开始，夹江县人民行政公署按照《1949 年度征收公粮条例》，抽调地方干部、乡保留用人员与人民解放军官兵混合编组，成立若干征粮工作队，分散到全县各乡镇征粮。

人民解放军一四二团的一个排长率队保护征粮工作队，负责在夹江县城西部木城、华头和歇马地区征粮。刚刚进入木城场场口，就看到李向林这伙土匪大呼小叫地从大旗山上冲了下来。

这种情况，回撤显然来不及了，只能找地方就地固守。

人民解放军排长并未惊慌失措，看到不远处有家大户，院子两侧各有一座碉堡，这正是熊平安家，就带领人马奔向熊家大院。

新中国成立前兵荒马乱，木城场的一些年轻人都在逃难，只有年龄较大的熊平安老母亲李亚梅独自在家。人民解放军进入夹江以后，亚梅看到这支部队并不扰民，说话还很客气，心有好感。这时，看到他们疾速跑来，便快步迎上前去，打开锈迹斑斑的门锁，急切地说：“快，快进来。”

人民解放军排长说：“老婆婆，我们要借用你家的碉堡，暂时抵抗这些个散兵游勇，损坏的物品我们一定照价赔偿。”

亚梅说：“先不说这个，快进来吧，我家碉堡坚固着呢，全木城都没有比它更坚固耐用的。”

排长带领征粮工作队钻进碉堡，布置射击火力，同时，派出一名战士疾速进城报告匪情。

木城场是夹江西部山区的进城要冲，尖峰山袍哥土匪进城的必经之地，地势重要，当地富裕人家为防匪患历来就有修建碉堡的习惯。民国二十四年（1935）和民国二十五年（1936），中国工农红军第一方面军和第二方面军曾经两次路过华头、歇马地区，夹江县国民政府担心工农红军进攻县城，抽调民工在木城场紧急抢修了大量的碉堡，因此那时木城场碉堡林立。

木城场熊家发达以后，熊家大宅外墙就全部使用青砖砌体，足足有半米厚，两米多高，最为显眼的是东南角、西北角那两座半突出墙体的圆形碉堡，直径约 6 米、高约 3 米，呈蘑菇形状，分上、中、下三层，两座碉堡高低错落的壁龛式射击孔多达 18 个，两座碉堡之间还有通道相连。碉堡上还可隐约看出当年粉刷“厉行封锁匪区政策”等几个繁体大字。

当李向林这伙土匪冲过来时，人民解放军紧急跑进碉堡，时不时地组织交叉火力向外射击，土匪哪有什么攻坚手段，也没得重火器，只有把熊平安家包围起来，不时冲击这些碉堡。

人民解放军这个建制排战斗力还是很强的，依托两个坚固碉堡，互为犄角，火力交叉，李向林这伙散兵也是无可奈何的。

李向林久攻不下，便想用火攻这招，他强迫老百姓挑来柴草，围堆在房子和碉堡四周，准备放火烧。熊平安看到李向林要火烧自家房子和碉堡，心里十分不甘，百般劝阻，但又没有提出可行的办法。

在碉堡里的李亚梅，知道外面土匪就要火烧自家房子和碉堡了，这可是她一生的家产，心里怎么可能舍得呢。正无可奈何之际，突然看见熊平安也在外面的土匪群中，就想出去阻止。

在两军对射间隙期间，趁人民解放军战士一时没注意，亚梅突然钻出碉堡，从通道中爬了出来，一边往大门外面跑，一边喊着熊平安名字。

熊平安见到这种情形，急得大喊：“快回去，快回碉堡里去。”

谁料就在这个当口，双方又对射起来，行动迟缓的亚梅死于流弹。

这一切就发生在熊平安的眼皮底下。

正在这关键时刻，人民解放军一四二团主力与夹江县武装大队组成的剿匪战斗团到达了。

夹江县城到西部山区，那时只能从迎江乡码头渡过青衣江，才能到达木城镇。

李向林知道木城渡口的重要性，早已命令魏瘸子带领尖峰山土匪在青衣江岸边，利用地形掩护，紧急构筑工事，组成排子枪阵，企图阻止人民解放军渡江作战。

木城镇青衣江渡口很小，江面最窄处直线距离尚不足两百米，水深也就三至五米，这种情况岂能阻止南征北战的人民解放军一四二团进攻。

一四二团官兵接到匪情，立即从夹江县城各自驻地，沿大石盘山（光秃山）一路急行军，在龚滩桥一线展开战斗队形。

官兵们先用大喇叭隔着江岸大喊，宣传政策，叫他们放下屠刀，不要阻挡人民解放军进攻。前卫连还向河中心开排枪以示警告。但是魏瘸子这伙土匪根本不惧怕，毫无退却之意。

见对岸敌人死不投降，人民解放军就准备强行渡江，当地政府很快组织好了几十条渔船，等待人民解放军驾船渡河。

战争年代素有“新兵怕炮，老兵怕机枪”的说法，意思是说炮弹是概率杀伤，不针对个人杀伤，新兵特别害怕激烈的爆炸声，而机枪则是通过子弹数量进行扇面杀伤，冲锋时连经验老到的老兵也要畏惧三分。

那时四川袍哥土匪更加怕炮，因为土匪知道，有炮兵的必定是人民解放军大部队。

人民解放军在对岸用自制大炮一顿炮火齐射，十分准确地打到土匪挖的简易工事或堆积的障碍物上，正在指挥的魏瘸子当场毙命，土匪这才吓得四处逃散，去了一半。

炮火准备过后，二十几艘临时征用的木船载着人民解放军战士，船头都一水地架了一挺捷克式机关枪，集中火力压制对岸边的土匪，人民解放军很容易就冲过河去，仍在顽固阻击的土匪成了枪下之鬼。

木城之围解除了，李向林好不容易啸聚起来的队伍又被打散了，只好绝望地逃往峨边县黑竹沟的群山峻岭之中，再也没有一丁点儿的反攻行动，自然消亡了。

熊平安也跟随李向林逃到峨边县黑竹沟的群山峻岭中，不知所终。

李兴文命运也没好到哪里去，他是因为一件旧事掉了脑袋。

欲知李兴文如何丢了脑袋，且看下回分解。

正是：

螳臂当车不自量，全狮搏兔下马威。

第三十九回

百年袍哥被铲除　兴文旧祸掉脑袋

李兴文是在夹江解放之初的清匪反霸中被枪毙的。

话说1949年12月成都解放后，国民党残兵败将和旧政权残存势力与“反动会道门”组织同流合污，对新生共产党政府进行滋扰、破坏甚至暗杀军政人员等。那时，夹江县还隐藏有反革命组织二十个，土匪暴乱组织四个，特务组织五个，暗杀组织两个。

夹江县最大的一股反动力量就是县反共救国军。这支队伍由县长李向林带领，除去五个常备大队以外，还裹挟了华头大队、木城大队的一些队员（歇马大队个别想跟随的队员，被兴文强力劝阻了）逃到尖峰山，与魏老摇的浑水袍哥混合一处，占山为王，说是静待国民党反攻大陆。

这些形形色色、大大小小的反动组织相互勾结，时聚时散，串通相邻几个县的反革命组织，进行了几次小规模联合暴动，妄图推翻新生政权。成都龙潭寺惨案发生以后，李向林匪帮以为反攻的机会来了，下山进攻夹江县城，但是很快就被打败了，不得已又带领小部分土匪武装跟随胡宗南残兵败将的脚步，远逃峨边县黑竹沟原始森林的群山峻岭之中，等待第三次世界大战爆发，企图与人民解放军打游击。

前面说到，袍哥力量不断坐大，国民党政府感到了威胁，曾经一度想解散袍哥组织，只是由于各方面原因，未能如愿罢了。

在人民解放军势如破竹的凌厉攻势下，危机之中的国民党政府企图利用袍哥势力，策划推行流氓政治与共产党抗衡，纠集一切反动势力垂死挣扎，暗中指使国民党军警宪特与袍哥土匪同流合污，吸收了大量袍哥成员加入武装反抗军，共同进行反共活动。举例说，国民党举办的第五期“游击干部训练班”，受训的学员几乎全都是袍哥兄弟。

袍哥兄弟自恃为“地头蛇”，与普通群众穿戴无异，竟然偷袭、杀害人民解放军官兵和新生政权干部，洗劫国家财物，抢夺粮食，焚烧民房，甚至破坏交通、占领偏远县城、建立伪机构等等，成为人民政府的现实危害。

据说，正是袍哥兄弟在茶馆里探听到人民解放军入住客栈的消息，袍哥土匪与国民党军警特务才共同制造了龙潭寺惨案。

成都龙潭寺惨案，直接引发了我党我军彻底摧毁旧政权残存势力的清匪反霸运动，史称“镇压反革命运动”，这是在特定的解放初期人民政府不得不为之的非常之举。

清匪反霸的主要对象是：国民党部队排长以上、警察局所长以上、宪兵特务组织、国民政府县长以上、国民党和三青团区分部书记和支队长以上、乡长、镇长、保长、帮会头目等等。人民政府要求这些人物，要主动向人民政府自首、登记，必要时将进行管制、关押和批斗，对有人命的还要执行死刑，根本目的就是要动摇国民党反动派的社会基础。

解放初期，我党我军开展了一系列政治攻势和军事剿匪，通过组织农会、为广大贫苦农民分配土地、解决农村游民生活问题等等，使得袍哥组织赖以生存的社会基础彻底分崩离析。袍哥组织作为封建社团，在向人民政府登记后自行解散。自此，曾在西南地区民间流传百年的袍哥组织最终解体，就此覆没。

话说李兴文本就机敏过人，思想也算与时俱进。他从各种渠道得到国民党节节败退、人民解放军从多个方向迫近成都的信息时，就认定国民党部队已经无力抵挡人民解放军的强大攻势，国民党政权气数已尽，夹江县迟早都是共产党的天下。

虽然有此基本认识，但在当时社会大变革时期，兴文也是面临着适应新政权还是上山打游击的抉择。

这时兴文正苦于身边没有人可以商量：思维敏捷的何伯龄死了，再也没人可以给他出谋划策了；敢打敢杀的大表哥熊平安上山打游击了，两弟兄还闹得很僵；家里剩下的兴民和兴国两个堂弟，“里扯火”（夹江方言：说话过度夸大或做事特别不认真）得很，撑不起家也指望不上。兴文身边没有了左膀右臂，感到孤掌难鸣，左右为难。

正愁眉不展间，管家走进来问道：“明天是何老先生烧‘五七’的日子，咱们该准备些什么礼物呢。再者说，咱还可以借这个机会听听兴盛夫人咋说呢。”

旧时丧事活动讲究“烧七”，其中，烧“五七”（第五个七天）是最大的一次祭祀活动。传说这一天死人灵魂会回家来，死者家人要在死者坟墓烧纸钱。因此，人们非常看重，死者亲朋好友也会携礼带物参加祭祀。

一句话点醒梦中人，兴文心里说，对呀，何不利用何伯龄丧事烧“五七”这个机会，讨教讨教一向精明的兴盛夫人何淑莲呢。

当“五七”的各项程序结束以后，何淑莲把李兴文请进书房，没两句话，便说到正题上。

何淑莲的判断与兴文大体相同，她吸了一口“云土”，慢慢吐出烟雾，道：“天要变了，国民党政权腐败，大势已去，怕是共产党要掌管天下的。新政府绝不会允许旧的格局继续存在下去，我看你这个袍哥大哥也许当到头了。”

兴文不吸“云土”，喝了一口盖碗茶，再把盖子盖上，说道：“这点我早就看明白了，你看，我这不是没跟李向林他们上山吗，就因为这个，我还跟大表哥决裂了呢。”

兴文又把盖子拿开，轻轻荡着茶水，不无忧愁地道：“我只是担心共产党不能饶了我呀。”

何淑莲宽心道："你又不是国民党军、警、宪、特这类人员，有啥子好怕的呢。"

兴文一边吹着碗中的茶叶，一边回话说："我个人倒没啥子，我只是担心我这支队伍。"

何淑莲猛吸一口"云土"，说道："哎，你这支队伍，不管是叫国民自卫总队，还是叫反共救国军，总之就是一个小山沟的民团队伍，自己养活自己，看家护院而已。团练，一介草民，不拿政府一分钱工资，不算县政府正式人员，也没与共产党作过对，那就应该不会被清算，有什么不可饶恕的呢？"

兴文坐直身体，把盖碗茶往桌上一搁，说："是啊，这歇马大队充其量就是个民间保安队，政府不允许我就把它解散了，好在我的队伍中没人上山打游击。"

何淑莲满意地点点头，说道："你要这么想就对了。咱不比常备大队，不靠政府一分钱养活队伍，就不必听他李县长的调遣。"

兴文笑笑道："现在回过头来看，当年幸亏没能当成常备大队长，若是当个大队长，还不被李县长强迫着上山去呀。"

何淑莲不无得意地道："那当然，当时大家都在为你鸣不平，没端上政府饭碗，只有我说'塞翁失马，焉知祸福'，还请你吃'烧腊'。现在看来，我是有眼光的吧。"

兴文向何淑莲举起大拇指，无声地笑笑，道："那我也劝你一句，别再抽这玩意了，民国都不允许的事儿，新政府肯定也是不允许的。"

何淑莲把吸烟工具放在一边，一脸严肃地道："大烟我已经抽得很少很少了，而且只敢在家里偷偷地抽。二哥，我倒要劝你，从现在开始凡事儿都要低调，对人更要低调。而且，当务之急是主动与人民政府合作，给政府捐些钱财，最好能在新政府中谋个一官半职，再把歇马大队解散了，你的人绝对不能与共产党作对。"顿了顿，何淑莲又问道："除了那年帮助王大爷与姜派在迎江乡‘打掟子’，你还有什么动武用粗的事儿没有？”

兴文回话道：“那倒是没有，咱是清水袍哥的嘛，不过……”

兴文话未说完，若有所思。

经过与兴盛夫人一席话，兴文决定选择与人民政府合作。

兴文当年救过的那个“肥猪”，那时已经是歇马乡农会干部。通过这人，兴文了解到政府当前急需粮食，便主动提出捐给政府五石稻谷，并解散了民众自卫大队，让队员们各回各家，然后把各类长短枪支交给歇马乡人民政府（只是没舍得交出王大爷送给他的那支“盒子炮”，本意是作为防身之用），还向政府推荐五个队员参加新成立的夹江县人民武装大队。在政府布告要求国民党军警宪特主动向人民政府自首后，兴文率先向乡政府自首登记参加袍哥组织的行为，坦白过后就回到家中闭门不出，十分低调，想来应该不会有问题。

兴文没有料到的是：当年与魏老摇结下“梁子”，为了解救“肥猪”，无意之中把“赶猪手”给打死了，虽然那人是新入伙的袍哥弟兄，当时倒是没人敢说啥子，可是时过境迁的现在，那家人却检举李兴文，说他横行歇马场一方，把被逼良为匪的农民给打死了，并且曾参与夹江袍哥王派与姜派在迎江乡的枪战，致两人死亡，是王派主要成员。

就因为这一举报，主要是负有命案的原因，兴文就被县人民武装大队给抓走了，关在县政府旁边当年关押正富的那座院子里。

由于集中抓了一大批人，夹江县根本没有时间也没有足够的人手进行严谨详细的调查、审讯和起诉，大多数在押人犯都是根据简单审讯的材料，就给定罪量刑，《布告》也是手写的，基本就是写个枪毙的大概理由而已。

兴文是因为负有命案而被定为死罪的，另外一个罪名是私藏枪支，被人说成暗地里等待国民党反攻大陆。虽然兴文绝不认可那个“赶猪手”是纯粹的农民，但是，没有人听他的申诉，他已经被定罪枪毙。

兴文被人从临时看管的院子里拉出来，对上名字，不脱衣服，也没赏个临死的一餐酒饭（杀头饭），就与王派军师蔡圭章、干将徐良力、姜派王择栖等 10 个风云人物，被五花大绑地插上标子，推倒在刑车里，押向刑场。

当他们从车上被拉下来时，就有人已经瘫软在地，站立不起，不得不由两个人民解放军战士拖着飞快地跑向指定地点。

刑场就设在夹江县城那个林木森森的公园里，是在一个不大的戏台子上进行审判的。

政府枪毙人的消息，很快传遍了全县各个角落，人们从四面八方涌向公园。

在老百姓眼里，只要是被押上刑场的都是该死的人。能够亲眼看到这些坏人死掉，日后还可以向人们吹嘘，大多数人都是抱着看看这些风光人物可耻下场的目的跑来看热闹的。可是，赶来的人们在离戏台子很远的地方，就被负责警戒的县武装大队给拦住了。人们只能站在警戒线以外，远远地看看影子，听听排子枪。

王大爷其实也在待死人犯之中，但是不知道什么真实原因，可能是想留他的命，多多掌握线索吧，他只是被绑来旁观的。

枪声还未响起，王大爷就已经被吓得半死，瘫软在地，屎尿不禁，再被人拖回牢房后就神情恍惚，有的也说，没有的也认，前言不搭后语，过了大半年政府才把已经等同于活死人的王大爷放出，好歹留条命在人间，最后病死家中。

迷信“大隐于市朝”而逃亡成都的姜建功、姜建勋哥俩，则在成都解放两年后被人民政府抓住枪毙。

在老百姓眼里，都有“欠债还钱、杀人偿命”的朴素思想。也就是说，人们并不认为兴文不该被杀。

李兴文家人不敢声张，先去找兴民、兴国两兄弟，想请两兄弟帮忙去收尸。这俩“白火石”（夹江方言：无一技之长的人）当面答应得把胸脯都拍肿了，但是，等兴文的管家按照约定时间来找他们一块儿去时，这俩人却是“丢死耗子”（四川话：对约定好的时间或事情，没有履行），四处找不见人，兴文家人气得不得了。

兴文家人只得又让管家带领王三娃和赵五哥等人跑去刑场收尸。

虽然是在夜间，但是，兴文大拇指上的青玉扳指仍旧闪亮泛光，尸体很容易就被找到了。

在一簇毛竹之下，兴文的尸体呈一个大字俯卧在地，身上穿的呢料长衫还是干干净净的，长衫内包中的怀表还在滴滴答答作响，手腕上的勒痕清晰可见。

没人大声啼哭，在夜幕中偷偷摸摸地寻出尸体，几个人轮流背着，从县城到歇马场，走了几十里夜路，草草以席片裹尸，埋在歇马后山家族墓地了事。

那块怀表和那个青玉扳指成了家人的寄托。

欲知李家结局如何，且看下回分解。

正是：

自古天道有轮回，你说苍天饶过谁？

第四十回

兴盛夫人苦支撑　李氏家族渐失光

兴文被枪毙后，李氏家族彻底衰落了。

前面说到，夹江解放前夕，姜、王两家地方势力势均力敌，谁也吃不掉谁，达到一定平衡。王大爷本来是给兴文“肘起”（帮忙举荐）的，提名兴文在县民众自卫总队谋个小职位，但是被姜派给否决了。

兴文进城吃官饭的愿望至死都没能实现，还是做他的歇马大队大队长。

这个时候，歇马场红极一时的熊家、李家、何家和余家这四大家族都已经风光不再了，这四家的几个关键人物：熊平安上尖峰山“打游击”，李兴文不久前被枪毙，李兴盛在抗战胜利前逝世，何伯龄意外死亡。领头人物都不在了，谈何势力?

那个余家，由于余银凤的事儿，也早就与李家分道扬镳。缺少了熊、李、何家的势力帮衬，余家渐渐地在歇马场归于平庸，最早了无声息。

人多势众的李家，也在衰落中。

前文书中交代，李兴武早年在成都府“打金章”变成了残废，没有脸面出头露面，心气、心智与体质都大幅下降，没过几年就逝世了；李兴君由于耳聋没法与人正常交流，木讷寡言，久而久之竟然如同傻子一样，混吃等死，权当活死人一般；李兴臣被抓“壮丁”后生死不知，李家人甚至歇马场的人，都认为李老五已经不在人世间了；李家三代的李兴民和李兴国，这哥俩都不成器。

正荣早年说过，兴民、兴国发育不正常，便极力劝说哥俩练武，强身健体。但是，这哥俩吃不得苦，三天打鱼两天晒网，私塾也是断断续续上的，文不成、武不就。成年后的李兴民和李兴国，还真就发育不正常：哥哥长得清瘦，脖子相对长些，人们叫他“干豇豆儿”；弟弟长得粗矮，脑袋圆大，人们叫他“矮冬瓜”。

其实长相倒也没啥，但是因为俩人都只知道享受家产，小富即安，默默无闻，毫无进取心，很长一段时间竟以变卖家产为生，很不被家族人待见。

李家只有兴盛夫人何淑莲还能撑起门面，这与李兴盛在世时树起的威望有关。

这时解放四川的枪声已经响起。

1949 年底，成都解放不久，夹江也很快就被解放了。由龙潭寺惨案引发的川西地区大剿匪，以及跟着而来的“减租减息清匪反霸运动”，都特别关注当时风云一时的人物。

早在 1948 年，中共中央人民政府就在东北解放区实行土地改革运动，彻底废除了两千多年来的封建剥削制度，农民成为土地的主人，政府对土地使用和制度等方面进行调整，根据人们是否拥有土地等情况，从而确定地主、富农、中农、贫农和雇农等阶级成分。

确定地主成分要具备三个条件：一是拥有土地，二是土地不是自己耕种，三是土地租赁过程中存在剥削。

拥有大量土地、富裕了几十年的熊家、李家、何家和余家，风光之时少不了欺压盘剥、鱼肉百姓，阶级成分必定不会低了。

话说 1951 年秋的一天下午，歇马乡政府在歇马中心小学操场上召开村民大会。不大的学校操场四周挂满了彩旗，“实行土地改革，发展农业生产”“动员起来，参加革命，积极生产”“废除剥削的土地所有制，实行农民的土地所有制”“土匪不灭亡，农民不安生”等标语随处可见。当家做主人的农民从尖峰、侯寨、余湾、张山、甘溪、高山等散居之处聚集而来，不知所以然地跟着人们高呼口号，会场热闹非常。

宣读完政策以后，乡领导就号召农民们上台控诉万恶的旧社会。

没有一丁点儿冷场，翻身做主人的农民便一个跟着一个地冲上台来，痛诉地主豪绅的盘剥。情绪激烈之时，台下就会有人大喊：“把某某地主押上台来！”

李氏家族最受“关照”的是最为富裕的李兴盛家，虽然兴盛已经不在人世了，但人们仍然认为最能代表李氏家族的就是李兴盛家，于是就把矛头指向兴盛夫人何淑莲。有人便在台下大喊：“带李何氏，让李何氏到台上来！”

何淑莲长相清秀，金莲小脚，口齿伶俐，性格却刚烈，与人争吵一般人是讨不到便宜的。可也是，那个时候一大家子老老少少的，一个寡妇不强硬，面对人和事便没法活。

何淑莲低垂着头“装聋子”，不接话。

会场下面有认识何淑莲的人说：“喂，装啥子糊涂哇，喊你呢。”

何淑莲细细的眉毛向上一挑，慢腾腾地回答：“哪个是李何氏哦？老子有名字，叫何——淑——莲。”

台下有妇女说：“我们都是嫁人后就从了夫家姓氏的，未必你还特殊些吗？”

何淑莲自信地道：“民国时期就已经提倡解放妇女了，未必新中国还不尊重女性？政府不是让我这小脚女人放足，与男人一样参加生产了吗，怎么还提旧社会妇随夫姓的那一套哇。”

台上人只得说：“好，好，好，何淑莲，不跟你争这些。你老打老实坦白，你家是怎么剥削人的。”

何淑莲说：“我家剥削人了吗？我们何家是书香门第，都是文化人，连这所小学都是我家伯龄大哥率先办起来的，乡上、县上有多少人都是从这所学校走出去的，剥削哪个了？”

台上人就说：“没问你娘家，说你婆家。”

何淑莲说：“那你得去找李家人问去呀。荣、富、华、贵四个老人都已经不在世了。练武的把自己练成残废（李兴武），当兵的混了个不知死活（李兴臣），‘操’社会的李兴文被‘敲砂罐’（枪毙）了，‘聋子三哥’李兴君成了瓜（傻）娃子，我那个冤家李兴盛也早早病死，只有李兴民、李兴国还活着，你们应该找他们问去呀。”

台上人说：“‘干豇豆儿’和‘矮冬瓜’的家里面已经没有一分土地了，只有你家还有土地还在剥削，要你老实交代。”

兴民、兴国侥幸逃脱这一厄运说起来还有点讽刺。

勤俭抠门一生的李正富留给子女们十数亩良田。在李兴臣当兵出去的那一年，李正富突发疾病去世，李兴君、李兴民和李兴国兄弟三人，便把财产分了，李兴臣和远嫁乐山的李桂英没有份。

他们仨兄弟的算盘是：二哥、四哥都说，兴臣肯定能奔出好前程，不会再回到歇马场来了；桂英嫁到乐山去了，给她分地也没人来种，当年老太爷不是也没给大爸分田分地吗！

兴臣无影无踪自不必说，知晓内情的桂英更加心寒，与兄弟仨彻底断了来往。

但是，晚年的李兴君如同“活死人”一般，从地里再也刨不来食吃，坐吃山空，家境很快衰败了。

李兴民、李兴国俩人虽然身体健康，但是并没有继承祖上勤劳节俭的品德，他们不思进取，小富即安。这两个“白火石”惯于吃喝玩乐，钱不够用了就卖地，因为卖地还可以摆脱收租的麻烦事，今年卖掉几亩田，明年卖掉几亩地，夹江解放时差不多把田地都卖光了，只剩下几处房产，土地改革时因为无土地但生活无忧而被评为富农，俩人就是这样轻轻松松甩脱了地主的身份。

何淑莲反问起来："李家不就是拥有土地和出租土地吗，剥削谁了，压迫谁了，强迫谁了，就犯了啥子杀身之罪哟。"

底下有人骂道："没有剥削、没有压迫吗？你家那么多田地房产就没有从别人家抢来的吗？我家就是因为还不起债，而不得不拿房产抵押给你家的，这不是压迫是什么？你说，你给老子说清楚。"

何淑莲回答道："那怎么能叫压迫？是正常的租金、税金、厘金。你家不会勤俭，不会计划，有一分吃一分，还不起债，当然是该拿东西来抵押的。"

不容别人反驳，何淑莲马上转移话题，反问道："李家仰仗了近百年的积累，一锹一镐地开荒拓土才挖出来这么点土地，有的良田是花钱买过来的，钱也是卖粮食挣来的。种不过来雇人帮忙种地，也是付给工钱了的。有了钱就供娃娃读书，识几个字，李家怎么就成了十恶不赦的敌人了？"

台下有人说了："我们给你家种地，给你们交租，才养活起你们一大家子的。"

何淑莲说："那反过来说，还是我家开垦的土地交给你们去种，才养活了你们呢。我家的土地可是你们抢起来租的哟。再说了，收成差的时候，我家也给你们减免租金的呀。"

台下人们乱糟糟地吼道："我们种了一年的地却连饭都吃不饱，你还有钱拿去吃鸦片，去赌钱，这不是剥削我们的吗！这不是生活不平等吗！"

何淑莲说："那时吃鸦片和赌钱并不违法呀。人各有命，我是衔着金钥匙出生的，生来就是富贵命，那也是前世修来的福分，我也没法。"

台下有人挖苦道："你这个富贵命可倒是好，年纪轻轻就守寡了，还有一大家子老小要你来管呢。"

何淑莲回道："老子就是富贵命，老子可是享受了许许多多的荣华富贵呢。”

另外有人骂道：“还荣华富贵呢，现在就让你个龟儿子尝尝吃了上顿没有下顿的穷苦滋味。”

何淑莲嘴上不饶人：“命里注定半碗米，走遍天下不满升。我前半辈子娇生惯养，后半辈子该我背时（走背运）守寡。咱们也别争论谁该穷、谁该富，这都是命中注定。”

争论归争论，吵嚷归吵嚷，兴盛夫人不饶人的争吵激怒了人们，大家对地主所有的怨气都撒在了她身上。兴盛家毫无疑问地被评为地主成分了，李氏家族子弟大多数也都是地主成分。

正如孟子所说的“富贵传家，不过三代”。歇马场李氏家族从李老太爷那辈开始奋斗，第二代得以富贵，第三代走到巅峰，后人则成为新中国的普通建设者，走向崭新的平凡人生。

正是：

恶言不出于口，忿言不返于身。

尾　声

1979年晚秋的一个傍晚，年近八十岁高龄的兴盛夫人何淑莲仍旧那么干净利落，满头银发盘起，头顶梳着高高的发髻。她拄着拐杖，颠着金莲小脚，颤颤巍巍、慢慢腾腾地从一堆稻草中抓出一些捆扎起来，一捆一捆整齐地堆放起来。做完这些事，她坐在门口的一把竹椅子上，悠闲地品起从自家地里摘得的未经过任何加工的茶（相当于四川著名的竹叶青绿茶）。

兴盛夫人年轻时特别厉害精干，跺一跺脚，歇马街大地都能震一震。年老了，反倒变得仁慈宽厚，德高望重，整个歇马街乃至歇马乡哪个不晓得“李何氏老婆婆”呀，门口来来往往的人，天天都会有人停下脚步给她递烟问好：“老人家身体好好的哟！真有福气呀。”她就会说：“客气客气，身体还好呢，恭喜发财啊！”

特别有意思的是，放学的一群歇马小学的学生，老远就齐刷刷地喊“老——婆——婆，老——婆——婆，老——婆——婆”，一本正经又很有仪式感，兴盛夫人笑呵呵地抬头望着，似乎也很享受这种存在感。

望着望着，走来了一位歇马乡重量级人物——乡长。于是，俩人有了以下一番对话。

乡长笑眯眯地对兴盛夫人大声道：“老婆婆，今年1月11日，国家给‘四类分子’摘帽，规定凡是老实改造、不做坏事的地主、富农、反动分子、坏分子，经过群众评审，一律摘除帽子，您以后就不是地主婆了，您的子孙也改为公社社员的成分了。”

老婆婆还是那副看淡世事的平静神态，慢慢腾腾地道：“那可敢情党的政策好啊。本来我们家就不是《半夜鸡叫》里的周扒皮、《白毛女》中的黄世仁，更不是《红色娘子军》里的南霸天。我们李家是勤劳致富、节俭致富，当然也可能有投机致富或者说是剥削致富的成分。不仅是我们家，与兴盛搭伙做生意的华头文老板，其实原来就是卖豆花饭起家的穷苦人，都不是恶霸地主。”

乡长从衣服包里掏出一支香烟，点燃，双手递给老婆婆，自己也点燃一支，继续说：“党和国家文件规定，地主富农的子弟，也可以与贫下中农子女一样，在入学、招工、参军、入团、入党和分配工作方面都一样了，主要看本人政治表现，不再看重家庭出身，不得歧视。”

老婆婆深吸一口香烟，吐出一团团烟圈，不无骄傲地说：“我是经历过大清王朝、中华民国和新中国的老婆婆。要我说呀，哪个年代、哪个阶层都有好人和坏人，可以说‘啥家啥块’都有善良和凶恶之别，都不能一概而论。今年我有两个孙子考取了大学，其中一个考取军校当上人民解放军了，都是吃皇粮的人儿呢，其他几个娃娃学习成绩也要得。这些孩子如果有才能，那就应该让他们尽情地发挥，为国家‘四个现代化’做贡献噻。”

乡长接话道：“以前，我们这一带风光无限的熊家、李家、何家和余家现如今都归于没落，熊李何（河）中无余（鱼）了。你们李家一大家子人，正荣那支可惜了了，正贵没有嫡传后代，正富在家的那仨儿子都没成器，只有你们兴盛这一支，人丁兴、枝茂盛啊。”

老婆婆平淡地说：“精三分，傻三分，留下三分给子孙，这是老人们传下来的智慧话儿。我家里正华老汉儿和兴盛，这两爷子都是多好的人呀，从不坑蒙拐骗，对下人也好，只是可惜好人命不长，两个都没能长久陪伴我一生啊！”

乡长大声说：“再告诉你一个不好不坏的消息，兴臣并没有死，准确地说是打仗没被打死，成都解放时他起义当人民解放军，名字也改成李解放了。但他从不对人说自己的家世，直到病死前，才向组织坦白说他是夹江歇马人。要不是成都军区派人外调，咱们还都以为他早就遭‘洗白’了呢。”

老婆婆急切地问：“现在人还在不呢？有没得后人呢？”

乡长回话道：“死了，早就烧成灰了。听部队上的同志讲，兴臣一生没结婚，也没个后人，善后事倒是简单。”

老婆婆重重地叹了一口气，说道：“哟喂，这个老五哇，兴盛临死前都牵挂着他。可惜了了，空来人间走一遭。”

乡长回答道：“兴臣是对国家有贡献的，打过日本鬼子，最后成为一名人民解放军干部了呢，还是在成都生活，这一生也算可以了。”

老婆婆低头指着自己的小脚说：“不说这个了，就说它吧。新中国成立，也解放了我老太婆的脚。据说最早从唐朝开始就对女子裹足，清朝末期光绪皇帝倡导放足，民国初年国民政府也下过禁令，但是延续几千年的审美习惯，都没有革除掉，还是直到新中国成立以后才彻底禁绝，这才解除了我的这种痛苦。”

老婆婆边说边脱下鞋来。

小脚老人穿的鞋是不分左右的，老婆婆的脚大约就三四寸长，整个脚都变形了，让人不忍细看。

老婆婆顽皮地说：“乡长哟，记得我从6岁开始，每天晚上妈妈就用拼接成几米长的布条，一层一层把脚裹得紧紧的，再用块木板狠狠地压着，以防腿变形，开始的几个月，我每天疼痛难忍，哇哇大哭，整夜睡不好觉，这才长成‘尖、月、牙、弯、香’的小脚。如果参加‘小脚展示会’的话，我能被评为最美的小脚吧。”

乡长笑着道：“老婆婆玩笑了，如果有的话，肯定当选‘夹江最美小脚’，不对，应该是‘川西最美小脚’。”

老婆婆一脸期待地说：“新中国真是好啊！党的口号‘电灯电话、楼上楼下、机器讲话（麦克风）’都实现了。现在我家‘三转一响（自行车、手表、缝纫机和收音机）’快置办齐了，平日里也早就‘点灯不用油（电力），犁地不用牛（农机具），走路不用腿（客运汽车）’，可真是比我们那时的生活强上百倍。还听说天上有飞机、地下有地铁，这不就是孙悟空窜上天、土行孙遁入地了吗？”

乡长接着说：“这都是真的！以后您老婆婆就等着享受美好新生活吧，今后科技将越来越发达，还有些是我们今天想不到的事儿，都能进入寻常百姓家，普通人一样能够享受到的。”

“那是那是，”老婆婆一本正经地说，“刚刚乡长说的国家政策是真的吧？那以后就没人叫我地主婆了？我的子孙也不再怨恨投胎投错了？”

乡长也一本正经地道：“真的，当然是真的！您看学生们都在尊重地叫您‘老婆婆、老婆婆’呢，以后任他是谁也不敢再喊您老地主婆了。”

停了几分钟，乡长若有所思地说：“农耕为主的旧中国，土地才是第一生产力，买田置地是一个家庭的首要大事。‘置有恒产’的传统观念使工农商学兵各个阶层的人们，倾其一生积蓄都要购买土地，或者出租土地获得利益，这与银行存款获取收益是同样道理。”

老婆婆也一脸严肃地说出今生最为经典的一句话：“土地拥有者中大多数是靠勤劳和善于经营起家的，‘力作致富’拥有土地不是问题，那些坑蒙拐骗夺取土地的人，才是犯罪。”

说罢，老婆婆拄起拐杖远远地望着远方山梁上的夕阳，落日余晖洒在她身上一片金黄，平日颤颤巍巍的小脚此时挺立良久，眼睛透露出一股坚定的向往，看得出，她内心是骄傲的，对未来充满了期待……

正是：

纷繁世事道不尽，喜怒哀乐皆生活。

正反对错难评判，历史进程有必然。

投生赴死前世定，荣富华贵看命运。

终命时运莫牢骚，天数茫茫不可逃。

大事年谱

1911 年 5 月，四川保路运动风潮兴起，何伯龄参加制作传递消息的“水电报”。其后不久，辞学回家乡创办“歇马何氏学堂”。

1918 年 2 月，四川靖国军总司令熊克武攻进成都，任四川督军，命令卫士长与四川武林名人比武，次年首创成都青羊宫“打金章”。

1918 年 7 月，四川督军熊克武在四川施行防区制，军阀陈洪范部队驻防乐山，开始征税。

1918 年 9 月，文湛云从洪雅文店子逃荒到歇马场，辗转定居华头场。

据《夹江县志》：1920 年 10 月，川军第八师陈洪范骑兵团驻防夹江，团长徐廷秀兼任夹江县知县，在全县征税。

1920 年底，李正荣辞掉绿营军职，回到家乡歇马场，开办“武棚”。

1921 年，洪雅县总岗山土匪抢劫甘江场。

1925 年 4 月，军阀陈洪范被杨森打败，皈依佛门；杨森在夹江征税，推行“建设新四川”活动；当年年底，杨森被刘文辉打败，自此，夹江由刘文辉控制。

据《夹江县志》：1929 年，夹江县直辖于四川省政府，县行政公署改称县政府，知事改称县长。

1931 年 9 月，夹江县居民、学生多次进行示威游行，反对日军侵占东北三省。李正荣与日本浪人山田次郎比武身亡。

1933 年 2 月，李兴武在成都“打金章”擂台比武失利，被打成重伤。

1933 年，刘湘和刘文辉“二刘争川”，刘文辉败退雅安，王大爷在夹江开办“烟土行”。

1933 年夏天，李正华因患肺痨病病亡。

1934 年，李正富到乐山看望出嫁的女儿桂英。

1935 年，四川省主席刘湘在军阀混战中获胜，执掌四川军政大权，全面取消防区制。

1937 年 7 月 7 日，“卢沟桥事变”爆发，日军全面侵华。当年 10 月，国民政府迁都重庆。

1937 年 8 月，李兴文买“汉阳造”步枪，李兴臣试枪走火，李兴旺意外死亡。

1937 年 9 月，李兴文与魏老摇“结梁子”后，全面倒向王大爷。

1937 年底，夹江县槽户开始手工生产土纸，供国民政府报纸刊物使用。文老板开店做生意。次年，李兴盛开办“兴盛钱庄”。

1938 年 10 月，何伯龄受中共党组织影响，支持歇马中心小学教师进行讨薪斗争，迫使县政府补发所拖欠工资。

1938 年，日军打到赵家庄，武矮子被日军打死，赵黑子参加国军。

据《夹江县志》：1939 年 8 月 19 日夜，日本飞机在土主乡上空扔下 8 枚炸弹，其中一枚落入水田未爆炸；是夜，日本飞机轰炸乐山后，县政府成立防护团，县城遍置警报信号，家家备置防火沙包，并撤除两处城墙作疏散口。

1939 年 9 月，夹江民众自发修建“抗建桥”（疏散桥）。

据《夹江县志》：1939 年 10 月，国民政府在夹江县三根桥（今黄土镇红光村）征用民田 1100 余亩，修建夹江军用飞机场。

据《夹江县志》：1939 年 12 月，夹江县成立“抗日志愿兵团”，后命名为“建南师管区补充兵乐山第一团”，开赴国内抗日前线。

当年当月，李兴臣被抓壮丁。次年初春，出征湖北巴东地区，加入国军李延年第二军与日军作战。

据《夹江县志》：1939 年，国内著名书画家张大千到县，在马村乡指导手工造纸槽户改进生产国画纸。

1940 年 1 月，国民政府主席蒋介石兼任四川省政府主席，在全省禁止烟毒。夹江全县全面禁食鸦片，王耀祖“溷江大茶馆”吸食鸦片由明转暗。

1945 年 2 月，李兴盛病故。

1945 年 4 月，乐山苏稽场“荣军”部队与夹江袍哥引发冲突，一名“荣军”被伤致死。

1945 年 9 月，老幺哥一伙轮奸国立四川大学女学生，次年，老幺哥被从洪雅三宝场抓回执行枪决。

1945 年 11 月，夹江设立县参议会，王、姜两派争抢议员席位。

1946 年冬季，文老板病故。

1947 年 2 月，王、姜两派在迎江乡火并，李兴文帮助王派。

1947 年 11 月，中国国民大会代表选举，王、姜两派争抢代表席位。李兴文在大旗山设岗，《公告》外人不得进入。

1948 年 11 月，夹江县组建民众自卫总队，李兴文争第四常备大队大队长未果。次年，县民众自卫总队改称反共救国军。

1949 年 6 月，何伯龄鼓动李兴文在大旗山分水岭设岗盘查行人，第 5 常备大队火并歇马大队，何伯龄被手榴弹意外炸死。

1949 年秋，李兴臣和赵黑子在国军七十六军编成内参加成都会战，当月，俩人被人民解放军四野主力第五十军解放。

1949 年 12 月，夹江县长李向林参加省政府会议，劝说王、姜两派精诚团结，共同顽抗。

夹江县解放。李向林率领反共救国军残兵逃往尖峰山，与魏瘸子合二为一，占尖峰山为王，图谋等待第三次世界大战发生。

据《夹江县志》：1949 年 12 月 16 日，中国人民解放军第二野战军第十六军第四十八师第一四二团先头部队解放夹江县。

1950 年 1 月，第一四二团征粮队在木城场受到土匪攻击，李亚梅引导解放军进入碉堡防御，不幸死于流弹。

李兴文被枪毙。

据《夹江县志》：1950 年 12 月，夹江县召开 3 万多人的反霸公审大会，甘江、木城、马村等乡镇分别召开反霸公审大会。

据《夹江县志》：1951 年 4 月，县青壮年响应抗美援朝号召，报名参加中国人民志愿军。

据称，夹江县这批兵大多编在中国人民志愿军铁道兵独立舟桥团。